Nicole Schuhmacher

Jägerseele

Ein Tess-Carlisle-Roman (Band 1)

Fantasyroman

STERNENSAND

www.sternensand-verlag.ch | info@sternensand-verlag.ch

1. Auflage, März 2018

Umschlaggestaltung: Sarah Buhr | Covermanufaktur.de
Illustrationen: TRIKONA, doublebubble_rus, KatyaKatya, robert, Vitaly Krivosheev, krkt, corythoman | fotolia.de
Lektorat: Sternensand Verlag GmbH | Martina König
Korrektorat: Jennifer Papendick
Satz: Sternensand Verlag GmbH
Druck und Bindung: Smilkov Print Ltd.

ISBN-13: 978-3-906829-81-4
ISBN-10: 3-906829-81 4

Für Sära,

immer noch Best B**** in Town 😊

Kapitel 1

Ich knalle die Kaffeetasse auf die Arbeitsfläche meines abgenutzten Schreibtisches und stürze zum offenen Fenster, durch welches soeben ein herbstlicher Luftzug fegt, der die Arbeit der letzten Wochen komplett durcheinanderbringt. Mit einem weiteren Knall fliegt das Holzfenster zurück in seine Angeln und ich sehe mich, eine dunkle Haarsträhne hinter mein Ohr streichend, in dem Büro um.

Es ist klein, spärlich eingerichtet und auf das Nötigste reduziert. Dokumente sind vom Tisch gefallen und Akten liegen derangiert neben losen Notizzetteln in Neonpink, während einzelne Papierblätter aufgrund des plötzlich fehlenden Luftzuges langsam zu Boden segeln.

Ich verziehe augenblicklich mein Gesicht, als sich ein dumpfer Schmerz in meinem Zeigefinger einstellt. Mit verzerrter Miene betrachte ich ihn.

Toll.

Ich versuche, einen gemeinen Splitter aus der Haut meiner Fingerspitze zu pulen. Mein Blick fällt dabei auf den halb abgebröckelten roten Nagellack und mir wird klar, dass ich mal wieder eine Maniküre vertragen könnte.

Ich seufze leise. Das Leben ist schon eines der härtesten.

»Hast du mein Gehirn gesehen?«, durchbricht meine Stimme die aufgekommene Stille und ich lächele triumphierend, als ich das lackierte Stück Holz endlich zu fassen bekomme und aus meinem Finger ziehe. Sogleich schnippe ich es achtlos davon und reiße den Schreibtischstuhl nach hinten, der dabei ein protestierendes Quietschen von sich gibt. Anschließend krabbele ich auf allen vieren über den Dielenboden unterhalb des Schreibtisches und pflücke wahllos irgendwelche Papiere auf.

Erneut verziehe ich das Gesicht. Diesmal ist dieser Ausdruck jedoch fragender Natur. Ich warte noch immer auf eine Antwort.

»Fin?«

Was treibt die bloß schon wieder?

Ich will aufstehen und fluche laut, als ich mir den Hinterkopf an der Tischplatte stoße. Die betroffene Stelle reibend, lasse ich die gesammelten Papiere vor lauter Frust wieder fallen, hieve mich auf den Bürostuhl und beobachte, wie sich die Tür öffnet und meine Assistentin den Raum betritt.

Fin zählt zur Spezies der Katzenmenschen, welche nur einen kleinen Teil der Erdbevölkerung einnehmen. Auch in dieser Stadt trifft man Trolle, Kobolde und Feen viel eher an als die durchschnittlich etwa eins sechzig großen und auf zwei Beinen gehenden Katzenartigen, die uns Menschen viel ähnlicher sind, als man vielleicht denken mag.

»Nein, habe ich nicht«, sagt sie, noch ehe sie die Tür mit Milchglasfenster vollends aufgestoßen hat, und rollt dabei genervt mit den geschlitzten Katzenaugen.

Mist. Ich frage mich ernsthaft, wo zum Henker ich das Teil schon wieder liegen gelassen habe. Ohne mein Gehirn bin ich verloren.

»Verdammt«, murmele ich, lasse mich im Stuhl nach hinten fallen und drapiere meine Füße geschickt auf einer freien Ecke der Tischplatte.

Fin beobachtet dies missmutig und rümpft ihre Spitznase, wobei ihre Schnurrhaare anmutig auf und ab wippen. Ich betrachte das junge Katzenmädchen, welches aufrecht gehend langsam näher kommt und, am Schreibtisch angekommen, versucht, meine Unordnung ein wenig zu ordnen.

»Möchtest du noch eine heiße Schokolade?«, fragt Fin und mein Blick huscht zu ihren spitzen Eckzähnen, die bei jedem Wort hervorblitzen.

»Nein danke«, bemühe ich mich, zu sagen, und reibe die aufkommende Beule an meinem Hinterkopf noch einmal kräftig.

Fin fährt eine Kralle aus, nimmt einen meiner angekauten Bleistifte an sich und geht ihn über dem randvollen Mülleimer neben der Tür spitzen – der nur steht, wo er steht, damit ich hin und wieder ein paar Körbe mit Papierkugeln werfen kann.

Schließlich erinnere ich mich an meine guten Manieren, setze mich aufrecht hin und schalte nebenbei den Bildschirm meines

PCs aus, auf dem noch das letzte Spielergebnis von *Solitaire* munter vor sich hin blinkt. Danach schiebe ich planlos irgendwelche Unterlagen hin und her.

Nach was suche ich hier eigentlich?

»Hast du zufällig …« Ich unterbreche mich selbst und schaue auf, als Papier raschelt. Fins große Katzenaugen sehen mich unter langen Wimpern wissend an, während sie mir eine abgegriffene rote Akte mit zahlreichen Eselsohren und heraushängenden Seiten unter die Nase hält und mein Antlitz sich in dem dunklen Grüngelb ihrer Augen spiegelt. »Danke.«

Ihre Antwort ist ein leises Schnurren, als sie es sich mit ihrer zierlichen Gestalt auf einer Kante des Tisches bequem macht, ich das Datensammelsurium an mich nehme und darin herumblättere, ohne wirklich etwas zu lesen.

Fin ist die gute Seele meiner kleinen Agentur und auch deren einzige Mitarbeiterin. Neben mir natürlich. Ohne das junge Katzenmädchen wäre ich schon längst im Durcheinander meiner wirren Terminkoordination untergegangen.

Ich lehne mich erneut im Stuhl zurück, lege die Beine wieder auf die Tischplatte – so viel übrigens zu meinen guten Manieren – und versuche, mich dem Fall zu widmen, den ich mir für heute Abend ausgesucht habe.

Ich werde abgelenkt, als Fin lautlos vom Tisch gleitet und ihre eins fünfzig zum Goldfischglas in der Ecke bewegt. Der lilafarbene Schleierschwanzfisch zieht sich schnell in das sichere Halbdunkel seiner griechisch-römischen Säulenanordnung zurück und wird nicht einmal mehr gesehen, als Fin buntes Fischfutter aus einer Dose auf die Wasseroberfläche bröselt und sich anschließend die krallenbestückten Pfoten leckt.

Ich muss schmunzeln, als ich die Szene über den oberen Rand der Akte hinweg beobachte. Bob kann Fin einfach nicht ausstehen und sie fragt sich jedes Mal, weshalb der Fisch Angst vor ihr hat. Dennoch versucht sie immer wieder, sich bei ihm beliebt zu machen. Bis jetzt jedoch ohne merklichen Erfolg.

»Hast du dir schon eine Vorgehensweise überlegt?«, fragt sie, vom Fischthema ablenkend, und stellt die angerissene Futterdose zurück auf die alte Kommode neben das Goldfischglas.

Ich fühle mich wieder an meine Arbeit erinnert, fege das Schmunzeln aus meinem Gesicht und blicke zu der Akte in meinen Händen zurück. Der Name meines Ziels ist Frank Miller. Drogendealer in Mid City. Menschlich. Sollte eigentlich ein Leichtes werden. Wenn er ein Zentaur, Ghul oder Riese wäre, würde die Sache schon ganz anders aussehen. Dann würde ich heute Nacht nämlich lieber den Schwanz einziehen und ›I've been looking for freedom‹-singend nach Hause fahren, denn diese Spezies machen mir meine Arbeit immer ganz besonders schwer.

»Ich fahre zu seiner Adresse, klingele an seiner Haustür, trete ihm tierisch in den Arsch und übergebe das, was von ihm übrig geblieben ist, der örtlichen Polizeidienststelle.«

Fin legt ihre Stirn in Falten, wobei ihre spitzen Ohren wackeln, und ich spüre, dass sie dem Drang, sich über die Pfoten zu lecken, nur schwer widerstehen kann. Ihre Schnurrhaare zucken. »Ich muss schon sagen, dein Plan ist so simpel, dass ich ihn automatisch auf den Müll werfen würde.« Ihre zarte Stimme zeigt dabei einen Hauch Ironie.

»So arbeite ich am liebsten.« Einfach und pragmatisch. In einer einstudierten Geste schaue ich auf meine nicht vorhandene Armbanduhr. Eine dämliche Angewohnheit, die ich hin und wieder einfach nicht unterdrücken kann. »Ich mache mich auf die Socken.«

»Versprich mir, dass du dieses Mal nichts Blödes anstellst«, bittet Fin und sucht auf meinem Schreibtisch nach weiteren Bleistiften, um sie zum Mülleimer tragen zu können. Natürlich wird sie zwischen losen Papieren und beschmierten Notizzetteln sofort fündig.

Seit dem Vorfall im Rathaus kommt sie mir ständig mit diesem Spruch. Und dabei war ich am allerwenigsten daran schuld, dass der Bürgermeister in die unschöne Geschichte mit der Banshee hineingezogen worden war. Ein dort arbeitender Leprechaun – dürre kleine Kobolde mit wirklich fiesen Gesichtern – war viel maßgeblicher an der Sache beteiligt gewesen. Aber mir wollte im Nachhinein ja wieder niemand glauben. Tz.

»Du kennst mich doch.« Ich schwinge mich aus dem Stuhl und greife nach meiner schwarzen Lederjacke, die immer griffbereit über der Rückenlehne hängt, um in einer fließenden Bewegung hineinzuschlüpfen. Millers Akte klemme ich mir unter den Arm und stöckele in braunen Absatzstiefeln durch den Raum. Die Dielen knarren.

»Eben!«, ruft mir meine Assistentin hinterher, gerade als ich meine Umhängetasche vom Kleiderständer neben der Tür zerre.

»Geh nach Hause, Fin«, bitte ich, ohne mich noch einmal umzusehen.

»Ich mache hier nur noch ein bisschen sauber«, ruft sie im Gegenzug. Ihre schnurrende Stimme ist nur noch gedämpft zu hören, da ich bereits den Empfangsraum durchquert habe und die dünne Holztür zum Flur hinter mir zuziehe.

Fins Empfangsraum ist viel sauberer als mein Büro und auch nur halb so groß. Er hat die gefühlte Größe einer Sardinendose. Und dennoch gibt es bei Fin Pflanzen, die noch nicht eingegangen sind, Gardinen, beruhigende Landschaftsbilder hängen an den hellen Holzwänden und der Teppichboden sorgt für zusätzliche Schalldämmung.

Ich will auch so et… Obwohl … Nein. Das ist Schnickschnack. Und so etwas brauche ich nicht.

Ich gebe mein Bestes, um so lautlos wie möglich aus der ersten Etage ins Erdgeschoss zu schleichen. Direkt unter der Agentur gibt es einen Voodoo-Shop, der mir leichtes Unbehagen bereitet. Hin und wieder hört man seltsame Geräusche und sogar kleine Explosionen dringen dann durch die dünne Decke zu uns empor. Sehr suspekt, das Ganze. Ich versuche, jeglichen Kontakt mit dem Inhaber zu vermeiden, schrecke des Nachts manchmal aus Albträumen auf und sehe dann Schrumpfköpfe vor meinem inneren Auge. Okay, das ist übertrieben, aber ich bin eben die geborene Dramaturgin.

Da die Tür zu *Sheldon's Magical Pigment Shop* immer sperrangelweit offen steht, komme ich nie darum herum, einen neugierigen Blick ins Innere des Ladens zu werfen. Neugier ist wohl meine Berufskrankheit.

Hastig versuche ich auch dieses Mal, alles aufzunehmen, was sich in meinem Blickfeld befindet, als ich an der Tür vorbeihusche. Der glitzernde blaue Schmetterling in einem Einwegglas auf der Theke des abgedunkelten und mit Kerzen beleuchteten Raumes scheint mir noch das Normalste zu sein. Räucherstäbchen verleihen dem Raum zusätzlich eine magische Atmosphäre. Aber das Zeug stinkt wie Hölle und tränt in den Augen.

»Hat Ihnen schon mal jemand gesagt, dass Sie eine dunkle Aura besitzen?«

Ich erschrecke, als wie aus dem Nichts Sheldon vor mir steht und ich beinahe gegen ihn laufe.

Wo kommt er so plötzlich her? Hat er sich hergebeamt?

»Äh, nein«, stammele ich und versuche, mich an ihm vorbeizuschieben. Dabei kann ich den Blick jedoch nicht von seinen unzähligen Tattoos reißen. Er trägt nur ein Tanktop und die unter die dunkle Haut gestochene stilistische Hexe auf seinem rechten Oberarm scheint mich geradezu anzustarren.

»Sie sollten barfuß laufen, damit die negative Energie abfließen kann«, teilt er mir mit und seine langen schwarzen Dreadlocks wippen bei jeder Bewegung seines Kopfes.

Ich bemerke seine blutunterlaufenen Augen und beschließe, schleunigst das Weite zu suchen, bevor ich noch irgendwie damit in Verbindung gebracht werden kann.

»Danke«, verabschiede ich mich artig und stürze förmlich durch die alte Holztür hinaus auf den feuchten Bürgersteig. Ich habe es plötzlich schrecklich eilig und suche die Straße hastig nach meinem alten Honda Accord EX Sedan ab.

Wo zum Teufel habe ich heute gleich noch einmal geparkt?

Als ich das dunkle Blau meiner Rostlaube auf der gegenüberliegenden Straßenseite erkenne, krame ich den Zündschlüssel aus meiner Jackentasche und überquere die Straße, ohne nach rechts oder links zu schauen. Fahrzeuge hupen wie wild, als ich nur knapp vor ihrer Motorhaube über die Fahrbahn husche und hektisch die Fahrertür des Hondas aufschließe.

Ich schiebe mich hinter das Lenkrad, lasse meine Tasche und Frank Millers Akte auf den Beifahrersitz fallen und sehe aus dem Seitenfenster, nachdem ich die Tür hinter mir zugezogen habe und sie mich mit einem protestierenden metallischen Kreischen von der Außenwelt abschirmt.

Sheldon steht noch immer in der Tür, von welcher bereits die dunkelrote Farbe abblättert, und scheint Selbstgespräche zu führen, während er zu mir herübersieht und immer wieder vehement den Kopf schüttelt, als habe er einen uneinsichtigen Gesprächspartner. Dann nickt er abschließend, wendet sich langsam um und verschwindet wieder im Inneren des heruntergekommenen Gebäudes.

Gruselig.

Erst jetzt wird mir klar, dass ich die Luft angehalten habe. Ich atme normal weiter und mein Blick huscht zu dem selbst gebastelten Schild von *Sheldon's Magical Pigment Shop*. Ob ich ihm irgendwann einmal sagen werde, dass es grottenhässlich ist? Wird er mich verfluchen, wenn ich es tue?

Okay. Ich gebe es hiermit offiziell zu: Der Kerl macht mir Angst. Mein Blick gleitet noch weiter nach oben und bleibt an meinem eigenen Schild hängen. Eigentlich ist es vielmehr eine neonfarbene Leuchtreklame, die den Schriftzug *Rent a Hunter* zeigt, wenn nicht ständig irgendein Buchstabe kaputtgehen würde. Momentan ist da nur *ent unte* zu lesen.

Schrecklich.

Ob es vielleicht an der schäbigen Präsentation liegt, dass das Geschäft gerade nicht so richtig läuft?

Ich nehme mir vor, später etwas genauer darüber nachzudenken, denn gerade driften meine Gedanken zu dem Spottpreis ab, für welchen ich den Laden übernommen habe. Und Fin gab es sogar gratis dazu.

Der Vorbesitzer der Agentur hieß Harlow Florish und war irgend so ein schmieriger Kerl, der Probleme mit zahlreichen Untergrundorganisationen und der hiesigen Vampirgesellschaft hatte. Eines Tages war er einfach spurlos verschwunden. Fin ist der felsenfesten Überzeugung, er habe sich abgesetzt, um irgendwo in der Südsee ein neues Leben zu beginnen und in aller Ruhe Bahama Mamas zu schlürfen. Ich hingegen frage mich, ob Sheldon da vielleicht seine knochigen Finger im Spiel hatte. Voodoo und so …

Mir war das Verschwinden von Harlow Florish nur recht. Als ich vor ein paar Jahren mein Studium der paranormalen Aktivitäten hingeschmissen habe, um Personenschützer zu werden – meine Mutter schürzt noch heute missbilligend die Lippen, wenn sie auch nur daran denkt –, hatte ja keiner ahnen können, dass ich durch eine unglückliche Aneinanderreihung von Ereignissen die Ausbildung ebenfalls abbrechen muss. Also beschloss ich, Individuenbeschaffer zu werden. Kautionsdetektiv. Jäger. Wie auch immer man es nennen will.

Und jetzt sitze ich hier, tippe mit dem Zeigefinger meiner rechten Hand an den kleinen selbst gebastelten Anhänger an meinem Rückspiegel, sodass dieser sachte vor und zurück baumelt, und starte Jimmy. Jimmy ist mein Wagen. Er muckt anfangs herum, wie jedes Mal, aber nachdem ich mehrmals das Gaspedal beim Starten der Zündung betätige, springt der Motor heulend an und wir fädeln uns schließlich in den Verkehr ein.

Die digitale Anzeige am Armaturenbrett verrät mir, dass es kurz nach acht Uhr abends ist. Um diese Uhrzeit herrscht in New Orleans immer ein reges Treiben, was dazu führt, dass es fast neun ist, als ich in Mid City eintreffe, am Rand einer unbeleuchteten Nebenstraße parke und den Motor abstelle.

Ich werfe einen Blick in die heruntergekommene Nachbarschaft und erkenne nur ein Irrlicht, welches wie wild durch die Gegend fliegt und dabei einen leuchtenden Streifen Staub verliert. Hat sich wohl verirrt, das arme Ding.

Ich finde kaum Zeit, über die Komik der Situation zu lachen, denn ich erschrecke, als jemand gegen meine Fensterscheibe klopft. Ich lasse mir nichts anmerken, wende den Kopf zur Seite und erblicke eine Gruppe halbstarker Trolle, die sich in mir wohl leichte Beute erhoffen.

Scheint eine nette Gegend zu sein.

Ich greife gelangweilt unter den Fahrersitz.

»Hey, Lady«, grunzt der Anführer der Bande mit tiefer und donnernder Stimme, die sogar durchs geschlossene Fenster klar zu verstehen ist, während seine drei Kameraden sich drohend die Fäuste reiben. »Aussteigen, oder wir verarbeiten dein hübsches Köpfchen mit einem Händedruck zu Brei.«

Lady? Hat der Kerl mich gerade tatsächlich Lady genannt? Ich hasse es, wenn man mich Lady nennt. Sehe ich wirklich aus wie eine Lady?

In mir beginnt es zu brodeln.

Lady am Arsch.

Mit ausdrucksloser Miene kurbele ich das Fenster auf der Fahrerseite herunter und hole in einer fließenden Bewegung die abgesägte Schrotflinte unter dem Sitz hervor. Der Troll blinzelt überrascht, als ich ihm den Lauf der Waffe direkt unter die hässliche verkrustete Nase halte und seine Kumpel vorsichtshalber ein paar Schritte nach hinten gehen. Der Anführer schielt in dem vergeblichen Versuch, den Lauf der Waffe im Auge zu behalten.

»Verschwindet«, verlange ich. »Oder meine Freundin hier verteilt eure Erbsengehirne auf dem Asphalt.«

Unwilliges Grunzen ist die Antwort und der Wortführer verzieht das unschöne Gesicht, als er in einem gedanklichen Kraftakt das Für und Wider abwägt.

»Wird's bald?«, hake ich nach und unterstreiche meine Absicht, indem ich den Lauf der Waffe noch fester gegen seine Knollennase drücke.

Dies scheint Wirkung zu zeigen, denn ich kann die Räder hinter der flachen Stirn des jungen Trolls förmlich rattern hören. Er schnaubt noch einmal verächtlich, gibt seinen Kumpanen ein Zeichen und die trotteligen Trolle machen sich daraufhin vom Acker und verschwinden in der Nacht, um sich ein anderes Opfer zu suchen.

Ich kichere in mich hinein, während ich die Fensterscheibe wieder nach oben kurbele und das Gewehr an seinen Platz zurücklege. Das Ding ist nicht einmal echt. Als ob man mir eine funktionierende Waffe anvertrauen würde.

Tz, Trolle. So hässlich wie dämlich.

Ich halte inne, als meine Finger unter dem Fahrersitz gegen etwas stoßen, das da normalerweise nicht hingehört. Meine Miene erhellt sich, als ich fester zupacke und begreife, was sich die ganze Zeit da unten versteckt. Ich hole es hervor und betrachte den Briefbeschwerer im dämmrigen Licht der Herbstnacht, so gut es eben geht. Dann werfe ich das schwere Teil in meine Tasche und krame ein pinkfarbenes Mobiltelefon aus der Gesäßtasche meiner engen dunklen Lederhose. Ja, in Bezug auf pinkfarbene Sachen bin ich eben doch ein echtes Mädchen.

Ich habe mein Gehirn gefunden, tippe ich schnell eine Nachricht in das Klapptelefon und versende diese sogleich an Fin.

Ich überfliege Millers Akte, während ich auf Antwort warte.

Frank Miller. Wegen eines Drogendeliktes nicht vor Gericht erschienen. Zahlreiche Vorstrafen wegen sexueller Belästigung, versuchter Vergewaltigung, Raubüberfalles und gefährlichen Eingriffs in den Straßenverkehr. Eine arme Frau namens Renee Warren verlor sogar ihren Job bei einem ansässigen Tankstellenbetreiber, nachdem sie Miller angezeigt hatte.

Ich werfe einen kurzen Blick auf sein Fahndungsfoto und befördere die Akte achtlos auf den Rücksitz. Der Mann ist schmächtig und nur eins siebzig groß. Der wird mir nicht viel Widerstand leisten. Mein Glück, dass er mich nie persönlich zu Gesicht bekommen hat, sondern wir die Sache mit seiner Kaution telefonisch geregelt haben. Wie auch immer. Wenn er sich binnen drei Tagen nicht bei Gericht meldet, geht meine gestellte Kaution an den Staat und ich sehe von meinen hart verdienten Moneten nicht einmal mehr einen Cent. Doch das weiß ich zu verhindern.

Mein Telefon gibt ein Geräusch von sich, das mich an eine kalbende Kuh erinnert, und ich verdächtige sofort meinen Vermieter und Mitbewohner, die Einstellungen meines Telefons verstellt zu haben. Schon wieder!

»Rache ist Blutwurst, Puck«, murmele ich vor mich hin und lese rasch die angekommene Nachricht.

Halleluja!, steht auf dem Display und ich packe lächelnd alles zusammen, um mich auf die Suche nach Hausnummer sechs zu begeben.

Ich schleiche durch die verlassene Straße, betrete schäbige Vorgärten und wecke schlafende Hunde, als ich versuche, Hausnummern an den teils verbarrikadierten Häusern zu erkennen. Über einem der Eingänge hängen Symbole irgendeines Hexenkultes, am verrotteten Gartenzaun des übernächsten Hauses prangen lateinische Symbole auf einer aufgespannten Haut. Ich kann nur hoffen, dass diese tierischen Ursprungs ist.

Ja, nette Gegend, denke ich, während ein kühler Schauer meinen Rücken hinunterjagt. *Kann ich nur immer wieder bestätigen.*

Das Häuschen mit der Nummer sechs ist eine Bruchbude. Nur ein Licht im Obergeschoss verrät mir, dass hier tatsächlich noch jemand haust.

Ich rücke meine schwer gewordene Umhängetasche zurecht, zupfe am Saum meiner Lederjacke und hämmere mit der Faust dreimal gegen die marode Haustür. Ein Wunder, dass sie nicht einfach unter meinen Schlägen nachgibt.

Ein paar Sekunden passiert gar nichts und ich stehe nur abwartend auf der obersten Treppe, die zur Eingangstür führt. Dann höre ich Gezeter aus dem obersten Stockwerk und schließlich poltert jemand eine Treppe hinunter. Ich halte mich bereit, Frank Miller in den Schwitzkasten zu nehmen.

Wo sind eigentlich meine Handschellen?

Ich betaste suchend all meine Taschen, als die Tür geöffnet wird und ich augenblicklich in den doppelten Lauf einer Schrotflinte blinzele. Und diese hier ist eindeutig echt.

Okay, damit habe ich nun wirklich nicht gerechnet.

Ich reiße sofort beide Arme nach oben, blicke am Lauf der Waffe vorbei und sehe am anderen Ende einen Greis stehen, der nur ein dreckiges geripptes Unterhemd und zerschlissene Boxershorts trägt. Durch Brillengläser so dick wie Flaschenböden sieht er mich grimmig an.

Menschlich. Zumindest auf den ersten Blick.

»Was wollen Sie?«, fragt er mit knarziger Stimme und ich bemerke, dass er lustigerweise zwei Köpfe kleiner ist als ich und die Waffe nach oben richten muss, um sie mir direkt ins Gesicht zu halten.

Vielleicht waren seine Vorfahren ja doch Zwerge.

»Äh«, beginne ich und drücke den Lauf der Flinte mit zwei Fingern zur Seite. Äußerst mutig von mir, wie ich finde, jedoch erfolglos, da der Herr vor mir sie sofort wieder in die richtige Bahn bringt. »Mein Name ist Tess Carlisle. Ich bin auf der Suche nach Frank Miller. Er soll hier wohnen.«

Ich bin verwirrt. Von hier lebenden rigorosen Rentnern steht nichts in Millers Akte.

Dieser besagte Rentner kneift gerade die Augen zusammen und sieht dabei aus wie ein Maulwurf auf einem Speedboot. Fast lache ich über den Vergleich, kann mich aber in einer heldenhaften Anstrengung gerade noch so beherrschen.

»Miller?«, quakt der bewaffnete Bewohner und ich nicke eifrig, wobei mir eine dunkle Locke in die Stirn fällt. »Millers wohnen da drüben«, vertraut mir mein Gesprächspartner an und deutet mit dem Kinn auf die gegenüberliegende Straßenseite.

Ich lege fragend die Stirn in Falten und deute mit einem Finger auf die angelaufene Hausnummer, die früher sicher einmal bronzefarben oder so war. Erst jetzt bemerke ich meinen Fehler und schlage mir gedanklich die Hand vor die Stirn. Ein Nagel zum Befestigen der Hausnummer hat sich gelöst und die eigentliche Neun baumelt nun kopfüber und sieht demnach wie eine Sechs aus.

Völlig logisch.

»Oh.« Peinlich berührt, versuche ich, meinen Irrtum wegzulächeln. »Mein Fehler. Tut mir schrecklich leid. Einen schönen Abend noch.«

Eilig nehme ich die Arme runter, mache auf dem Absatz kehrt und husche die wenigen Stufen in den kleinen kargen Vorgarten hinunter. Dabei hoffe ich, dass die zittrigen Finger des alten Mannes nicht aus Versehen den Abzug betätigen und er mir ungalant in den Rücken schießt.

Ohne mich umzublicken, steuere ich nun zielsicher die richtige Nummer sechs an und nehme erleichtert zur Kenntnis, dass bis jetzt kein Schrot meinen Körper durchfressen hat.

Tumult bricht ein paar Häuser weiter südlich aus und ich halte inne, noch bevor ich den durchnässten Rasen des Grundstücks betreten habe.

Ich lausche in die Nacht. Plötzlich prescht ein Zentaur zwischen zwei Häusern hervor. Seine lange Mähne weht im Wind, als er im Galopp die breite Straße überquert, mühelos über eine kümmerliche Hecke hinwegspringt und schließlich aus meinem Sichtfeld verschwindet. Kaum ist wieder Ruhe eingekehrt, poltern die vier Trolle von eben dieselbe Strecke entlang und versuchen, den flüchtenden Pferdemenschen einzuholen. Dabei stolpert einer über seine eigenen Beine und landet brüllend in der Hecke. Ein anderer rempelt im Eifer des Gefechts gegen ein parkendes Auto und löst somit dessen Alarmanlage aus. Das schrille Pfeifen hallt unangenehm laut in der abendlichen Stille wider.

Ich kämpfe gegen den Drang an, mir die Ohren zuzuhalten, und hoffe, dass Miller den Lärm nicht nutzt, um aus dem Fenster zu spähen, als irgendwo eine Tür auffliegt. Hunde bellen, jemand schreit, ein Schuss wird abgefeuert und das durchdringende Geräusch der Alarmanlage verkümmert zu einem kläglichen Piepen. Die Trolle raffen sich auf und ziehen mit eingezogenen Köpfen von dannen.

Wiederhole ich mich, wenn ich sage, dass das hier wirklich eine ganz reizende Gegend ist?

Ich wende mich kopfschüttelnd ab und als ich den ungewöhnlich langen Vorgarten zu Millers Eingang beschreite, habe ich bereits die Nase gestrichen voll. Ich versinke knöcheltief im aufgeweichten Boden und strauchele bei fast jedem Schritt. Während ich mir leise vor mich hin fluchend meinen Weg bahne, schießt ein weiteres Irrlicht knapp an mir vorbei und ich zucke zusammen. Kurze Zeit bin ich geblendet vom hellen Licht des geflügelten Wesens und stolpere unkontrolliert über den zertrampelten Rasen.

Gott, wenn das jemand sieht!

Ich reiße mich zusammen, blinzele die verbliebenen Lichtflecken weg und visiere die Tür wenige Meter vor mir an. Der Eingangsbereich ist ebenerdig, also keine hinterhältigen Stufen, über die ich auf den letzten Metern noch stolpern könnte. Sehr gut.

Als ich endlich vor Frank Millers mit Graffiti beschmierter Haustür stehe, bin ich bis aufs Blut gereizt, meine Stiefel dreckig und die nächtliche Luftfeuchtigkeit macht Sachen mit meiner

Haarstruktur, die mich schier verzweifeln lassen. Ich brauche jetzt dringend ein Bad. Ein Bad, eine heiße Schokolade mit viel Sahne, Zimt und kleinen Marshmallows, und einen Lebensgefährten, der mir nach einem anstrengenden Tag den schmerzenden Nacken massiert.

Finde den Fehler.

Ich werde wieder einmal daran erinnert, dass ich Single bin.

Miller soll jetzt bloß keine Spielchen mit mir treiben und schön artig mitkommen. Bei meiner sinkenden Laune kann ich heute für nichts mehr garantieren.

Noch während ich missmutig an seine Haustür klopfe und das Geräusch unnatürlich laut in der Stille der Straße widerhallt, überlege ich mir mein Vorgehen.

Abwarten und sehen, wie er auf mein Erscheinen reagiert? Und was, wenn er bewaffnet ist? Doch lieber einen Schritt zur Seite gehen, ihn entwaffnen und anschließend die Scheiße aus ihm rausprügeln?

Noch ehe ich zu einer Entscheidung komme, öffnet Frank Miller die Tür. Ich erkenne ihn sofort, denn er sieht genauso aus wie auf dem Fahndungsfoto in seiner Akte. Klein, schmächtig, schlechte Haut und … Oh, schau, er lässt sich eine Glatze stehen.

Ich lächele zuckersüß, da augenscheinlich keine direkte Gefahr von ihm ausgeht. »Mr. Miller?«, frage ich und lasse die Gehirnblondine raushängen.

Er nickt in freudiger Erwartung und als er beginnt, mich mit Blicken auszuziehen, sehe ich nur zwei Möglichkeiten.

Möglichkeit eins: Ich kotze ihm augenblicklich vor die Füße.

Möglichkeit zwei: Ich zeige ihm, wie aus einer flachen Hand eine Faust wird.

Es fällt mir nicht schwer, mich für die Variante zu entscheiden, bei der ich ebenfalls ein wenig Spaß habe. Also packe ich Miller mit der linken Hand an der Schulter, reiße ihn näher an mich heran und vollführe gleichzeitig eine schnelle Kreisbewegung mit dem Ellbogen meines rechten Armes. Der harte Knochen trifft Miller völlig unvorbereitet mitten im Gesicht. Ein leises Knirschen ist zu hören, als sein Kopf zur Seite fliegt, er mit einem dumpfen Geräusch zu Boden geht und benommen in seiner Eingangstür liegen bleibt.

»Wasss …«, beginnt er wie ein Betrunkener, eine Frage zu stellen, und versucht, sich aufzurappeln.

»Was ich will?«, nehme ich ihm die Frage ab und deute mit ausgestrecktem Zeigefinger auf den am Boden Liegenden. »Ich schleife Ihren Arsch jetzt zur nächsten Polizeidienststelle, denn ich will, dass Sie endlich hinter schwedischen Gardinen landen, Sie dreckiger Mistkerl.«

Er will protestieren, doch ich beuge mich sofort über ihn – puh, der Kerl stinkt wie eine Bahnhofskneipe –, packe seinen Hemdkragen und gebe ihm mit geballter Faust voll eins auf die Zwölf. Miller gehen direkt die Lichter aus und ich versuche, den Schmerz in meiner rechten Hand wegzuwedeln.

»Das war für die Frauen, die du unsittlich berührt hast, du schmieriger Schleimbolzen«, sage ich und trete ihm noch zusätzlich in die Seite. »Blödes Arschloch.«

In einer eingeübten Bewegung packe ich Miller, der schnaufende Geräusche von sich gibt, und schultere ihn, wobei mein Nacken ein wenig protestiert. Kaum zu glauben, was so ein zierliches Persönchen, wie ich es bin, mit der richtigen Technik tragen kann, oder?

Ich ziehe seine Wohnungstür ins Schloss, hoffe noch kurz, dass Miller den Herd nicht anhat und seine Bude nicht abfackelt, und mache mich auf den Rückweg zu Jimmy, was bei dem aufgeweichten Boden keine einfache Übung ist. Millers Gewicht ruht ungewohnt schwer auf meiner Schulter und mein langes Haar ist unter seinem Körper eingeklemmt, sodass meine Kopfhaut unangenehm ziept. Memo an mich selbst: beim nächsten Mal einen Pferdeschwanz tragen.

Zwei Goblins auf der anderen Straßenseite werfen mir seltsame Blicke zu, als ich, endlich auf festem Untergrund angekommen, auf dem Gehweg entlangschlendere und mich unweit entfernt schließlich an der Hintertür meines Hondas zu schaffen mache.

»Guten Abend«, sage ich freundlich und sehe zu, dass ich Miller auf meinen Rücksitz gehievt bekomme, wobei er sich mehrmals den Kopf an der Karosserie stößt, bevor er schnaufend auf die Rückbank plumpst.

Nachdem ich die Tür geschlossen habe, umrunde ich den Wagen und öffne dann die hintere Tür auf der anderen Seite. Anschließend schnappe ich mir Millers Handgelenk und führe es hinauf zum Haltegriff an der Decke des Wagens, wo immer ein Paar Handschellen bereit hängt, um die richtig bösen Buben im

Zaum zu halten. Mit einem *Klick* rastet erst die eine, dann die andere Schelle um sein Handgelenk ein und Miller baumelt nun irgendwie grotesk verdreht von der Wagendecke.

Ich nicke zufrieden, wische mir die Hände an den Oberschenkeln ab und fühle mich dennoch dreckig. Ich will ein Bad! Und Jimmy wird morgen ebenfalls gründlich gereinigt.

Als ich mich wieder zu voller Größe aufrichte und mein Blick den der Goblins streift, die immer noch wie fest verankert dastehen und zu mir herüberstarren, haben sie es mit einem Mal ganz schrecklich eilig, aus meiner Reichweite zu gelangen.

Noch während ihre schnellen Schritte verhallen, sehe ich hinauf zum aufgegangenen Sichelmond. »Wirklich nette Gegend«, sage ich und knalle die Fahrzeugtür zu.

Kapitel 2

Miller kommt schnaufend zu sich, als ich gerade an einer roten Ampel warte und ungeduldig mit dem Gaspedal spiele. Ich hatte wirklich gehofft, dass er auf dem ganzen Weg bis zum Revier den Schlaf der Gerechten schläft. Aber man kann eben nicht alles haben.

»Was zum …«, höre ich ihn benommen fragen, dann klimpern die Handschellen, an denen er zerrt, als er vollends zu sich kommt. »Hey! Hey, Sie da! Was soll das? Wer sind Sie?«

Ich riskiere einen Blick in den Rückspiegel, über den er mich böse anfunkelt. »Bleiben Sie ruhig, Mr. Miller. Ich habe die Befugnis, Sie auf ein Polizeirevier zu bringen, da Sie nicht zu Ihrem Gerichtstermin erschienen sind.«

»Hey, Lady«, beginnt er und lehnt sich zwischen den Sitzen so weit nach vorn, wie es ihm möglich ist.

Lady?, knurre ich innerlich. *Was zum Teufel ist nur los mit den Leuten?*

»Sie haben den Falschen.«

»Das sagen alle«, erwidere ich ruhig und halte den Blick starr auf die Ampel gerichtet. »Lehnen Sie sich bitte zurück und genießen Sie den Rest der Fahrt. Ihre Geschichten können Sie dann dem Haftrichter erzählen.«

»Ich sagte, Sie haben den Falschen!«, brüllt Miller ungehalten und reißt am Haltegriff, richtet jedoch keinen Schaden an. »Was ist das? Ist das Blut?«

Als die Ampel auf Grün springt, werfe ich kurz einen Blick nach hinten und sehe, dass er seine blutende Nase bemerkt hat.

»Du hast mir die Nase gebrochen, du hinterhältige Schlampe!«

Ich fahre so scharf an, dass Miller hart in den Sitz gedrückt wird und sich nur noch mehr echauffiert.

»Das wird Konsequenzen haben«, versichert er mir und versucht es jetzt offenbar im Ruhigen, als wir gemütlich die Cleveland Avenue entlangfahren und ich die Luft des Reviers schon fast riechen kann.

Nur noch ein paar Meilen. Dann ist es geschafft.

»Dreckshure!«

In aller Seelenruhe krame ich mein Telefon hervor, klappe es, den Mund zu Hilfe nehmend, auf und drücke auf den ersten gespeicherten Eintrag in der Kurzwahlliste, bevor ich das Telefon zwischen Schulter und Ohr klemme.

Während ich dem Freizeichen lausche, tritt Miller immer wieder gegen den Sitz und beleidigt mich und mein Auto. Als er dabei angelangt ist, auch meine Mutter mit in die ganze Sache zu verwickeln, nimmt endlich jemand am anderen Ende das Gespräch an.

»Roalstad«, sagt Otis' respekteinflößende Stimme, obwohl er meine Nummer bereits in- und auswendig kennt und demnach genau weiß, wer ihn gerade anruft.

»Ich bin's«, sage ich schlicht und verziehe das Gesicht, weil Millers Geschrei mir bereits Kopfschmerzen bereitet.

»Wieder in Schwierigkeiten?«, fragt mein Gesprächspartner, der die Hintergrundgeräusche scheinbar völlig falsch deutet.

»Nicht doch«, verneine ich und fahre zügig von der Canal auf die North Rampart Street auf. Ohne den Blinker zu setzen.

Ich bin so rebellisch.

Meine Mutter würde diese Handlung jedoch minderbemittelt nennen.

»Kannst du ein Empfangskomitee bereitstellen? Ich habe hier Frank Miller, der schon begierig auf seine Arrestzelle wartet.«

Ich werfe besagtem Miller einen Blick über den Spiegel zu und bemerke dabei, dass er plötzlich verdächtig ruhig ist und mich überlegend mustert.

»Wir sind in drei Minuten da«, füge ich hinzu und klappe das Telefon bereits zu, noch bevor Otis' »Alles klar« mich vollständig erreicht hat. »Was ist?«, kann ich mir nicht verkneifen, zu fragen, und lege mein Telefon auf das Armaturenbrett, wobei ich erst jetzt einen Strafzettel bemerke, der unter dem Scheibenwischer hängt und kräftig im Wind flattert.

Mist. Nicht schon wieder!

»Ich kenne dich«, sagt Miller leise und mit zusammengekniffenen Augen.

Ist der blöd? Natürlich kennt er mich. Er hat mich ja auch angerufen, oder etwa nicht?

»Du bist doch die Olle, die das Rathaus in die Luft gejagt hat.«

Ich beiße mir auf die Innenseite meiner Unterlippe und greife das Lenkrad fester. »Nein«, lüge ich, ohne rot zu werden. »Da müssen Sie mich verwechseln.«

»Doch«, beharrt Miller und rückt auf seinem Platz so weit nach vorn, wie es ihm möglich ist. Dabei tropft seine blutende Nase meinen Beifahrersitz voll. Widerlich. »Du bist das Flittchen, das auch Barny eingebuchtet hat. Ki… Ku… Ka… Karlusl? Karleeisl? Karlaillse!«

»Carlisle«, korrigiere ich den blutenden Drogendealer. »Das S ist stumm. Und ich buchte überhaupt niemanden ein. Dafür ist immer noch die Polizei zuständig.«

»Hinterhältige Fo…«

»Zügeln Sie Ihre Ausdrucksweise, oder ich werde wirklich handgreiflich!«, rufe ich ihm zu.

Wie weit ist es eigentlich noch bis zu diesem beschissenen Revier? Und was stinkt hier eigentlich so?

Ich kurbele das Fenster ein Stück nach unten und atme die kühler werdende Abendluft ein, während diese mit meinem offenen Haar spielt, welches mich wiederum am Hals kitzelt.

»Was ist das überhaupt?«, spuckt Miller aus, lacht dann laut auf und ich kann seinen Blick auf meinem selbst gebastelten Rückspiegelschmuck förmlich spüren.

»Ein angebissener Apfel«, erkläre ich aus einer Laune heraus und kann das rettende Revier an der Ecke St. Louis Street bereits sehen. Ich trete ein wenig mehr aufs Gaspedal und der Honda beschleunigt merklich. »Aus Filz.« Auf meine Affinität zu alten Kindermärchen gehe ich an dieser Stelle lieber nicht weiter ein.

»Hat den eine Zweijährige gebastelt?«, prustet Miller wieder los, doch ich gehe auch darauf nicht ein. »Das könnte selbst mein Großonkel Phil besser, und der hat nur noch einen Arm und zwei Finger.«

Ich seufze leidend, als ein SUV vor uns einschert und ich das Fahrzeug abbremsen muss. Somit verpassen wir die Grünphase der nächsten Ampel und ich bin Millers geistigen Ergüssen ein paar quälende Sekunden länger ausgeliefert.

»Halten Sie den Mund, oder Sie verbringen die restliche Fahrt im Kofferraum«, drohe ich, obwohl ich weiß, dass ich dieses Unterfangen nur schlecht in die Tat würde umsetzen können.

»Das will ich sehen, Püppchen«, meint Miller, droht fortführend mit seinem Anwalt und meint dann plötzlich: »Ich muss mal.«

»Wir sind gleich da«, sage ich zerknirscht und hämmere den Gang rein.

»Ich muss aber jetzt«, schreit Miller los und ich könnte schwören, dass das Innere des Wagens vom bösen Blitzen in seinen Augen kurz taghell erleuchtet ist. »Ich kann es nicht mehr halten.«

»Unterstehen Sie sich!«, schreie auch ich und verreiße kurz das Lenkrad, als ich sein Vorhaben durchschaue und hektisch mit dem Arm wedele. »Aufhören! Sofort!«

Wir holpern über einen Bordstein und Miller stöhnt erleichtert auf. Mit einem Mal riecht es im gesamten Wagen streng nach Zwiebelsuppe.

»Zu spät«, meint er gelassen und lehnt sich zufrieden zurück. »Ich lasse es schon laufen. Wussten Sie nicht, dass ich eine Blasenschwäche habe? In Stresssituationen habe ich mich nicht mehr unter Kontrolle.«

Meine Zähne knirschen, als ich endlich auf den freien Bereich des Präsidiums rase und vor der kurzen Treppe zum Eingang des Gebäudes stehen bleibe. Von Otis' Empfangskomitee ist keine Spur zu sehen.

Toll!

»Heute habe ich zusätzlich noch böse Darmprobleme«, fügt Miller hinzu und seine Handschellen rascheln, als er versucht, weiter in den Fußraum zu rutschen.

»Sie perverser Pisser!«, rufe ich völlig außer mir und versuche, irgendwie auf den Rücksitz zu gelangen, um Miller von seinem Vorhaben abzuhalten.

Die Luft wird aus meinen Lungen gepresst, als mein Gurt mich davon abhält. Ein lauter Furz ertönt und Miller verzieht das Gesicht in heldenhafter Anstrengung. Ohne weiter nachzudenken, greife ich nach meiner Tasche und schleudere sie in Richtung Rücksitz, wo sie den furzenden Fiesling mit einem unschönen *Klong* am Kopf trifft. Miller sackt zum zweiten Mal am heutigen Abend in sich zusammen und Stille erfüllt das Wageninnere.

Mein Blick huscht zu meinem Gehirn, welches nun mit anderen weit verstreuten Sachen auf der Rückbank liegt. Dann bemerke ich die Sauerei zu Millers Füßen und wende mich angeekelt ab.

Ich erschrecke schon wieder, als jemand gegen mein halb geöffnetes Fenster klopft.

»Ms. Carlisle«, sagt ein uniformierter Officer begrüßend nickend und ich bin ihm dankbar, dass wenigstens einer meinen Namen richtig ausspricht. Ich kenne den jungen Mann nur vom Sehen, aber sein Namensschild zeigt die Aufschrift Blake.

»Hallo«, sage ich schlicht und zeige auf die Rückbank. »Das ist Frank Miller. Er ist nicht vor Gericht erschienen und bittet jetzt dringend um eine Inhaftierung. Die Kaution ist noch nicht verfallen und geht an *Rent a Hunter.* Ach ja, Mr. Miller benötigt eventuell medizinische Versorgung. Der arme Trottel ist doch tatsächlich ganz ungünstig gestolpert.«

»Hm«, macht Blake, nur minder überzeugt, stellt jedoch glücklicherweise keine weiteren Fragen, sondern geht zur Hintertür und besieht sich stumm die angerichtete Sauerei durch das geschlossene Fenster.

Ich steige aus und bemerke erst, wie mies der Gestank in meinem Wagen ist, als frische Luft um meine Nase weht.

Officer Blake öffnet die Hintertür und tritt sofort einen Schritt zurück. »Puh«, ruft er aus und schaut mich sogleich mitleidig an. »Das riecht ja schlimmer als in einem Iltisbau. Oder hat hier vielleicht ein Waschbärweibchen im Fußraum geworfen?«

Blake lacht kurz auf und ich stimme humorlos ein. Dann halte ich die Luft an, beuge mich ins Innere und sammele schnell meine Siebensachen zusammen. Kaugummi, Hausschlüssel, Tampons, mein wiedergefundenes Gehirn – ganz wichtig –, einen Taser, ein nicht mehr funktionierendes Feuerzeug und das Ladekabel für mein Telefon.

Ich richte mich wieder auf und überlege, wie ich die famose Verunreinigung wieder gereinigt bekomme, während ich Blake aufmunternd auf die Schulter klopfe. Ab hier ist Miller *sein* Problem.

Ich greife mir den Strafzettel von der Windschutzscheibe und stopfe ihn zusätzlich in meine Tasche, bevor ich auf dem Absatz kehrtmache und das Revier betrete.

»Scheiße«, höre ich Blake noch murmeln, als ihm vermutlich dämmert, welch undankbare Aufgabe vor ihm liegt.

Ich stolziere mit geschulterter Tasche durch die hölzerne Eingangstür des Reviers und gehe sofort im regen Treiben geschäftiger Polizeiarbeit unter. Kaum einer beachtet mich. Nur hin und wieder erhalte ich ein höfliches Kopfnicken wie das, welches Officer Blake mir geschenkt hat.

Den Weg zu Otis' Büro kann ich im Schlaf zurücklegen. Geradeaus ins Treppenhaus, in der ersten Etage links abgebogen, vorbei an den Großraumbüros, wo mir Detective Matthews und Detective Cunningham böse Blicke zuwerfen und ich ihnen dennoch übertrieben freundlich zuwinke. Noch eine Rechtskurve, vorbei an einem chronisch leeren Wasserspender und dann immer geradeaus bis zum Ende des Ganges.

Otis Roalstad, Captain des Reviers und guter Freund meiner Eltern, sieht mich durch die Glasfront seines Büros bereits den Gang entlangflanieren und beendet schnell ein Telefongespräch, bevor ich eintrete.

»Tess«, grüßt er, noch ehe er seine Gesprächsnotiz ganz verstaut hat, und mustert mich wissend. »Du siehst gut aus.«

Otis ist in seinen Sechzigern, der Ansatz seines kurzen grauen Haares zieht sich immer mehr zurück und seine gütigen Augen werden von Falten eingerahmt, die sich auch auf seinem gesamten Gesicht zeigen und von einem Leben herrühren, welches in vollen Zügen gelebt wurde.

»Danke«, sage ich, weil ich weiß, worauf er hinauswill. »Du hältst dich wie immer noch besser.«

Sein Mund verzieht sich zu einem einnehmenden Lächeln. Mein Blick huscht wie so oft zu der verblassten Narbe, die sich über seine Unterlippe zieht und einem flüchtigen Betrachter kaum auffallen würde. Schnell wechsele ich das Thema.

»Frank Miller wird soeben unter Arrest genommen«, verkünde ich stolz.

Bereits mein dritter Kautionsflüchtling in fünf Tagen. Ich habe anscheinend einen Lauf. Nur blöd, dass mir langsam die lukrativen Fälle ausgehen und meine Miete bald fällig ist.

»Das ging ja schneller als gedacht«, gesteht Otis mir zu und ich weiß, dass er dies nicht abwertend meint.

Sein Lächeln verblasst, während ich meine Tasche von meiner Schulter gleiten lasse. Mein Gehirn ist wirklich schwerer, als es aussieht. Mit einem dumpfen Geräusch landet die Tasche neben meinen Füßen.

»Er ist wirklich nicht der Hellste«, bemerke ich und Otis nickt zustimmend.

Es vergehen ein paar Momente, in denen wir uns stumm betrachten und ich ein wenig nervös mit den Füßen scharre.

»So wortkarg?«, beendet Otis schließlich das Schweigen, während irgendwo im Gebäude ein Faxgerät piept und ich mit den Schultern zucke.

»Keine besonderen Vorkommnisse.«

»Hm«, macht auch Otis, wie bereits Blake zuvor, wirkt jedoch wirklich abwesend. Wahrscheinlich ist er gedanklich bei irgendeinem wichtigen Fall.

Apropos.

»Otis, ich muss mit dir reden.« Ich lasse mich auf dem Besucherstuhl ihm direkt gegenüber nieder.

»Geht es um die Kaution für Miller? Die kriegst du innerhalb der nächsten Tage überwiesen.«

»Gut, danke, aber darum geht es nicht. Ich brauche deine Hilfe. Mir gehen die Aufträge aus. Du musst mich zum zivilen Berater machen und mir Akteneinsicht in deine Fälle gewähren.«

Otis lehnt sich in seinem Bürostuhl zurück, legt die Ellbogen auf die Armlehnen und seine Fingerspitzen vor seinem Körper gegeneinander. So verharrt er ein paar Sekunden und sieht mich mit zusammengekniffenen Augen an. Dann lacht er laut auf.

»Das ist wirklich witzig. Für einen Moment habe ich geglaubt, dass du es ernst meinst.«

Ich sehe ihn vielsagend an.

»Oh Gott, du *meinst* es ernst. Wie stellst du dir das vor? Zivile Berater arbeiten ehrenamtlich.«

Mein Blick wird verschmitzt. »Ja, aber wenn ich die bösen Buben dingfest mache, kann es durchaus sein, dass sie ihre Kaution nicht zahlen können, und dann komme ich erneut ins Spiel.«

»Das ist gar nicht mal so blöd«, muss Otis mir widerstrebend zustimmen. »Aber deine Mutter würde mich umbringen, wenn sie erfahren würde, dass ich dafür verantwortlich bin, dass du dich in Gefahr begibst. Also … noch mehr, als du es bereits tust.«

Ich beuge mich vor und falte sogar die Hände wie im Gebet, als ich mich auf seine Tischplatte lümmele und dabei das glänzende Namensschild darauf verrücke. »Bitte, Otis! Ich muss doch irgendwie meine Brötchen verdienen. Mein Vermieter bringt mich um, wenn ich nicht pünktlich meine Miete zahle. Der Typ hat ein Kreuz so breit wie ein Schrank.«

Otis sieht mich völlig unbeeindruckt an und wir ignorieren beide den Lärm, der irgendwo im Treppenhaus seinen Ursprung haben muss.

»Dein Vermieter ist ein laufender Meter«, erinnert Otis mich an Pucks Körpermaße.

»Du kennst ihn doch gar nicht«, versuche ich, mich herauszureden, rücke das Namensschild wieder zurecht und puste sogar ein Staubkorn von dem gebeizten Holz.

»Er ist ein Wichtel. Wie groß kann er schon sein?«

Ich lasse seine Frage unbeantwortet und überlege kurz, ob ich vielleicht auf die Knie fallen soll, entscheide mich dann aber doch für etwas, das ich für den sogenannten Dackelblick halte.

Dieser scheint Wirkung zu zeigen, denn Otis seufzt schwer und sieht zur Seite. Ich beobachte ihn dabei, wie er eine tief liegende Schublade unter seinem Schreibtisch öffnet und seine Finger Akten zur Seite schieben, welche an Schienen befestigt sind und nach Aktenzeichen geordnet im Rhythmus der Suchbewegung baumeln.

»Da«, scheint er fündig geworden zu sein, pflückt eine dünne rote Akte aus dem Schubfach und legt sie mir vor die Nase. »Kannst du behalten. Ist bereits eine Kopie.«

»Ich könnte dich knutschen!«, rufe ich überschwänglich, als ich die Akte dankend an mich nehme.

»Lieber nicht, sonst entstehen noch Gerüchte«, brummt Otis, ohne mich anzusehen, und reibt sich die Stirn. »Und jetzt raus, bevor ich es mir noch anders überlege.«

Ich packe meine Tasche und erhebe mich quasi sofort, dann fällt mir jedoch noch eine wichtige Sache ein. »Das hätte ich fast vergessen.«

Otis sieht mich fragend an und seine buschigen Augenbrauen gehen dabei in die Höhe. Ich krame meinen Strafzettel hervor und überreiche ihm das Knöllchen feierlich.

»Wie könnte es auch anders sein.«

»Wäre nett, wenn du dich darum kümmern könntest.«

»Aber gern doch«, verkündet Otis und lässt den Zettel in einem Fach auf der anderen Seite seines Schreibtisches verschwinden, welcher bereits vor Strafzetteln überquillt. Er hat mächtig damit zu kämpfen, die Schublade wieder zu schließen.

Ich räuspere mich verlegen, da ich weiß, dass ich allein dieses Fach gefüllt habe. Langsam gehe ich rückwärts und drücke die Fallakte dabei fest an mich. »Danke, Otis. Man sieht sich.«

»Ja.« Er wirkt plötzlich erschöpft. »Wir sind ja nicht blind.«

Ich husche schnell nach draußen und ziehe die Bürotür hinter mir zu, als Tumult aus dem Treppenhaus an mein Ohr dringt.

»Wenn Sie sich nicht beruhigen, müssen wir Sie ruhigstellen«, brüllt irgendjemand.

Blake?

»Das Flittchen hat mir die verdammte Nase gebrochen!«

Oje.

Ich nehme die Beine in die Hand.

Ich habe keine Lust auf eine Szene und bemühe mich, schnell das Revier zu verlassen. Am Treppenaufgang des Erdgeschosses muss ich mich jedoch meinem Schicksal stellen.

Drei Polizeibeamte mühen sich mit Miller ab, der anscheinend wieder zu sich gekommen und im Vollbesitz seiner körperlichen Kräfte ist. Einer der Beamten hat bereits eine Elektroschockpistole schussbereit und macht nicht den Eindruck, als würde er davor zurückschrecken, diese auch einzusetzen.

»Das ist sie!«, brüllt Miller und seine Stimme überschlägt sich fast, als sein Blick in meine Richtung fliegt. »*Die* müsst ihr festnehmen, nicht mich!«

»Mr. Miller, beruhigen Sie sich, oder wir werden Sie tasern«, ruft eine weibliche Stimme und ich versuche, mich an der Szenerie vorbeizuschieben, ohne groß darin involviert zu werden.

»Fick dich!«, ist Millers Antwort, als ich gerade auf gleicher Höhe mit dem Vierergespann bin.

Ich habe irgendwie im Blut, was sein nächstes Vorhaben ist, und drehe mich genau in dem Moment zur Seite, als sein Speichel in meine Richtung fliegt. Irgendetwas Nasses trifft mich am Hinterkopf und verfängt sich in meinem offenen Haar.

Großartig!

Ich höre das statische Knistern, als sich mit Drähten verbundene Projektile in Millers Haut bohren und fünfzigtausend Volt durch den Körper des unkooperativen Mannes jagen. Fünf Sekunden später ist es still und ich bin auf dem Weg nach draußen, wo ich sogleich vor meinem verschlossenen Wagen stehe.

Blake.

Ich höre hinter mir einen Schlüsselbund klimpern.

»Ich war so frei«, erklärt Officer Blake, der sich offensichtlich von der Miller-Problematik loseisen konnte. Ich drehe mich um und sehe, wie er mit meinen Autoschlüsseln in der erhobenen Hand auf mich zukommt. »Nicht, dass das gute Stück noch abhandenkommt.«

Wohl kaum.

Ich male mir aus, wie sich Millers flüssige Hinterlassenschaften in meinen Polstern einnisten.

»Danke.« Ich fange die Schlüssel mit beiden Händen auf, als er sie mir aus zwei Metern Entfernung zuwirft, und lasse sie fallen.

Peinlich.

Schnell bücke ich mich und überlege mir auf meinem Weg nach unten ein Gesprächsthema, das von meinem Fauxpas ablenken kann. Ich greife nach dem Schlüsselbund, meine Fingernägel kratzen über den klebrigen Asphalt vor dem Revier. Als ich mich wieder aufrichte, hält Blake mir eine Visitenkarte unter die Nase.

»Ich dachte, Sie haben vielleicht Interesse daran«, meint er.

In meinem Kopf beginnt es zu rattern. Reicht er mir gerade seine Telefonnummer? Ist er nicht deutlich zu jung für mich? Obwohl er ein netter Kerl zu sein scheint. Man soll ja niemals nie sagen.

»Äh«, stottere ich. »Ich fühle mich wirklich … geschmeichelt?«

»Kein Ding. Mein Cousin Vince hat den Autoreinigungsservice *Wash In* unten in Algiers. Wenn Sie ihn von mir grüßen, macht er Ihnen sicherlich einen Sonderpreis.«

Ich spüre, wie sich eine leichte Hitze in meine Wangen schleicht, und hoffe, dass Blake dies aufgrund der diffusen Lichtverhältnisse nicht bemerkt. Rasch murmele ich ein Dankeschön, nehme die Karte und ramme den Autoschlüssel ins Schloss der Fahrertür, um mich schnell hinter das Lenkrad zu schwingen und von dannen zu ziehen.

»Sie haben da … etwas im Haar«, gibt Blake mir noch mit auf den Weg.

Ich nicke dankend und gleichzeitig verabschiedend.

Bei geöffnetem Fenster kann ich es vielleicht bis zur Agentur schaffen, ohne mich aufgrund des Geruchs im Wagen übergeben zu müssen, überlege ich und bin bereits am Kurbeln, als ich wieder auf die North Rampart Street rolle und das Revier hinter mir lasse. Die Karte des *Wash In*s verstaue ich achtlos zwischen den Sitzen und versuche, durch den Mund zu atmen. Der Gestank ist trotz offenen Fensters und Fahrtwindes wahrlich bestialisch. An Millers Hinterlassenschaft in meinem Haar will ich gar nicht erst denken.

Würg.

Die traurig flackernde Leuchtreklame der Agentur begrüßt mich, als ich zwanzig Minuten später auf dem Gehweg direkt vor *Sheldon's Magical Pigment Shop* parke und zusehe, dass ich den Gestank hinter mir lasse. Das Hauslicht ist noch an.

Ich stoße die dunkelrote Tür ins Innere auf und bin dankbar, dass die Tür zu Sheldons Laden geschlossen ist. Irgendwo wird leise Musik gespielt und tierische Laute röhren aus den Tiefen des Ladens in das Treppenhaus.

Mit einem unguten Gefühl schleiche ich so leise wie möglich in die Agentur. Fin hat wohl meinen Rat befolgt und ist nach Hause gegangen. Das Büro ist abgeschlossen und ich suche an meinem riesigen Schlüsselbund nach dem passenden Schlüssel. Nachdem ich die doppelt verriegelte Tür geöffnet habe, bahne ich mir im fast dunklen Empfangsraum einen Weg zu meinem Arbeitszimmer.

Nur das Licht, welches aus dem Treppenhaus hereinleuchtet, und das störende Neonrot der Leuchtreklame an der Fassade spenden etwas Helligkeit, sodass ich den angrenzenden Raum erreiche, ohne über Fins Topfpflanzen zu stolpern.

In meinem Büro angekommen, betätige ich den Lichtschalter und Bob huscht in seinem Goldfischglas schnell zwischen eine Anordnung aus asiatischer Vallisneria. Ich bemerke, dass Fin meinen Schreibtisch aufgeräumt und die losen Akten nach ›erledigt‹ und ›unerledigt‹ geordnet hat. Zu meinem Bedauern ist der Stapel ›unerledigt‹ wesentlich kleiner und damit die Aussicht auf einen bevorstehenden Geldsegen ebenso gering.

Ich mache mir nicht die Mühe, meine Jacke auszuziehen, setze mich hinter den Schreibtisch, schalte den PC-Bildschirm wieder ein und schließe *Solitaire*, bevor ich Otis' Akte vor mich lege und einen Blick hineinwerfe.

Schnell legt sich meine Stirn in Falten, denn mir wird klar, dass er mir einen Fall untergejubelt hat, der für mich so gut wie nicht zu lösen ist. Frustriert kaue ich auf meiner Lippe und starre auf die verschwommenen Bilder, welche an die erste Seite der Akte geheftet sind.

Coral Moore und Gemma Dearing erinnern mich auf verquere Weise an das Gängsterpärchen Bonnie und Clyde. Diverse Einbrüche in den letzten Monaten, Raubüberfälle, Entführung und sogar ein Fall von besonders schwerer Tierquälerei. Die Polizei ist sich nicht sicher, welcher Rasse Gemma angehört. Vermutet wird, dass es sich bei ihr um eine Nymphe handelt. Bei Coral hingegen ist man sich absolut sicher. Der Mann ist ein Zentaur.

Kein Gericht der Welt würde diese beiden gegen Kaution auf freien Fuß – oder Huf – lassen und ich beginne, wirklich sauer auf Otis zu werden. Wieso gibt er mir einen Fall, der für mich nur Zeitverschwendung ist?

Egal, mein Ehrgeiz ist geweckt.

Ich füttere mein absolut geheimes Geheimprogramm mit den Eckdaten, die mir bekannt sind – also nicht viel, denn in der Akte stehen nur die Namen der beiden Gesuchten –, und bin so richtig frustriert, als keine Einträge gefunden werden. Nichts. Nada. Niente!

Ärgerlich.

Ich beginne zu glauben, dass es sich vielleicht gar nicht um die richtigen Namen der beiden Verbrecher handelt. Also habe ich keinen einzigen Hinweis.

Das Ticken der Wanduhr nervt mich, als ich ein Online-Telefonbuch mit meinem lahmen Internetbrowser öffne. Während sich die Seite quälend langsam aufbaut, beobachte ich den Sekundenzeiger der Uhr an der Wand gegenüber und bemerke, dass es bereits kurz nach zwölf Uhr nachts ist.

Endlich kann ich die einfache Benutzeroberfläche der Weißen Seiten mit Informationen füttern und erhalte für den Namen Dearing im Raum New Orleans ganze vierundzwanzig Einträge.

Sofort drucke ich die angezeigten Adressen und die dazugehörigen Telefonnummern aus und mache mich daran, nach Corals Nachnamen zu suchen. Ein gequältes Seufzen entweicht mir. Dreitausendfünfhundertsiebenundneunzig Einträge.

Ich füttere den Tintenstrahldrucker unter meinem Fenster mit Papier, bevor ich die restlichen Seiten drucke und vorher so lange an den Einstellungen herumspiele, bis ich die Ergebnisse auf gute fünfzig Seiten gequetscht bekomme. Eine Anzeige ploppt auf und teilt mir mit, dass sich wenig Tinte in den Patronen befindet, aber ich ignoriere sie.

Ich warte eine gefühlte Ewigkeit und ziehe gelangweilt Vierecke mit der Maus auf dem Computerdesktop, als endlich die letzte Seite aus dem Drucker rattert und dieser schließlich verstummt.

Seufzend nehme ich die zahlreichen Seiten an mich, rolle sie zusammen und schiebe sie ansatzweise in die Innentasche meiner Jacke, wodurch diese eine unschöne Beule zur Schau stellt. Gähnend verlasse ich meinen Arbeitsplatz und trete in den Empfangsbereich. Kurz bevor ich die Tür erreiche, klingelt das Telefon auf Fins Schreibtisch laut und schrill.

Ich runzele die Stirn über die merkwürdige Uhrzeit des Anrufs. Wahrscheinlich ein Vertreter der Vampirgesellschaft, der mir Knoblauch verkaufen will. Ich gebe dem Anrufer eine Chance, auch weil ich einfach neugierig bin, laufe langsam zum Schreibtisch und hebe den Hörer an mein Ohr. Dabei muss ich wieder an Millers Speichel in meinem Haar denken.

Urgh!

»Kautionsagentur *Rent a Hunter*. Sie sprechen mit Tess Carlisle. Wie kann ich Ihnen helfen?«, sage ich halbwegs fröhlich in den Apparat und setze mich mit einer Pobacke auf die Schreibtischkante.

»Ms. Carlisle. Schön, dass ich Sie noch erreiche. Mein Name ist Donna Wilson. Ich bin die persönliche Assistentin von Robert Coleman.«

Oha.

Robert Coleman. Inhaber eines Rüstungsimperiums, Playboy, aber auch Wohltäter der Stadt. Der Mann ist ein einziger Widerspruch in sich. Oder um es mit anderen Worten auszudrücken: Der reiche Schnösel kann mir mit seinem durchtrainierten Hintern den Buckel runterrutschen.

»Was kann ich für Sie tun?«, frage ich trotzdem aus Höflichkeit, bin aber gedanklich bereits dabei, den Inhalt unseres Kühlschranks durchzugehen.

Mist. Hoffentlich war Puck einkaufen.

»Mr. Coleman möchte in einer dringenden Angelegenheit gern persönlich mit Ihnen sprechen. Könnten wir diesbezüglich einen Termin ausmachen?«

Ich kann mich gerade noch davon abhalten, laut loszulachen. Der eingebildete Schönling hat doch alles, was er braucht. Macht, Reichtum, Personenschützer, Anwälte bis zum Abwinken, eine eigene Insel in der Südsee. Was kann so jemand schon von mir wollen? Eine Kaution soll ich mit Sicherheit nicht für ihn übernehmen.

»Ich denke nicht, dass ich Mr. Coleman bei seinem dringenden Anliegen entgegenkommen kann. Ich wünsche Ihnen noch einen schönen Abend, Ms. Wilson«, antworte ich und lege einfach auf.

Wenig später überkommt mich der Würgereiz, als ich erneut in mein Auto steige und den Heimweg so schnell zurücklege wie zuletzt, als Puck mir die Mitteilung schrieb, dass das Haus in Flammen steht. Er fand seine Umschreibung für ›Mir ist die Gans angebrannt‹ ziemlich witzig. Ich nicht so sehr.

Über alle Maßen erleichtert, fahre ich in die First Street im Garden District ein und halte vor dem Haus mit der Nummer 1312.

Endlich zu Hause.

Das zweistöckige Haus, gebaut im schicken Kolonialstil, erhebt sich mit einem Versprechen von Ruhe und Geborgenheit vor mir. Die rote Holzfassade wirkt bei Nacht fast schwarz, bei Tag flutet das Licht durch die hohen Fenster ins Innere und der gepflegte Garten ist die Augenweide der gesamten Straße.

Ich liebe dieses Haus. Ich liebe den Balkon, der zu meinem Zimmer gehört, den Erker, der über alle Etagen geht, den Kirschbaum im weitaus größeren hinteren Garten, den kleinen gusseisernen Zaun, der das Grundstück abgrenzt, und sogar die lärmenden Kinder der Leprechaunfamilie nebenan.

Puck ist noch wach.

Ich laufe den kurzen gepflasterten Weg zur Veranda entlang, stoße mit klapperndem Schlüsselbund die schmale blaue Haustür auf und trete ins Wohnzimmer.

Die Tür in den Flur steht offen, so kann ich bis in die Küche schauen und sogar durch die halb gläserne Hintertür hinaus in den weitläufigen Garten mit den kleinen runden Solarlampen, die den Pixis in der Nacht ein wenig Licht spenden.

Puck sitzt auf dem größten Element seiner dreiteiligen Couch, während seine Füße in der Luft baumeln und sich Popcornreste auf seinem kleinen Körper sammeln. Er trägt sein AC/DC-T-Shirt und sein Blick trifft meinen, als ich die Tür hinter mir zutrete und meine Tasche gleich daneben auf den Boden fallen lasse.

»Du kannst die Kavallerie zurückrufen«, brummt der Hausherr in unser Festnetztelefon und blinzelt mich dabei mit großen dunklen Augen an. »Sie kommt gerade zur Tür herein.«

Ich sehe den gut achtzig Zentimeter großen Wichtel fragend an, als ich meine Lederjacke mit den immer noch darin befindlichen Ausdrucken über einen Stuhl im Barbereich auf der linken Seite unseres großen Wohnzimmers hänge – welches übrigens über die gesamte Breite des Erdgeschosses geht.

Puck nickt kurz, seine großen herunterhängenden Ohren wackeln und er legt ohne ein Wort der Verabschiedung auf.

»Wer war das?«, frage ich und mein Blick huscht zu Pucks fünfundfünfzig Zoll großem stumm geschalteten LCD-Fernseher, über den gerade irgendein Actionfilm flimmert. Eine wilde Verfolgungsjagd durch hohe Häuserschluchten geht vonstatten und dieser eine Schauspieler, dessen Namen ich mir partout nicht merken kann, schießt gerade sein gesamtes Magazin in die Karosserie des gegnerischen Fahrzeugs.

»Deine Assistentin«, erklärt Puck und pickt Krümel von seinem Shirt. »Hat sich wohl Sorgen gemacht. Dein Telefon ist aus.«

»Habe ich noch gar nicht gemerkt.« Ich taste nach den Taschen an meiner Hose.

Wo ist mein Telefon eigentlich?

»Du bist siebenundzwanzig Jahre alt und kannst noch nicht einmal einen Handyakku am Laufen halten? Und was stinkt hier eigentlich so bestialisch? Bist du das?«, fragt Puck mit trotz seiner geringen Größe erstaunlich tiefer Stimme und verzieht sein faltiges Gesicht so sehr, dass es noch mehr Falten bekommt. »Das mieft ja schlimmer als in einer Kloake.«

»War ein harter Tag«, seufze ich resignierend, unterdrücke ein Gähnen und will mich neben Puck setzen, der mich jedoch mit ausgestrecktem Arm energisch davon abhält.

»Nichts da! So kommst du nicht auf meine Couch. Und was ist das da in deinen Haaren? Trollrotze? Ganz grün, ekelig und …«

»Schon gut!«, schneide ich ihm das Wort ab, während sich eine Explosion im Fernsehen zeigt, deren gewaltige Dramaturgie durch den fehlenden Ton gar nicht zur Geltung kommt. »Ich gehe ja schon duschen.«

»Benutz nicht wieder mein Shampoo«, warnt er mich und greift nach der Fernbedienung. »Und eine Spülung solltest du deinen Haaren auch mal wieder gönnen. Du siehst aus wie die Vogelscheuche aus dem Zauberer von Oz.«

Charmant wie immer.

Ich ziehe eine Schnute. »Ich weiß überhaupt nicht, wofür du ein Shampoo brauchst«, grummele ich und betrachte Pucks zahlreiche Härchen, die ihm strähnig über die Stirn und in die Augen fallen. Ich zähle sieben.

»Bla, bla«, winkt Puck nur ab und schaltet den Ton wieder an.

Schnell bediene ich mich in seiner Popcorntüte, bevor ich meine Tasche schnappe und durch den schmalen Flur weiter in die Küche tapse. Ich werfe dem doppeltürigen Kühlschrank einen sehnsüchtigen Blick zu, während Puck beginnt, zu lachen und den Fernseher anzuschreien. »Erschieß ihn doch! Nun mach schon! Du Waschlappen!«

Ich rausche an der großen, in der Mitte des Raumes befindlichen, Arbeitsplatte mit Kochfeld und integriertem Tresen vorbei, um den Kühlschrank energisch aufzureißen. Das helle Licht blendet mich kurz im sonst dunklen Raum und meine anfängliche Freude wird sofort durch den dürftigen Inhalt des Gerätes gemindert. Ein halb volles Glas Erdnussbutter, das ist alles.

»Puck!«, rufe ich und unterbreche somit sein schallendes Gelächter über einen ganz besonders dämlichen Fiesling im Film. »Du warst nicht einkaufen!«

»Ich war letzte Woche«, ertönt seine gedämpfte Stimme, die durch immer wiederkehrende Schießereien kaum zu verstehen ist. »Du bist an der Reihe.«

Ach ja? Verdammt. Welchen Wochentag haben wir eigentlich?

»Scheiße«, fluche ich und schließe die Türen wieder.

Bitter enttäuscht erklimme ich die dunkle Holztreppe, welche vom Flur in die oberste Etage führt und bei jedem Schritt so schön urig knarzt. Auf halbem Weg kommt mir Pucks Katze Chloé entgegen. Das Tier ist ein Monster von einer Maine Coon und fast so groß wie Puck selbst. Der rot getigerte Fellball huscht mit einem *Miau* schnell an mir vorbei.

»Hallo, Chloé«, grüße ich zurück und stapfe weiter.

Am oberen Ende der Treppe angekommen, steuere ich geradewegs das große Badezimmer an, entledige mich meiner Klamotten und sehe zu, dass ich den Schmutz des Tages von meinem Körper gewaschen bekomme. Und Miller.

Mit dem Ergebnis zufrieden, entsteige ich kurze Zeit später der Dusche und wickele meinen noch dampfenden Körper in ein sauberes und äußerst flauschiges Badetuch. Ich öffne das einzige, nach Süden gelegene Fenster und will den Raum gerade verlassen, als ich Pucks Telefon bemerke, das auf der Ablage neben seiner Toilette in Wichtelgröße liegt.

Ein böses Lächeln stiehlt sich auf meine Lippen, als ich es an mich nehme und den Wecker ganz aus Versehen auf drei Uhr morgens stelle.

Huch!

Mit mir zufrieden, verlasse ich das Bad, lösche dabei alle Lichter und wende mich nach links. Mein persönliches Reich liegt direkt über dem Wohnzimmer, auf der der Straße zugewandten Seite des Hauses, und ist der größte Raum. Pucks Domizil liegt in Richtung hinterer Garten. Eine weitere Treppe führt auf den zugemüllten Dachboden, wo allerlei saisonale Dekorationen und alte Möbel ihr tristes Dasein fristen.

Noch in mein Handtuch gewickelt, werfe ich mich auf die zerwühlten Laken in meinem Bett und lasse die nächtliche Ruhe auf mich wirken. Nur das Dröhnen des Fernsehbasses hämmert durch meinen Körper.

Ich beginne, einen Plan für den morgigen Tag zu machen. Ganz oben auf der Liste steht, dass ich mich vor Puck in Acht nehme, wenn meine kleine Wecker-Gemeinheit in dieser Nacht fruchten wird. Dann überschlage ich meinen Tag nur noch grob. Versuchen, eine Kaution für irgendeinen Kleinkriminellen auszustellen, eventuell einen weiteren Kautionsflüchtling auf das

Revier schleifen, einkaufen gehen, versuchen, nicht auf offener Straße erschossen zu werden, und mich bemühen, das Auto gereinigt zu bekommen.

Ja, mit diesem Plan kann ich heute Nacht gut schlafen.

Ich lausche Pucks Lachen, denke, dass ich meinen Pyjama noch anziehen muss, und träume schließlich und ungewöhnlicherweise von kotzenden Pferden.

Kapitel 3

Ich öffne die Augen und fühle mich wie gerädert. Mein Mund ist trocken, mein Kopf dröhnt und meine Blase meldet sich ebenfalls als randvoll zu Wort.

Ich rolle aus dem Bett und stelle fest, dass ich völlig nackt bin. Kurz bin ich über diese Tatsache irritiert, dann erinnere ich mich daran, dass ich nur in mein Handtuch gewickelt eingeschlafen bin, und entdecke, dass dieses jetzt achtlos neben dem Bett auf dem Fußboden liegt.

Schulterzuckend lasse ich es genau dort liegen, reibe mir die Augen und schlurfe zum Kleiderschrank, der neben meinem Schreibtisch steht. Ich sehe aus dem Fenster darüber, während ich in dunkle Jeans und ein weißes Shirt mit V-Ausschnitt schlüpfe. Die Sonne ist noch nicht ganz aufgegangen und die Straßenlaternen sind noch an.

Ich schließe den Knopf an meiner Hose, frage mich kurz, wo meine Schuhe geblieben sind, und zucke erneut mit den Schultern, bevor ich das Zimmer verlasse und barfüßig nach unten schleiche. Zielstrebig begebe ich mich in die Küche und sehe Puck am Tresen der Arbeitsplatte sitzen.

Ich wundere mich jedes Mal aufs Neue, wie er es schafft, auf den hohen Barhocker zu klettern. Vor ihm, auf der gefliesten Fläche der Küchenzeile, steht Erdnussbutter und der Wichtel löffelt genüsslich den Rest aus dem Glas. Daneben steht eine dampfende Tasse und ich steuere sofort die Kaffeemaschine neben dem Kühlschrank an.

»Guten Morgen«, sage ich vorsichtig und nehme eine Tasse aus der Ablage über dem Kochbereich.

»Morgen, T. C.«, grüßt auch der Wichtel und schlürft kräftig an seiner Tasse.

Ich beobachte ihn skeptisch. »Du trinkst Tee?«

»Die Kaffeemaschine ist kaputt«, teilt er mir mit und ich halte in der Bewegung inne.

Kein Kaffee? Es gibt tatsächlich keinen Kaffee? Ich brauche Kaffee!

Ich beschließe, dem *Another Broken Egg*-Café auf dem Weg zur Agentur einen Besuch abzustatten. Ein knurrender Magen ist eine Sache, aber gezwungene Kaffeeabstinenz eine ganz andere.

Chloé kommt durch die Küche gejagt, als ich die Tasse in die Spüle stelle, weil ich bemerke, dass vom letzten Kaffeegenuss noch ein dunkler Rand im Inneren zu sehen ist. Die Katze fegt, ohne langsamer zu werden, durch die Katzenklappe der Hintertür und jagt im weitläufigen Garten Faries, die den Morgentau von unseren Kürbispflanzen sammeln. Ich beobachte das Geschehen eine Weile durch das Küchenfenster, bis Puck sich zu Wort meldet.

»Du solltest doch eine Spülung nehmen«, brummt er angriffslustig.

»Lass mich in Ruhe«, erwidere ich und binde mein Haar schnell zu einem hoch sitzenden Knoten. Dann drehe ich mich langsam um und beobachte, wie Puck sich der *The Times Picayune* widmet, der dreimal in der Woche in Papierform erscheinenden Tageszeitung der Stadt.

»Gut geschlafen?«, frage ich.

Er sieht mich mit verschlafenen Augen an, während er eine Seite weiter blättert und dabei mit der Größe des Tagesblattes zu kämpfen hat. »Wie ein Baby. Und selbst?«

»Dito.«

Wir messen uns mit Blicken. Ich weiß, dass er heute Nacht von seinem schrillen Wecker aus dem Schlaf gerissen wurde, und ich weiß, dass er etwas plant, um sich dafür bei mir zu revanchieren. Und er weiß, dass ich weiß, dass er es weiß. Ich muss auf der Hut sein.

»Irgendetwas Interessantes?«, will ich wissen und deute auf die Zeitung.

Puck verneint kopfschüttelnd und seine lachhaft wenigen Haare wedeln dabei wild hin und her. »Alles nicht der Rede wert. Keine Schießerei in Tremé, kein Mord in Algiers Point, nicht einmal ein Überfall in Marigny. Nur Vollmond ist in siebzehn Tagen.«

Ich nicke verstehend, als Puck auf die meteorologischen Angaben im Kopfteil der Zeitung deutet. »Also kann ich mich heute Morgen getrost auf die Straße trauen.«

»Scheint so«, murmelt Puck verstimmt und nippt erneut an seinem Tee.

Er tut mir fast ein wenig leid. Wenn er nicht seine erhoffte morgendliche Dosis Klatsch und Tratsch und auch ein wenig Mord und Totschlag bekommt, ist er für den Rest des Tages am Boden zerstört.

»Komm doch mit mir frühstücken«, schlage ich vor. »Vielleicht werden wir ja Zeugen einer Verfolgungsjagd unter Mühlengeistern oder wenigstens eines Taschendiebstahls. Wir könnten die Sechste Straße entlanggehen, wenn du magst.«

»Lieber esse ich Chloés Katzenfutter.« Er schlägt die Zeitung zu und springt vom Barhocker auf die glatten Fliesen. Seine überdimensionalen nackten Füße geben dabei ein lautes Platschen von sich.

Das war eindeutig.

Ich mache mich ans Gehen. »Wie du willst. Bis heute Abend.«

Ich erhalte keine Antwort, denn Puck ist Chloé bereits durch die Katzenklappe gefolgt und brüllt im Garten herum. »Spuck sofort den Farie aus! Das ist unser Nachbar!«

Ich tue so, als hätte ich dies nicht gehört, und begebe mich zur Vordertür, aufmerksam und bedächtig, denn man weiß in diesem Haus nie, ob Puck einen Stolperdraht gespannt oder Frischhaltefolie zwischen den Türrahmen platziert hat.

Ohne Schaden zu nehmen, schaffe ich es zur Tür, sammele meine Tasche und meine Jacke auf, und siehe da, auch meine Schuhe stehen ordentlich aufgereiht neben der Tür. Seltsam. Ich schenke dieser Merkwürdigkeit jedoch keine weitere Beachtung, entscheide mich heute für bequeme Turnschuhe und schlüpfe nach draußen.

Die Sonne kämpft sich gerade durch die Wolkendecke, als ich den Bürgersteig betrete und Mr. Endicott von gegenüber zuwinke, der soeben die Zeitung aus dem Briefkasten holt.

Beim Anblick meines Wagens halte ich in der Bewegung inne.

Verdammt. Da war ja noch was.

Ich entscheide mich so gut wie augenblicklich für den Bus, nehme jedoch vorher noch mein Handy vom Armaturenbrett – ein Wunder, dass mir deswegen nicht die Scheibe eingeschlagen wurde –, fische die Visitenkarte vom *Wash In* zwischen den Sitzen hervor und schiebe mir diese in meine Gesäßtasche.

Ich japse nach Luft, als ich den Wagen wieder verschließe, und hoffe wirklich, dass Officer Blakes Cousin etwas von seiner Arbeit versteht. Vor Gestank wäre ich beinahe in Ohnmacht gefallen.

Die Minuten vergehen, als ich wenig später die Washington Avenue nach Südwesten entlangmarschiere. Ich bin froh, dass in den Morgenstunden dieser Jahreszeit milde zwanzig Grad herrschen, und werfe vorüberziehenden Passanten knappe Blicke zu. Man kann ja nie wissen, ob man nicht zufällig einem flüchtigen Straftäter über den Weg läuft.

Als ich gegen neun Uhr morgens die Magazine Street erreiche, habe ich bereits drei Kids des Dealens mit Drogen verdächtigt und eine Frau angehalten, die mit gestohlenem Fahrrad unterwegs war. War sie nicht, aber das wusste ich in dem Moment noch nicht.

Ich reibe mir die Stelle am Oberarm, wo mich ihre Handtasche getroffen hat, und laufe die lange Magazine Street in Richtung Westen, bis ich an der Ecke zur Sixth Street das *Another Broken Egg* erreiche.

Der Geruch von gebratenen Köstlichkeiten steigt mir in die Nase und ich husche schnell durch die Glastür ins Innere, als mir ein Gast, der das Café gerade verlässt, die Tür aufhält. Ich bedanke mich brav, befördere mich schnell hinter einen am Fenster gelegenen eckigen Holztisch für zwei Personen und schnappe mir die Speisekarte.

Pancakes, Hähnchen- und Lachsspieße, französischer Toast, alle Arten Wurst und Speck, Burger und Sandwiches mit gerösteten Zwiebeln, Champignons, Hummerfleisch, garniert mit einer leichten Champagner-Buttersoße, gewürfelte Tomaten und grüne Zwiebeln …

»Was kann ich Ihnen bringen?«, unterbricht mich die Bedienung bei meiner Entscheidungsfindung.

»Hallo«, sage ich erst einmal, um noch wertvolle Sekunden Bedenkzeit zu ergattern. »Ich nehme einen Latte Macchiato und …« Ratlos huschen meine Augen über die viel zu große Auswahl. Ach, was soll's. »Das Omelett mit blanchiertem Spargel, der gebratenen roten Paprika, den grünen Zwiebeln, dem Ziegenkäse und den gerösteten Knoblauchzehen. Dazu bitte Obst der Saison und einen englischen Muffin.«

»Gern.« Die junge Bedienung schreibt eifrig alles auf einen schmalen Notizblock. Sie will bereits gehen, als ich erneut die Stimme erhebe.

»Dazu bitte noch eine belgische Waffel mit Bananen, Pekannüssen und ganz viel Sahne.«

»Sonst noch etwas?«, fragt das junge Ding und betrachtet meine Erscheinung nun etwas genauer.

»Das war's erst einmal, danke.«

Ich beobachte kurz, wie sie sich durch die Anordnung aus Tischen und Stühlen schlängelt, weitere Bestellungen aufnimmt und schließlich hinter einer Schwingtür in die Küche verschwindet.

Während ich auf meine Bestellung warte, krame ich in meiner Tasche nach dem Ladekabel für mein Telefon, verbinde das pinke Mobilteil mit dem Kabel und stöpsele dieses in die günstigerweise an der Wand befindliche Steckdose. Ein Lämpchen leuchtet auf, als sich der Akku des Gerätes wieder auflädt.

In der Zwischenzeit studiere ich die Visitenkarte vom *Wash In*. Sie ist sehr schlicht gehalten. Nur in der oberen linken Ecke prangt die stilistische Comiczeichnung eines Oktopus mit vielen Waschschwämmen. Hm. Trotzdem rufe ich bei dem Unternehmen an und habe nach ein paar Freizeichen Vincent Williams, den Inhaber, am Ohr. Ich richte ihm Grüße von seinem Cousin aus und schon ist er bereit, meinen Wagen sogar abzuholen und besonders schnell seiner speziellen Spezialbehandlung zu unterziehen.

»Josephs Freunde sind auch meine Freunde«, meint er zur Verabschiedung und ich lege dankend auf.

Die Bedienung bringt mir mein koffeinhaltiges Heißgetränk, gerade als ich die Telefonbucheinträge hervorhole und mein Bestes gebe, die geknickten Seiten etwas zu glätten.

»Vielen Dank«, sage ich artig und schiebe meinen Kram etwas beiseite, um meinem Getränk eine Abstellfläche bieten zu können.

Ich nippe kurz an dem Latte Macchiato, wobei ich jedoch nur Milchschaum schlürfe und mir anschließend den weißen Bart von der Oberlippe lecke. Während ich das obenauf liegende Blatt der Dearing-Ausdrucke beäuge, wähle ich die erste Nummer auf meiner Liste und suche in meiner Tasche blind nach einer Metalldose. Ein Freizeichen ertönt und meine Finger bekommen einen Kugelschreiber zu fassen, den sie sogleich auf die Tischplatte befördern. Dann folgt ein Klicken und eine unfreundliche Stimme erhebt sich am anderen Ende.

»Ja?«, brummt derjenige in mein Ohr und ich räuspere mich kurz.

»Hi!«, antworte ich fröhlich und bekomme endlich in den Tiefen meiner Handtasche – gegen die jedes Schwarze Loch ein Dreck ist – etwas Metallisches zu fassen. »Ich bin's, Polly! Ist Gemma zu sprechen?«

Ich klemme mein Telefon zwischen Schulter und Ohr, öffne die Metalldose in Form eines Sargs mit beiden Händen und streue eine Brise des darin befindlichen getrockneten Krautes über meinen Latte Macchiato.

»Hier wohnt keine Gemma«, erhalte ich als Antwort und rühre mein Getränk mit einem Löffel um.

»Oh, falsche Nummer. Entschuldigung, und einen schönen Tag noch.«

Ich lege auf und streiche die erste Nummer auf der Liste durch, bevor ich aufschaue, da die Bedienung mir mein Omelett vor die Nase stellt. Diesmal nicke ich nur und schlürfe erneut an meinem Getränk, bevor ich mich meinem Frühstück und kurz darauf der zweiten Telefonnummer auf der Liste widme.

Die Minuten vergehen, während ich mich durch die Auflistung wähle, nebenbei meinen Magen fülle und die Aussagen sich häufen, dass keine Gemma unter gewähltem Anschluss zu erreichen ist.

Nach einer Weile lege ich bereits auf, noch ehe meine Gesprächspartner mir erklärt haben, dass ich wohl falsch verbunden bin. Bei der Hälfte der von mir gewählten Nummern war außerdem niemand zu erreichen, weswegen ich mein Glück bei diesen Anschlüssen später noch einmal versuchen muss.

Ich seufze gefrustet, schiebe meine halb geleerten Teller von mir und lege die Liste vorerst beiseite.

Mühsam ernährt sich das Eichhörnchen.

Ich leere mein Glas, klemme fünfundzwanzig Dollar unter die Untertasse und stecke mein ganzes Zeug zurück in meine Tasche, die durch mein Gehirn inzwischen das Gewicht eines Kleinwagens zu haben scheint.

Die Uhr über dem Tresen zeigt, dass es inzwischen kurz nach zehn Uhr ist, als ich das Lokal verlasse und beinahe mit einem eintretenden Gast kollidiere. Sind aber auch eng, diese Eingangsbereiche. Ich murmele eine Entschuldigung, überlege, welche Buslinie ich nehmen muss und wo der nächste Halt ist, als mir etwas bewusst wird.

Alarmiert drehe ich mich um und springe dabei fast in die gepflegten Holunderbüsche, die den kurzen Weg zum Café säumen. Ich beobachte durch die gläserne Eingangstür, wie der zuletzt eingetretene Gast am Tresen eine Bestellung aufgibt und sich zwei Donuts mit übertrieben bunter Glasur einpacken lässt.

New Orleans ist ein Dorf.

Denn die Frau am Tresen ist Gemma Dearing. Manchmal hat man eben doch mehr Glück als Verstand.

Ich klappe mein Mobiltelefon auf, rücke meine Tasche voll Hinkelsteinen zurecht und gebe meine beste Imitation einer Passantin, die gerade eine Kurznachricht schreibt, während sie auf jemanden wartet.

Wenige Minuten verstreichen, dann kommt Gemma mit ihren Einkäufen aus dem Café und schwebt an mir vorbei.

Es ist verständlich, dass die Blicke aller männlichen Passanten zu ihr fliegen, denn auch ich kann mich ihrer Schönheit kaum erwehren. Ich bin mir sofort sicher, dass diese Frau eine Nymphe ist. Langes rotes Haar, ihre großen Augen gleichen Saphiren und jede ihrer Bewegungen ist feengleich.

Ich spüre einen neidischen Stich in der Brust und beginne, der Frau zu folgen. Ihre wallende rote Mähne wippt bei jedem

Schritt, den sie in ihren glänzenden Designerturnschuhen läuft. Kaum zu glauben, dass es bis vor wenigen Jahren noch legal war, dass Nymphen seelenschlürfend durch die Lande gestreift sind.

In einigem Abstand folge ich Gemma die Magazine Street entlang und lasse sogar weitere Passanten zwischen uns geraten. Ein Greif nimmt mir dann jedoch fast komplett die Sicht und ich laufe ein wenig schneller, bis ich den Kerl überholt und wieder freien Blick auf Gemma habe.

Gedanklich gehe ich meinen schnell zusammengeschusterten Plan durch.

Ich folge ihr einfach so lange, bis sie mich zu Coral und/oder ihrer Bleibe führt und dann rufe ich die Kavallerie, um es mit Pucks Worten zu sagen.

Das nenne ich doch mal einen Plan. Dafür könnte ich mir glatt selbst einen Orden für Einfallsreichtum verleihen. Vielleicht steigt sie auch in ein Fahrzeug und ich habe wenigstens ein Autokennzeichen, auch wenn dieses vermutlich gefälscht ist.

An der Ecke Harmony Street bleibt Gemma mit einem Mal stehen und ich gehe schnell in die Knie, um mir ganz unauffällig die Schnürsenkel zu binden.

Dabei lasse ich mir viel Zeit und beobachte Gemma aus dem Augenwinkel.

Die schöne Nymphe scheint auf jemanden zu warten – Coral vermutlich – und schaut sich ihrerseits interessiert in alle Richtungen um. Es dauert nicht lange, bis ihr Blick auch über mich gleitet.

Eilig erhebe ich mich, laufe ganz unbeteiligt wirkend auf sie zu und schließlich an ihr vorbei. Ich meide ihren Blick und bleibe an der Bushaltestelle ein paar Meter weiter stehen.

Bleibt nur zu hoffen, dass ich den Eindruck erwecke, einfach nur auf den nächsten Bus zu warten, so wie eine Handvoll Passanten ebenfalls. Zu meinem Bedauern kommt dieser sogleich um die Ecke gerollt und macht direkt vor mir halt. Fahrgäste steigen ein und aus, der Bus fährt wieder an und ich bleibe allein an der Haltestelle zurück.

Ich hoffe, bete fast, dass Gemma nicht merkwürdig findet, dass ich nicht in den Bus gestiegen bin. Hier hält nur diese Linie, und wenn die schöne Nymphe auch nur den IQ einer Kartoffel hat, weiß sie sofort, dass hier etwas faul ist.

Während ich mir auf die Lippe beiße, lasse ich meinen Blick gespielt verträumt schweifen und treffe den ihren. Ich lächele unverfänglich und nicke sogar kurz, was sie tatsächlich erwidert. Dann kann ich jedoch sehen, wie es in ihrem hübschen Köpfchen rattert. Sie schaut erneut in meine Richtung, ihr Blick fliegt auf die Haltestellentafel über meinem Kopf, dann zurück zu mir. Sie atmet einmal tief durch, lässt die Donuts fallen, wirft den Kaffee zielgerichtet direkt vor meine Füße und läuft los.

»Scheiße«, stoße ich aus, noch während der heiße Kaffee meine Kleidung tränkt, und stürze ihr hinterher.

Nach wenigen Schritten entledige ich mich meiner Tasche, werfe sie in eine Hecke und versuche, mich nicht abhängen zu lassen. Eines muss man der Nymphe nämlich lassen: Sie ist schnell. Und sie hat längere Beine als ich. Sie schlängelt sich durch Menschentrauben, ohne jemanden zu berühren, während ich immer wieder sich beschwerende Leute anrempele oder mich ein entgegenkommender Jogger fast zu Boden reißt.

Ich pfeife bereits nach dieser kurzen Anstrengung aus allen Löchern, nehme mir aber vor, erst zusammenzubrechen, wenn ich nicht mehr so in Eile bin.

Das Omelett, der englische Muffin und die belgische Waffel liegen mir schwer im Magen, der Kaffee bahnt sich gleich wieder seinen Weg meine Speiseröhre hinauf und zu allem Überfluss verschwindet Gemma gerade in der dichter werdenden Menge der Magazine Street.

Hektisch werfe ich mich ebenfalls in die Massen, sehe mich wie ein gehetztes Wild um, blicke in Geschäfte und Restaurants, doch der Rotschopf bleibt verschwunden. Mir bleibt nicht einmal mehr genug Luft, um ungehemmt zu fluchen. Ich halte mir einfach nur die stechende Seite und ziehe mein Telefon aus meiner Gesäßtasche.

Otis' Nummer wird bereits gewählt und das Freizeichen ertönt, als ich es schaffe, das Mobilteil an mein Ohr zu heben.

»Tess«, sagt er zur Begrüßung und klingt müde.

Ich sauge so viel Sauerstoff in meine Lungen, wie es mir nur irgendwie möglich ist. »Gemma Dearing ist in Irish Channel«, keuche ich und bin stolz, dass ich überhaupt weiß, in welchem Stadtteil ich mich gerade befinde. »Ich habe sie verfolgt, aber an der Constance Street aus den Augen verloren. Sie hat mich bemerkt.« *Verdammt, verdammt, verdammt!* »Sag deinen Leuten, dass sie aufmerksam sein sollen.«

Ich muss meine Sätze mehrmals unterbrechen, um nach Luft zu schnappen.

»Bist du gerade einen Marathon gelaufen?«

»Ich mein's ernst, Otis!«, rufe ich aus und er kann froh sein, dass mir der Atem fehlt, um ihn zu fragen, was er sich dabei gedacht hat, mir ausgerechnet diese Akte anzudrehen.

»Das weiß ich doch«, gesteht er mir zu. »Ich gebe es den Kollegen auf Streife weiter.«

Schlecht gelaunt stoße ich die Tür zur Agentur auf.

»Welcher Zug hat dich denn gerammt?«, fragt Fin und sieht von ihrer ergonomischen Tastatur auf, um mein kaffeebeflecktes Ich zu mustern.

»Die haben mir meinen Taser geklaut«, antworte ich und schlendere gefrustet zu Fins Schreibtisch.

»Wer denn?«, will sie wissen.

»Irgend so ein Pisser!«, spucke ich förmlich aus und benutze meine neue Lieblingsbeleidigung.

Wie soll ich denn jetzt fünfzigtausend Volt durch Fahrzeugdiebe, Drogendealer oder Zuhälter jagen? Das war doch immer so lustig. Menno.

»Aha«, sagt Fin nur und wartet klugerweise ab, bis ich mich weiter erkläre.

»Ich habe jemanden verfolgt, meine Tasche ist im Gebüsch gelandet und als ich wiederkam, war sie fast leer geräumt.« Leer geräumt, nicht komplett verschwunden. Leer geräumt! »Sogar mein Gehirn ist weg!«

Und jetzt wohl für immer.

Wer klaut denn einen Briefbeschwerer und einen Taser, während er Geldbörse – okay, die ist eh leer – und Kreditkarten liegen lässt?

»Nein!«, ruft Fin aus, entsetzt über meinen Verlust, unterbricht mich somit in meinen Gedanken und schlägt sogar ihre Pfoten vor dem Mund zusammen. »Das ist ja schrecklich!«

Ich kann nur betroffen nicken und überlege, ob Otis mir einen neuen Taser besorgen kann. Aus der Asservatenkammer oder so.

»Sei nicht traurig«, versucht Fin, mich zu trösten. »Ich kaufe dir ein neues Gehirn.«

Ich danke ihr mit Blicken und will gerade in mein Büro verschwinden, als meine Assistentin und Freundin mich zurückhält.

»Oh, warte, bevor ich es vergesse. Eine gewisse Donna Wilson hat schon mehrmals angerufen. Sie ist die Assistentin von …«

»Robert Coleman«, falle ich ihr ins Wort. »Ich weiß.«

»Oh, gut.« Fin nimmt ihre Arbeit wieder auf, schreibt eine E-Mail oder was weiß ich. »Sie versucht es später noch einmal.«

»Hm«, mache ich nur und greife nach der Akte, die sie mir reicht, ohne von ihrem Computerbildschirm aufzublicken.

Ein Gerichtstermin ist verstrichen, ohne dass Jocelyn White vor Justitia erschienen ist. Ein weiterer Frank Miller, mit dem ich meine Brötchen verdiene.

Ich will diesen Kautionsflüchtling. Ich will die Kaution. Und ich will meine Zinsen.

Gerade will ich einen genaueren Blick in die Akte werfen, als das Klingeln des Festnetztelefons mich aufhorchen lässt.

»Wenn man vom Teufel tratscht«, ruft Fin, die die Nummer des Anrufers auf der Anzeige wahrscheinlich wiedererkennt. »Das ist sie. Soll ich verbinden?«

Ich winke ab und mache auf dem Absatz kehrt, um mich auf eine Ecke des Schreibtisches setzen zu können. »Ich erledige das.« Ich lehne mich nach vorn, hebe den Hörer des Telefons kurz an und lasse ihn sofort wieder einrasten.

Stille grüßt uns und Fin sieht mich ratlos an.

»Okay«, meint sie schließlich und ohne mein Handeln weiter zu hinterfragen. »Soll ich bei weiteren Anrufen dieser Art ebenso verfahren?«

»Das wäre lieb«, bestätige ich ihr und gleite von der Tischkante, bis mir noch etwas dazu einfällt. »Oder du sperrst die Nummer gleich ganz.«

»Geht klar«, meint Fin schlicht und macht sich am Telefon zu schaffen. »Wieso hassen wir Donna noch einmal?«, will sie aber dann doch wissen.

»Wir hassen nicht sie«, gebe ich zu bedenken und weiß es zu schätzen, dass das Katzenmädchen beinahe bedingungslos hinter meinen Entscheidungen steht. »Wir kennen sie ja noch nicht einmal. Aber wir hassen ihren Boss.«

»Verstehe.« Fin nickt und kämpft sich weiter durch die Einstellungen des Telefons, dann zucken ihre Schnurrhaare. »Obwohl … Nein, eigentlich verstehe ich es nicht.«

»Ist nicht schlimm«, winke ich ab und entscheide mich spontan dafür, die Agentur wieder zu verlassen. »Mit solchen Leuten wollen wir nichts zu tun haben. Die machen eh nur Ärger.«

Solche Leute?, scheint Fin zu denken und setzt dazu an, etwas zu sagen.

Ich halte sie davon ab, indem ich mit der bunten Akte in meiner Hand wedele und in Richtung Tür husche. »Ich bin Schurken jagen!«

Ich bete, dass ich meinen fahrbaren Untersatz bald wiederbekomme. In einem überfüllten Bus, unterwegs nach Holly Grove, vermisse ich Jimmy, der mich immer souverän von A über B nach C und wieder zurück gebracht hat, bereits schmerzlich.

In Holly Grove angekommen, schlängele ich mich an verschwitzten Körpern vorbei und steige am Haltepunkt Leonidas in der Apricot Street aus. Außer mir ist weit und breit keine weitere Spezies zu erkennen. Noch so eine nette Gegend, wie mir scheint.

Ich laufe ein paar Meter zu Fuß und bleibe vor einer Bruchbude stehen. Der Gartenzaun ist niedergerissen, der Rasen verdorrt und die Fenster im untersten Stockwerk sind mit Brettern zugenagelt. Auch hier will ich nicht tot über dem nicht mehr vorhandenen Zaun hängen.

Völlig angstfrei laufe ich die kurze Auffahrt entlang. Jocelyn White hat, mit einer Spielzeugpistole bewaffnet, Medikamente aus der Apotheke gestohlen. Sie wird mich wohl eher nicht über den Haufen ballern.

»Mrs. White«, rufe ich, nachdem ich keine Klingel am maroden Eingangsbereich entdecken kann. »Mrs. White?«

Ich klopfe und die Tür fällt sofort nach innen auf, was mich stutzen lässt. In Filmen kommt jetzt immer der Moment, in dem der Protagonist ahnungslos in sein Verderben rennt. Vorsichtig setze ich einfach auch einmal einen Fuß über die Schwelle.

Dunkelheit begrüßt mich, der Staub liegt zentimeterhoch auf den Dielen und dämpft jeden meiner Schritte. In jedem Raum des geradezu winzigen Hauses riecht es vergammelt, Spinnweben hängen von der Decke und als ich den Lichtschalter im minimalistisch eingerichteten Wohnzimmer im Erdgeschoss betätige, geschieht rein gar nichts.

»Mrs. White«, versuche ich es erneut. »Sind Sie da? Die Tür stand offen und …«

Ein leises Röcheln lässt mich zusammenzucken und ich wirbele zum abgewrackten Sofa herum. Unter einer Schicht aus Kleidung und Tagesdecken kann ich eine zierliche Gestalt ausmachen, die kreidebleich im abgedunkelten Raum liegt und irgendwo auf der Schwelle zwischen Leben und Tod balanciert.

Kein Wunder, dass die arme Frau nicht bei Gericht erschienen ist.

Ohne weiter darüber nachzudenken, wähle ich nicht den Notruf, sondern rufe direkt bei Otis an. Die Mühlen mahlen meistens etwas schneller, wenn er den Krankenwagen beordert.

»Mrs. White«, versuche ich danach, die Frau wach zu bekommen, jedoch ohne Erfolg.

In der langsam vor sich hin rottenden Küche will ich ihr Leitungswasser in ein halbwegs sauberes Glas gießen, doch das Wasser wurde wohl schon vor Tagen abgestellt, denn alles, was aus der Leitung kommt, sind kleine Hausspinnen.

Ich erinnere mich, dass die ältere Dame keine lebenden Verwandten mehr hat und wohl auch sonst keine Freunde. Es ist eine Schande.

Wenige Minuten später – ich will eigentlich gerade nach oben gehen, um ihr ein paar Sachen zu packen, aber ich traue mich nicht so richtig über die beschädigte Treppe – trifft endlich der Krankenwagen ein und fährt die Frau mit Verdacht auf eine Hirnhautentzündung ins nächstgelegene Krankenhaus. Mir bleibt schließlich nur noch übrig, die dünne Tür hinter mir zuzuziehen, den trostlosen Pfad zurück zur Straße hinunterzulaufen, den neugierigen Nachbarn nett zuzuwinken und die Augen nach Jimmy offen zu ha–

Ach Scheiße.

Ich gähne, als ich endlich unser Haus erreiche. Eine zweistündige Bus-Odyssee durch New Orleans bringt mich dazu, meinen Arbeitstag zeitig zu beenden.

Solche zeitaufwendigen Trips durch die halbe Stadt hält doch niemand auf Dauer aus. Und den ganzen Tag nach Kaffee riechend durch die Lande zu ziehen, ist meiner Stimmung auch nicht gerade förderlich. Ich sollte bei Gelegenheit dringend daran denken, ein paar Ersatzklamotten in der Agentur zu deponieren.

Ich kann ein trauriges Seufzen nicht unterdrücken, als ich Jimmys angestammten Parkplatz leer vorfinde. Hoffentlich ist Vincents Firma so schnell wie gründlich.

»Vorsicht«, rufe ich, als ich die Tür ins Haus aufstoße. »Ich komme jetzt rein. Bist du nackt?«

»Ach, halt die Klappe!«, schreit Puck und ich nehme die Hände von den Augen.

»Heulst du etwa?« Ich beäuge den Wichtel interessiert, der auf seinem Lieblingsplatz vor dem Fernseher hockt, während ein Filmabspann über die Glotze rollt.

»Quatsch«, will er sich rausreden, doch ich habe ihn durchschaut.

Mein Blick huscht zu der DVD-Hülle auf dem Fernsehtisch. »Schon gut, ich weiß«, nicke ich, streife meine Schuhe ab und entledige mich auch meiner Handtasche sowie meiner Lederjacke. »Sie hätten beide auf diese blöde Tür gepasst.«

Ich lasse mich neben Puck fallen und tätschele ihm das Knie, während er sich die Rotznase am Ärmel abwischt.

»Ich hasse diesen Film«, gesteht er und beäugt meine verschmutzte Kleidung kurz skeptisch, sagt jedoch nichts. Anscheinend ist er es bereits gewohnt, dass ich mich bei meinen Einsätzen regelmäßig einsaue.

»Und genau deswegen schaust du ihn auch immer wieder.«

»Wieso sollte ich eigentlich nackt sein?«, scheint ihm plötzlich einzufallen. »*Du* warst doch diejenige, die nackig La Macarena getanzt hat, als meine Mutter zu Besuch war.«

Ich werde rot bei dem Gedanken daran. »Du hast gesagt, es wird spät.«

»Ja und?«

»Acht Uhr ist doch nicht spät!«

»Sag das mal meiner Mutter.«

»Was essen wir heute überhaupt?«, lenke ich schnell vom Thema ab, bevor es nur noch peinlicher wird.

»Das, was du eingekauft hast.«

Scheiße.

Ich greife nach dem günstig platzierten Telefon auf dem Beistelltisch neben mir. »Bestellen wir uns Pizza.«

Kapitel 4

Ich verbringe den ganzen Vormittag damit, im Bett zu liegen und den Rest der Dearing-Liste abzuarbeiten.

Mein Frühstück besteht aus kalter Pizza, während ich eine Telefonnummer nach der anderen wähle und schließlich durchstreiche.

Nur eine Handvoll Anschlüsse waren nicht zu erreichen. Kerry, April, Bruce und Adam Dearing. Entweder nahm einfach niemand ab oder es gab keinen Anschluss unter dieser Nummer. Ich nehme mir vor, einfach bei den Leuten vorbeizufahren, wenn sich die Gelegenheit ergibt.

Beim Betrachten der Moore-Liste verlässt mich sofort der Mut und ich unterbreche mein Vorhaben, zigtausend Einwohner New Orleans' telefonisch erreichen zu wollen, vorerst.

Ich lecke mir die fettigen Finger meiner linken Hand ab und raffe mich auf, um endlich den Tag zu beginnen.

Fünf Minuten später stehe ich in der Küche, überfliege die Tageszeitung und Werbeprospekte, während ich ein weiteres Stück Pizza für unterwegs in Alufolie wickele.

Zwischen den Werbeblättern blinzelt plötzlich eine an mich adressierte Rechnung hervor. Ich schaue mir den Briefkopf genauer an und kann ein freudig erregtes mädchenhaftes Quieken nicht unterdrücken.

Ich stopfe Pizza und Rechnung in meine Tasche und renne zur Haustür. Durch die Gläser hindurch erkenne ich bereits das gewohnte Dunkelblau meines geliebten Wagens. Auch der Ersatzschlüssel baumelt wieder unspektakulär am Kleiderständer neben der Tür.

»Jimmy«, hauche ich entzückt. Dann fahre ich in meine Stiefel und halte plötzlich inne, als ein schmatzendes Geräusch zu vernehmen ist und sich etwas Schmieriges zwischen meinen Zehen ausbreitet.

Ich versuche wirklich, nicht die Nerven zu verlieren, scheitere jedoch kläglich, als sich schließlich ein Schrei aus den Tiefen meiner Kehle fast wie von selbst löst.

»Puuuuuuck!«, rufe ich so laut, dass die Tür zum Garten in ihren Angeln vibriert.

Der Angesprochene ist zu seinem Glück nicht mehr im Haus. Ich schimpfe trotzdem wie ein Rohrspatz und laufe wie auf Eiern in Richtung Bad. An der Treppe kehre ich um, weil das Telefon auf seiner Station klingelt.

»Ja?«, nehme ich das Gespräch schlecht gelaunt an.

»Ms. Carlisle? Hier ist noch einmal …«

Ich beende das Gespräch fast augenblicklich. Donna Wilsons Stimme würde ich unter Tausenden wiedererkennen. Ich wette, sie ist elfischer Abstammung.

Eine Frage beginnt, in meinem Hinterkopf zu nagen. Was ist so wichtig, dass Robert Coleman ausgerechnet mit mir sprechen will? Mit mir! Und wo zum Geier haben die unsere Festnetznummer her? Wir Carlisles, paranoid wie eh und je, stehen seit jeher in keinem Telefonbuch. Aber ein weltgewandter Geschäftsmann wie Coleman hat mit Sicherheit Verbindungen zu FBI, MI6, DIA, Batman und den Ghostbusters.

Ich lache fast über meinen Witz, aber nur fast, denn dann fällt mir die Masse in meinen Schuhen wieder ein.

Den restlichen Tag verbringe ich damit, Erdnussbutter aus meinen Schuhen zu waschen und mir eine Gemeinheit für Puck zu überlegen. Ich schwanke sehr. Entweder färbe ich all seine hellen Sachen rosa oder ich gebe in seinem Namen eine unanständige Anzeige bei der Partnerbörse auf. Vorerst lasse ich es aber dabei bewenden. Ich will, dass er sich in Sicherheit wiegt, bevor ich zuschlage.

Schließlich fahre ich zur Bank, um gleich die Überweisung für das *Wash In* zu tätigen. Vinny Williams ist ein Meister seines Fachs. Ein Gott der Wageninnenreinigung. Jimmys Inneres riecht wie ein frisch gepuderter Babypopo, ein Traum aus Lavendel und goldener Orchidee auf Rädern. Nichts erinnert mehr an den Vorfall mit Frank Miller.

Ich muss Officer Blake dringend für diesen Tipp danken.

Nach meinem Besuch bei der Bank fahre ich einkaufen und bringe die Einkäufe gleich nach Hause. Der Kühlschrank ist jetzt wieder so prall gefüllt, dass wir sicherlich drei Wochen über die Runden kommen würden, wäre mein Mitbewohner nicht Raupe Nimmersatt.

Puck ist nicht im Haus, also klemme ich die Miete, welche ich gleich mit abgehoben habe, unter seine Lieblingstasse auf dem Küchentresen und sehe anschließend zu, dass ich meinen Hintern endlich in die Agentur bewege.

Ein Zettel hängt an der Tür zu *Rent a Hunter*. Das Büro ist abgeschlossen. ›Bin gleich wieder da‹, sagt der Zettel in Fins filigraner Handschrift, was mich zu dem Schluss bringt, dass sie wahrscheinlich bei Gericht ist, um eine Kaution auszustellen. Das, oder sie holt sich fix Katzenminze.

Ich schließe auf, nehme den Zettel an mich und schlendere in mein Büro. Nachdem ich es mir bequem gemacht habe, zerknülle ich den Zettel und gebärde mich wie ein Basketballspieler an der Drei-Punkt-Linie, bevor ich den zerknüllten Zettel einen halben Meter neben dem Papierkorb versenke.

Ich seufze und widme mich nun doch der undankbaren Aufgabe, alle dreitausendfünfhundertsiebenundneunzig Nummern auf der übrig gebliebenen Liste durchzugehen. Lustlos ziehe ich das Festnetztelefon näher an mich heran und beginne, zu wählen.

Es ist fast vier Uhr und ich kaue gerade auf dem letzten Stück Pizza herum, als Fin lautlos zur Tür hereinschwebt und mir signalisiert, dass sie wieder da ist.

»Hallo, Mr. Moore. Hier ist Holly Roberts«, sage ich mit vollem Mund in den Hörer und kritzele auf meiner Schreibtischunterlage herum, was Fin missmutig zur Kenntnis nimmt. »Kann ich kurz mit Coral sprechen?«

»Mit wem?«, fragt Mr. Moore.

Ohne ein weiteres Wort lege ich auf und lehne mich gähnend zurück. Man mag kaum glauben, wie ermüdend diese Sache sein kann. Und frustrierend.

»Ich war bei Gericht«, berichtet Fin und nimmt den Stapel der erledigten Fälle von meinem Schreibtisch, um diese in den großen Aktenschrank links von mir einzusortieren.

»Aha«, mache ich und bemühe mich, wirklich interessiert zu klingen.

Die Sache mit Coral und Gemma geht mir einfach tierisch auf den Wecker. Ich muss die beiden finden, Belohnung für die Ergreifung hin oder her. Solche Leute dürfen einfach nicht ungestraft davonkommen. Ich ärgere mich schrecklich, dass Gemma mich gestern für eine potenzielle Gefahr hielt. Vermutlich werden die beiden bei weiteren Auftritten in der Öffentlichkeit umso vorsichtiger sein, jetzt, da sie wissen, dass aktiv nach ihnen gesucht wird.

»Zwei ältere Damen haben etwas über den Durst getrunken und sind nackt über die Bourbon Street gelaufen«, erklärt Fin gerade und es fällt mir schwer, den Faden wieder aufzunehmen. »Sie zeigen sich einsichtig und reumütig. Die Kaution haben wir schnell wieder. Außerdem hat das Krankenhaus angerufen. Mrs. White ist auf dem Weg der Besserung, dank dir.«

»Das ist schön«, kann ich mich zwingen, zu sagen, doch Fin sieht mich trotzdem fragend an.

»Alles in Ordnung?«, will das Katzenmädchen von mir wissen.

»Ja«, antworte ich schnell und reibe mir die Augen, wobei ich unwissend Ketchup in meinem Gesicht verteile. »Puck hat mir nur wieder einen Streich gespielt und ich überlege, wie ich es ihm heimzahlen kann.«

»Du könntest die Füllung seiner Lieblingskekse durch Zahnpasta ersetzen«, schlägt meine Assistentin vor und steckt eine Akte in die Schublade für die Buchstaben X, Y und Z.

Ich muss ihr nickend und anerkennend zugestehen, dass das wirklich eine hervorragende Idee ist.

»Das kommt auf die Liste.« Ich füge diesen Punkt einer gedanklichen Notiz hinzu.

Fin nickt zufrieden und schließt das Schubfach für A bis B, in dem sie die letzte Akte verstaut hat. »Ich erledige dann noch ein bisschen Papierkram«, murmelt sie schließlich und zieht von dannen, ohne auf eine weitere Reaktion meinerseits zu warten.

»Okay«, sage ich trotzdem und lege das erste Blatt meiner Liste zur Seite. Ab jetzt nenne ich sie nur noch die Teufelsliste.

Es ist bereits kurz vor sechs, als ich tatsächlich auf Seite drei ebendieser Liste bin und im Vorraum Stimmen vernehme. Erst eine männliche, gefolgt von Fins unsicherer Antwort. Ich verstehe nicht, was gesagt wird, obwohl ich mich wirklich anstrenge, und verharre in stirnrunzelnder Starre.

Die Sekunden verstreichen, dann öffnet sich die Tür zu meinem Büro erneut und Fin kommt hereingeprescht. Sie schlägt die Tür hinter sich zu und sieht kurz so aus, als hätte sie dem Leibhaftigen gegenübergestanden.

Vielleicht hat sie auch nur wieder ein Fellknäuel im Rachen? Ich habe sie schon lange nicht mehr so aufgebracht erlebt.

»Er ist da!«, flüstert sie gepresst, sodass sie im Vorraum nicht zu hören ist.

»Wer ist da?«, frage ich, warte aber keine Antwort ab. »Er soll wieder gehen. Es ist schon dunkel. Ich empfange heute niemanden mehr.«

Die Erklärung hinkt, aber das ist mir im Moment egal.

»Aber es ist *er*!«, beschwört Fin mich regelrecht und jetzt werde ich doch neugierig.

»Wer denn?«

»Robert Coleman«, haucht sie ehrfürchtig und ich sehe überrascht auf.

Nicht ihr Ernst! Der feine Herr hat sich extra aus seiner schicken Villa in White Kitchen hierherbemüht, um sich persönlich eine Abfuhr zu holen? Wie zuckersüß. Und das, obwohl er doch mit Erpressung und Autoschieberei so viel beschäftigt ist. Ich frage mich zum wiederholten Male, was er von mir will.

Fin kommt langsam auf mich zu und erlaubt es sich sogar, etwas lauter zu sprechen. »Er steht da draußen. Vor dieser dünnen Holztür. Er hat einen Bodyguard dabei, der nach Vampir stinkt, und er sieht so gut aus!«, gerät Fin doch ganz kurz ins Schwärmen.

Coleman oder der Bodyguard?

Ich habe ehrlich gesagt keine Ahnung, wie der selbst ernannte Philanthrop aussieht. Nur sein Name löst etwas in mir aus. Und zwar Brechreiz.

»Also schön«, gebe ich nach und versuche nicht einmal, die bereits neu entstandene Unordnung auf meinem Schreibtisch zu ordnen. »Schick sie herein.«

Fins Miene erhellt sich und sie tänzelt euphorisch zurück zur Tür. Dort angekommen, hält sie inne, atmet tief durch und versucht, ihre Nervosität runterzufahren. Sie legt ihre Pfoten erst über den Kopf, führt beide dann langsam in Richtung Fußboden und atmet gleichzeitig aus, wie bei einer meditativen Yoga-Übung. So gewappnet, reißt sie die Tür auf und tritt in den Empfangsraum.

»Ms. Carlisle wird Sie nun empfangen«, höre ich ihre flötende Stimme und schüttele amüsiert den Kopf über ihre plötzlich so gehobene Art, zu sprechen. Da muss sie jemand mächtig beeindruckt haben.

Noch während ich dies denke, tritt ein hochgewachsener Mann durch die Tür, dessen Muskelberge durch den dunklen Anzug, den er trägt, kaum verdeckt werden können. Sein Blick huscht durch den Raum und bleibt kurz an mir hängen.

Bodyguard.

Er sieht mich mit fast schwarzen Augen böse an, als hätte ich ihm ein Kruzifix auf die Brust genagelt. Er baut sich bedrohlich mitten im Raum auf, kurz bevor Coleman eintritt. Er ist deutlich kleiner als sein Personenschützer – was bei dessen zwei Meter zehn jedoch keine Schmach ist – und trägt ebenfalls einen dunklen Anzug über seinem hellen Hemd und der blauen Krawatte.

Maßgeschneidert.

Mein Blick wandert in sein Gesicht und mir fällt sofort auf, dass er diesem einen Schauspieler schrecklich ähnlich sieht, dessen Konterfei mich ständig von irgendwelchen DVD-Covern in Pucks Sammlung anlacht.

Colemans kluge Augen blicken mich unter einem hellen Haaransatz hervor an und halten mich gefangen. Ich bemerke nebenbei, dass sein markantes Gesicht durch einen gepflegten Dreitagebart eingerahmt wird.

Scheiße.

Ich werde innerlich wirklich erbost und kann mich nicht davon abhalten, etwas verbissen aus der Wäsche zu schauen. Der Kerl ist total mein Typ.

Meine Gedankengänge gefallen mir gar nicht und ich versuche, mich abzulenken. Wie war noch einmal die Wurzel aus dreihundertsiebenundachtzig?

Ääähhh …

Ich gebe auf, frage mich aber bereits wieder, wie der Name ebendieses besagten Schauspielers ist. Ist der nicht Schwede?

»Ms. Carlisle«, reißt Coleman mich aus meinen Überlegungen und streckt mir eine Hand entgegen. »Wie schön, dass wir uns endlich kennenlernen.«

Seine tragische Stimme ist warm und schmeichelnd, wie ein Schaumbad. Jedes seiner Worte klingt wie ein leises Lied. Ich habe eine Schwäche für schöne Stimmen. Dieser wunderschöne

Mistkerl. Kein Wunder, dass ihm alle Welt förmlich aus der Hand frisst.

Ich beeile mich, aufzustehen, und donnere meinen Bürostuhl nach hinten, der dabei mit den Rädern quietscht. »Guten Abend«, antworte ich, als ich seine Hand ergreife, und ärgere mich, dass ich mich räuspern muss.

Ich hatte wirklich angenommen, dass Colemans Hände weich von all den Luxuscremes und Handmassagen wären, doch sein Händedruck ist fest und durch und durch männlich.

Ich setze mich wieder und sehe aus dem Augenwinkel, wie Fin mir an der noch offen stehenden Tür einen Daumen zeigt – oder in ihrem Fall eine Kralle – und die Tür beinahe geräuschlos hinter sich zuzieht.

Während ich versuche, Fin zu ignorieren, sehe ich zu Coleman auf. Er mustert mich abwartend und ich wundere mich, bis mir klar wird, dass er auf eine Aufforderung wartet, sich setzen zu dürfen.

»Bitte«, sage ich schnell und deute auf einen der beiden Stühle, die für Klienten bestimmt auf der anderen Seite meines Tisches stehen.

Coleman nickt dankend, öffnet die Knöpfe seines Jacketts und lässt sich auf dem bunten Sitzkissen des schlichten Holzstuhls nieder.

Ich komme nicht darum herum, zu bemerken, dass bei jeder seiner Bewegungen die Muskeln seiner Oberarme seinen Maßanzug leicht zum Spannen bringen und auf dezente Weise rufen: ›Hallo, hier sind wir!‹

Ich beiße mir auf die Unterlippe und bemerke noch etwas anderes. Nämlich dass die elegante Erscheinung des Multimillionärs hier völlig fehl am Platz wirkt. Und aus irgendeinem Grund frisst diese Tatsache ziemlich an meinem Gemüt.

»Danke, Ted«, sagt er und ich begreife erst, was er damit meint, als sein Begleiter einen Schritt nach hinten macht und uns somit die Illusion von etwas mehr Privatsphäre gibt.

Ja, denke ich und sehe den Personenschützer herausfordernd an. *Danke, Ted.*

Dessen finsterer Blick bleibt unverhohlen auf mir hängen und ich würde die Aufforderung zum Machtgerangel gern annehmen, doch Coleman zwingt mich mit dem Beginn einer Unterhaltung dazu, ihn wieder anzuschauen.

»Sie sind wirklich nicht leicht zu erreichen, Ms. Carlisle«, bemerkt er.

Ich will bereits meinen Namen korrigieren, als ich bemerke, dass dies gar nicht nötig ist, da er ihn tatsächlich richtig ausgesprochen hat.

Auf Colemans Gesicht zeigt sich der Anflug eines Lächelns, was jedoch sofort wieder verblasst, als ich ihn frage, was sein Anliegen ist. Ich habe keinerlei Interesse an Small Talk, sondern will nur, dass er schnell wieder verschwindet. Und seinen grimmigen Vampir – oder doch eher Halbvampir, denn ich kann keine Eckzähne sehen – kann er auch wieder mitnehmen.

»Ich brauche in einer dringenden Angelegenheit Ihre fachkundige Hilfe«, rückt Coleman mit der Sprache raus und beinahe hätte ich laut losgelacht, kann mich jedoch zurückhalten und tarne den Ausbruch als ein weiteres Klären meines Rachens.

»Und welche Angelegenheit ist so wichtig, dass nur *ich* Ihnen helfen kann und nicht jemand Ihrer zahlreichen Mitarbeiter oder Geschäftspartner?«, will ich wissen und stütze das Kinn in meine Handfläche, während ich auf Antwort warte.

»Dieses Anliegen ist leider von sehr viel … speziellerer Natur, als dass meine Mitarbeiter oder Geschäftspartner mir diesbezüglich weiterhelfen könnten. Glauben Sie mir, wir haben bereits alles versucht.«

»Herrgott, jetzt sagen Sie halt, was los ist!«, bricht es aus mir heraus und ich werfe sogar die Hände in die Höhe, was Coleman jedoch nicht einmal dazu bringt, mit der Wimper zu zucken.

»Nicht hier«, meint er nur und zupft den Ärmel seines teuren Anzugs zurecht. »Ich würde mich gern mit Ihnen verabreden, um die Angelegenheit an einem Ort zu besprechen, der weniger … frequentiert ist.«

Bei seinen letzten Worten huschen seine Augen in Richtung Tür, wo Fins Schatten durch das Milchglasfenster späht.

Innerlich schlage ich mit dem Kopf auf die Tischplatte vor mir, äußerlich sehe ich ihn nur ratlos an. Schließlich lehne ich mich zurück, schlage die Beine übereinander und finde in meinem Kopf den Schalter für ›sprechen‹ wieder. »Sie sind allen Ernstes hier aufgetaucht, um mir zu sagen, dass meine Wände Ohren haben?«

»Ihre Hilfe wird sehr gut bezahlt.« Sein Blick huscht unbewusst über die spärliche Einrichtung.

Allein dafür würde ich ihm jetzt am liebsten zeigen, wie man einen Liter Blut durch die Nase spendet.

»Ich bin nicht interessiert«, erwidere ich bestimmt und hoffe, dass das Thema damit erledigt ist. »Sie müssen wissen, dass es sich bei dieser Agentur um ein Kautionsbüro handelt und nicht um eine Detektei oder Ähnliches. Aber ich bin sicher, dass Payton Maltravers drei Blocks weiter Ihre großzügige Bezahlung gern annimmt. Bei ihm bekommen Sie sogar frisches Gebäck, während er versucht, Sie mit horrenden Zinsen übers Ohr zu hauen.«

Ted gibt ein Grunzen von sich und ich sehe verwirrt zu ihm. War das ein Lachen?

»Ich brauche Mr. Maltravers und sein Gebäck nicht«, meint Coleman leise und dennoch bestimmt. »Ich brauche Sie.«

Ich horche auf. Diese einfachen Worte gehen mir bis ins Mark, doch bevor ich etwas sagen kann, klopft es an der Tür und ich hoffe, dass niemand bemerkt, dass mir die Intimität dieser schlichten Bemerkung zu schaffen macht.

»Ich habe uns heiße Schokolade gemacht«, flötet Fin, nachdem sie die Tür aufgestoßen hat und mit einem Tablett zu uns herübertippelt.

»Das ist wirklich sehr aufmerksam«, bedankt sich Coleman aufrichtig, als Fin neben ihm zum Stehen kommt und er sich sogleich eines der dampfenden Getränke vom Tablett nimmt.

Das Katzenmädchen strahlt über das gesamte Gesicht, als es mir ebenfalls eine Tasse hinstellt.

Schleimbolzen.

»Da ist extra viel Eisenhut drin«, erklärt sie und ihre Kralle deutet grob auf die vor mir abgestellte Tasse.

»Danke, Fin«, nuschele ich leidend und beobachte das Katzenmädchen dabei, wie es auch Ted eine Tasse geben will, doch dieser ignoriert Fin komplett und somit bleibt sie unschlüssig mitten im Raum stehen und sieht so verloren aus wie ein Waschbär auf einem Heavy-Metal-Konzert.

Mein Blick fliegt zurück zu Coleman, der doch tatsächlich die Frechheit besitzt, mich amüsiert zu mustern. Ich werde wütend, da ich sein Verhalten hochnäsig finde, und nehme einen aggressiven Schluck von der heißen Schokolade, wobei ich mir selbstverständlich sofort die Zunge verbrenne. Natürlich will ich mir nichts anmerken lassen und sehe nach unten, damit meine tränenden Augen mich nicht in meiner Pein verraten, als das Telefon klingelt. Ich schaue auf das Display und fühle mich sogleich gerettet.

»Da muss ich kurz rangehen.«

Ich nehme bereits den Hörer ab, als Coleman noch gleichgültig nickt und die Schaumkrone von seinem Getränk nippt.

Bitte lass es wichtig sein.

»Otis, was gibt's?« Ich versuche mich an einem professionellen und sicheren Auftreten, als ich das Gespräch beginne. Beides verfliegt jedoch sofort, als mich die Antwort des Captains erreicht.

»In mein Büro. Sofort!«

Automatisch setze ich mich so aufrecht hin wie eine Eins und überlege, was ich verbrochen haben könnte und was es rechtfertigt, dass er mich so anblafft.

»Ich kann leider nicht«, entgegne ich und finde es sehr störend, dass Coleman mich die ganze Zeit über den Rand seiner Tasse hinweg fixiert. »Ich bin gerade in einem wichtigen … Ich bin verhindert.« Puh, gerade noch so die Kurve bekommen. Hätte ich doch fast ›Kundengespräch‹ gesagt.

»Wenn ich's mir recht überlege, ist es vielleicht besser so«, gesteht Otis mir zu und ich kann förmlich sehen, wie er sich die faltige Stirn reibt. »Sonst würde ich dich noch übers Knie legen.«

»Was ist denn los?«, will ich wissen, während Fin langsam näher an den Schreibtisch schleicht und es tatsächlich wagt, sich auf den freien Platz neben Coleman zu setzen.

»Frank Miller«, knurrt Otis, als würde dies alles erklären.

»Was ist mit ihm? Hat er vor dem Haftrichter einen fahren lassen und es roch plötzlich ganz streng nach Zwiebeln?«

Ich muss lachen und auch Fin kichert in sich hinein, während die anwesenden Herren die Unterhaltung stillschweigend zur Kenntnis nehmen.

»Er ist noch immer auf freiem Fuß«, erklärt Otis und seine Stimme wird wieder energischer. »Du hast seinen Zwillingsbruder Fred festgesetzt.«

Jeglicher Sauerstoff scheint aus meinen Lungen zu weichen, als ich höre, dass ich jetzt eine Anzeige wegen Körperverletzung, Hausfriedensbruchs, Entführung und Beleidigung an der Backe habe. Kurz wird mir auch schwarz vor Augen, bis ich daran denke, dass ich weiter atmen muss.

»Du hast ihn einen perversen Pisser genannt?«

»Er hat sich auf meinem Rücksitz erleichtert!«, rechtfertige ich mich, was mir sofort einen fragenden Blick von Coleman einbringt, der nicht einmal so tut, als würde er dem Gespräch nicht lauschen.

»Wie einfallsreich«, brummt Otis abwertend und ich fühle mich hundeelend.

Gedanklich gehe ich bereits alle Anwälte durch, die mich eventuell noch vertreten würden. Hm, die Liste ist recht übersichtlich.

»Beim nächsten Mal lese ich mir die Akte genauer durch«, murmele ich kleinlaut und hoffe, Otis damit ein wenig zu besänftigen.

Ich höre ihn nur noch grunzen, dann wird die Verbindung getrennt.

»Ja«, sage ich, weil ich nicht zeigen will, dass er einfach aufgelegt hat. »Danke für deinen Anruf. Bis bald.«

Ich lege schnell auf und sehe in die Runde.

Ich werde gemustert. Von allen, inklusive Bob in seinem Goldfischglas.

»Wo waren wir?«, lenke ich vom Thema ab und tue so, als würde ich angestrengt nachdenken. »Ach richtig. Ich habe Ihnen gesagt, dass ich Ihnen leider nicht helfen kann. Tut mir sehr leid. Guten Abend.«

Ich stehe auf. Eine ganz unmissverständliche Geste, dass ich die Anwesenden hinausbitte, doch niemand rührt sich.

»Ist Ihnen der Einunddreißigste recht?«, fragt Coleman stattdessen, als würde er es tatsächlich ernst meinen.

Ich beschließe, das Spiel mitzuspielen, lächele zuckersüß und – wie ich finde – eindeutig grenzdebil und schaue sogar tatsächlich in meinem aufgeschlagenen Terminkalender neben der Computertastatur nach.

Kein einziger Termin steht zwischen der aktuellen Seite und dem Einunddreißigsten und dennoch lasse ich mir mit der Überprüfung der Seiten sehr viel Zeit. Hin und wieder werfe ich sogar einen leisen überlegenden Seufzer in die Runde, was eine schauspielerische Glanzleistung von mir ist.

»Das wäre mir wirklich sehr recht«, antworte ich so offensichtlich ironisch, dass sogar meine in Jakutsk lebende Oma die Lunte bis in den russischen Föderationskreis Fernost riechen würde.

»Schön«, nickt Coleman und agiert tatsächlich so, als würde er mein Wort für bare Münze nehmen. Er stellt die halb volle Tasse seines kakaohaltigen Heißgetränks auf die Tischplatte, erhebt sich und fischt dabei eine Visitenkarte aus seiner Innentasche, die er mir mit zwei Fingern reicht.

»Robert S. Coleman«, lese ich die fein geschwungenen Wörter auf der edlen Karte laut vor, nachdem ich das Kärtchen an mich genommen habe. Außer seinem Namen steht nur eine einzige Mobilfunknummer auf der Karte. »Wofür steht denn das S?«, höre ich mich weiterhin fragen und gehe gedanklich ein paar obskure Möglichkeiten durch.

Salvador? Sergio? Sebald?

»Sexy«, antwortet jemand verträumt und ich sehe Fin entsetzt an, während Coleman sich den großen Krawattenknoten zurechtrückt und seine Anzugknöpfe schließt.

Ich kann es nicht sehen, aber das muss ich auch gar nicht. Ich *weiß*, dass Fin unter ihrem hellen Fell knallrot anläuft.

Mit weit aufgerissenen Augen fragt sie uns: »Habe ich das laut gesagt?«

Ich blinzele langsam und gebe ihr somit zu verstehen, dass ihre Befürchtung der Wahrheit entspricht. Schnell schlägt sie sich die Pfoten vors Gesicht und hastet aus dem Zimmer.

»Ich gehe Kaffee machen«, ruft sie und rauscht von dannen, obwohl noch niemand sein Heißgetränk auch nur ansatzweise ausgetrunken hat.

Coleman scheint die entstandene peinliche Stille nichts auszumachen und als er sich direkt mir gegenüber aufbaut, bemerke ich seine perfekte Körpergröße von geschätzten eins fünfundachtzig.

»Das *NOLA*? Zwanzig Uhr?«, fragt mein Gegenüber gelassen.

Ich weiß insgeheim, dass es keine Frage ist. Daher nicke ich zur Antwort, denn natürlich weiß ich, dass ich eher mit dem Teufel im fahlen Mondlicht tanzen würde, als diese Verabredung einzuhalten.

»Darf ich Sie abholen lassen?«

»Nein!«, rufe ich vielleicht einen Tick zu schnell aus und nestele an meiner Drehkartei für Adressen herum. Colemans Visitenkarte schiebe ich zwischen die Blätter des Buchstabens B.

B wie Blödmann.

»Ich weiß, wo das ist.«

»Dann bis zum Einunddreißigsten«, beginnt er, sich zu verabschieden, und reicht mir erneut seine Hand. »Ms. Carlisle.«

»Mr. Coleman.«

Wir nicken uns kurz höflich zu, dann wendet er sich ab und verlässt das Büro. Ein Hauch von teurem Herrenduft weht durch den Raum, als sein Bodyguard ihm folgt, nicht ohne mir noch einen finsteren Blick zuzuwerfen.

Ich zwinkere dem angeblichen Vampir herausfordernd zu, dann sind beide verschwunden und ich höre nur noch Colemans gedämpfte Stimme.

»Danke für die heiße Schokolade.«

»Auf Wiedersehen«, antwortet Fin so leise, dass sie kaum zu verstehen ist. Wahrscheinlich versteckt sie ihr Gesicht gerade hinter irgendeiner eilig hervorgekramten Akte.

Ich höre, wie sich die Tür der Agentur öffnet und wieder schließt, dann kehrt Stille ein und nur noch ein dumpfes Geräusch im Treppenhaus zeugt von unseren gehenden Besuchern.

Erschöpft lasse ich mich in meinen Stuhl sinken und beäuge den Platz, an dem Coleman bis eben gesessen hat, voller Skepsis.

Was sollte das denn gerade?

Fin kommt wie ein Wirbelwind durch die noch immer offen stehende Bürotür gefegt. An ihren peinlichen Zwischenfall scheint sie keinen Gedanken mehr verschwenden zu wollen.

Sexy.

Ich denke an ihre träumerisch ausgestoßene Aussage und muss ergebend lächeln.

Wo sie recht hat …

»Sieht er nicht aus wie dieser eine …«

»Ja«, unterbreche ich sie sofort und greife nach meinem Getränk, das inzwischen eine angenehme Trinktemperatur angenommen hat.

»Wie heißt der doch gleich?«, sinniert Fin weiter und rückt die Stühle der Klienten wieder in ihre angestammte Position zurück.

»Ich komme auch nicht drauf«, gestehe ich und kann nur schwer den Drang unterdrücken, aufzustehen und aus dem Fenster zu schauen, um zu beobachten, wie Coleman in seiner Limousine wegkutschiert wird.

»Ist der nicht Finne?«, will Fin derweil von mir wissen und schaut überlegend an die Decke.

»Nein, ich glaube, der ist Schwede«, äußere ich, bin mir jedoch ziemlich sicher und genieße das eisenhuthaltige Getränk, welches sich seinen warmen Weg meine Kehle hinunter bahnt.

»Aha«, macht Fin, während ich nach einem Taschenrechner in meiner Schublade krame. Ich muss da noch etwas überprüfen. »Wie auch immer. Ich würde meinen rechten Arm dafür geben, mit ihm in einem Raum zu sein, und du gehst mit ihm sogar ins *NOLA*. Ins *NOLA*!«

Ich kann Fins Euphorie nicht ganz nachvollziehen, obwohl ich weiß, dass besagtes Restaurant auf der Liste der Gourmetküchen an oberster Stelle steht.

»Da werde ich nicht hingehen«, knurre ich und bekomme endlich das rechteckige Rechengerät zu fassen.

»Wie bitte?«

»Ich werde mit diesem Mann nicht über geschäftliche Dinge fachsimpeln, während in anderen Ländern Kinder durch Waffen sterben, die er dahin exportiert hat«, mache ich meinen Standpunkt klar.

»So übel ist er gar nicht«, versucht Fin, mich zu überzeugen. »Er baut auch Krankenhäuser, spendet Millionen für die Krebsforschung und wurde erst neulich wieder zum einflussreichsten Mann von Louisiana gewählt.«

»Und er verkauft Waffen an Terroristen!«, fauche ich energisch. »Wie passt das bitte schön zusammen?«

Geld stinkt eben nicht.

Fin zuckt nur mit den Schultern. »Licht und Schatten«, sagt sie kryptisch. »Licht und Schatten.«

»Der Bodyguard war total übertrieben!«, rufe ich aufgebracht. »Als ob ihm hier jemand an den Kragen will.«

»Also ich habe ja gelesen, dass erst kürzlich jemand einen Anschlag auf ihn verübt hat.«

»Was denn für ein Anschlag?«

So langsam bekomme ich das Gefühl, dass Fin seinen Eintrag bei Wikipedia auswendig gelernt hat.

»Faule Eier wurden geworfen.«

»Oh, buhu«, tue ich den Eierskandal ab. »Das ist ja kreuzgefährlich!«

Ich ziehe eine Schnute und hämmere die Wurzel aus dreihundertsiebenundachtzig in den Taschenrechner.

Aha.

Hätten wir das also auch geklärt.

»Übrigens«, erhebt Fin wieder das Wort, als sie sich daranmacht, davon zu tänzeln, »du hast da was.«

Ich fasse mir ins Gesicht und wische etwas Feuchtes von meinem Wangenknochen. Hat das da schon die ganze Zeit geklebt? Wie peinlich.

Schließlich lutsche ich die rote Soße von meinem Finger.

Mmh, Ketchup.

Kapitel 5

Ich betraue Fin mit der Aufgabe, mit diversen Anwälten in Kontakt zu treten und meinen Namen nach Möglichkeit nicht zu erwähnen, während sie darum bettelt, dass die Juristen mich bei einer möglichen Anklage vertreten. Dann verabschiede ich mich und ziehe von dannen.

Aus Sheldons Voodoo-Shop im Erdgeschoss treten skurrile Gestalten vor mir auf die Straße, gerade als ich mich vorbeischleichen will. Ich senke den Blick, um ihnen nicht in die Augen sehen zu müssen, und flüchte wie so oft in mein Auto, welches heute glücklicherweise direkt vor dem Eingang steht.

Ich beschließe, bei Miller vorbeizufahren, um mich für die kleine Verwechslung zu entschuldigen. Vielleicht kann ich ihn sogar dazu bringen, seine Anzeige zurückzuziehen, wenn ich mit teurem Wein bei ihm auftauche und zu Kreuze krieche.

Oder steht er mehr auf billigen Fusel?

An einer Tankstelle in Broadmoor kaufe ich schnell eine günstige Flasche hochprozentigen Schnaps und fahre wie ferngesteuert die restliche Strecke nach Mid City. Auch bei meinem zweiten Besuch sieht die Gegend genauso wenig verlockend aus wie vor ein paar Tagen.

Hier will ich nicht tot über dem Zaun hängen.

Ich halte direkt vor dem Haus mit der Nummer sechs und überlege, wie ich meinen Besuch gestalten soll, ohne ausfallend oder gar handgreiflich zu werden. Schließlich hoffe ich sogar, dass mir niemand öffnen wird, denn dann müsste ich ja meinen Fehler eingestehen.

Aber hey, eventuell hätte ich ja gleich die Möglichkeit, dem echten Frank Miller einen Besuch abzustatten.

Entschlossen steige ich aus dem Fahrzeug, schließe die Tür auf der Fahrerseite vorsichtig und so leise, wie ich kann, um mein Kommen nach Möglichkeit geheim zu halten. Ein unnützes Unterfangen, wie sich herausstellt, als ich schnell und mit dem Schnaps unter dem Arm in Richtung Haustür laufe.

Einer der Miller-Brüder öffnet die mit Graffiti beschmierte Haustür, noch bevor ich sie erreicht habe. Erst jetzt bemerke ich, dass es sich bei dem Graffiti um irgendwelche heidnischen Symbole gegen Hexentum handelt.

»Kann ich Ihnen helfen?«, fragt Mr. Miller freundlich, und nicht nur an dieser Höflichkeit erkenne ich sofort, dass es sich hierbei nicht um Fred Miller handelt. Die Haare sind etwas kürzer, die Haut etwas reiner und das gesamte Erscheinungsbild etwas gepflegter.

Doch soll das tatsächlich Frank Miller sein? Der Mann, der ein Drogendelikt nach dem anderen begeht und arme Tankstellenmitarbeiterinnen um den Job bringt?

Ich beginne, zu vermuten, dass an der ganzen Sache irgendetwas stinkt.

»Frank Miller?«, frage ich vorsichtshalber nach und erhalte ein völlig unvoreingenommenes freundliches Nicken, als ich die Haustür erreiche und das kleine Vordach mich vor dem plötzlich einsetzenden Nieselregen schützt. »Mein Name ist …«

»Karlaillse, ich weiß«, beendet Miller meinen Satz und ich presse die Lippen aufeinander, um ihn nicht automatisch zu korrigieren. »Fred meinte, dass Sie vielleicht auftauchen würden. Deswegen hat er sich gleich aus dem Staub gemacht. Ich fürchte, er will das Land verlassen oder so. Aber kommen Sie doch erst einmal herein.«

Frank tritt beiseite und bittet mich mit einer gastfreundlichen Geste, einzutreten.

»Ich hoffe, Sie planen nicht, mir den Schädel einzuschlagen, weil ich Ihren Bruder fälschlicherweise auf das Polizeirevier geschleift habe.«

Frank lacht schallend auf und ich bin überrascht, wie ehrlich dieses Lachen in meinen Ohren klingt. Der reale Frank Miller will so gar nicht mit dem Bild übereinstimmen, welches mir seine Strafakte vermittelt.

»Aber nicht doch. Ich habe Kuchen gebacken und dachte, Sie wollen mir vielleicht bei einer Tasse Kaffee Gesellschaft leisten.«

Ich blinzele, auf das Äußerste verwirrt, während sein Blick auf die Schnapsflasche in meinen Händen fällt.

»Gern auch mit Schuss, wenn Sie möchten.«

Ich lache lauthals, als Frank die Pointe seiner Kindheitsgeschichte zum Besten gibt, wenn auch mehr aufgrund seiner Grunzgeräusche, die er erzeugt, wenn er etwas aus vollem Herzen lustig findet. Ich wische mir die Tränen aus den Augenwinkeln und spüle den zugegeben etwas trockenen Schokoladenkuchen mit wirklich extrem starken Kaffee – ohne Schuss! – hinunter.

Frank schnappt nach Luft und schenkt mir nach, nachdem ich die Tasse wieder vor mir auf den kleinen Küchentisch abgestellt habe. »Aber mal im Ernst«, fährt er fort und meine Erinnerung an seine Geschichte über aufgeschürfte Knie nach einem Kirschendiebstahl verblasst bereits wieder. »Bei Fred und mir stimmt das Klischee vom guten und bösen Zwilling.«

Frank hat mir glaubhaft versichert, dass Fred für den Großteil seiner angeblich begangenen Straftaten verantwortlich ist, sich aber immer als Frank ausgibt, wenn er wieder mal geschnappt wird, und bis jetzt tatsächlich damit durchgekommen ist.

»Warum gehen Sie denn nicht zur Polizei und klären alles auf?«, frage ich und schiebe meinen leeren Kuchenteller an den Tischrand, kann mir seine Antwort aber bereits denken.

»Er ist doch mein Bruder«, meint er und will mir ein weiteres Stück Kuchen abschneiden, aber ich lehne mit einer Handbewegung ab.

»Sie wollen doch nicht für Ihren Bruder in den Bau wandern«, mutmaße ich. »Eigentlich könnte ich Sie jetzt mitnehmen, weil die Kaution unter Ihrem Namen läuft und mir wieder abgeknöpft wird, da ich fälschlicherweise Fred abgeliefert habe, obwohl er ja augenscheinlich doch derjenige ist, der Dreck am Stecken hat und …« Ich unterbreche mich selbst.

Himmel, ist das kompliziert. Ich brauche mehr Kaffee.

Frank zuckt nur mit den Schultern, während ich die Tasse erneut an meinen Mund führe. »Vielleicht ist das Gefängnis gar keine schlechte Alternative. Da ist es warm, trocken, es gibt regelmäßige Mahlzeiten und einen Schlafplatz.«

»Frank«, ermahne ich den offensichtlich unschuldigen Bruder, »seien Sie doch vernünftig. Fred muss endlich einmal für seine Taten geradestehen. Am besten, Sie kommen gleich mit mir mit und wir klären die Angelegenheit gemeinsam auf dem Revier.«

Ich darf gar nicht daran denken, dass ich meine Kaution für den falschen, aber eigentlich richtigen Miller wieder abtreten darf. Das Leben ist *wirklich* eines der härtesten.

»Vielleicht haben Sie recht«, murmelt Frank mehr zu sich selbst. »Er wird sich sonst nie ändern.«

Ich nicke zustimmend und lächele ihm aufmunternd zu, als er zu mir aufsieht.

»Also schön. Ich komme mit Ihnen.«

Ich freue mich aufrichtig und denke bereits hoffnungsvoll, dass ich unter diesen ganz neuen Umständen meine Kaution doch behalten kann, als Frank aufspringt und zur Tür läuft.

»Na kommen Sie schon. Wir wollen keine Zeit verlieren. Bevor ich es mir doch noch anders überlege.«

Ich lache auf, stürze meinen Kaffee hinunter und renne Miller hinterher, der bereits auf halbem Weg zu meinem Auto ist. Während ich die Tür hinter mir zuziehe, frage ich mich, ob Miller einen Schlüssel dabeihat. Doch dann bemerke ich den langsam anfahrenden Geländewagen, der von Westen die Banks Street entlangschleicht. Die getönten Scheiben werden auf unserer Höhe nach unten gefahren und der Lauf einer Waffe wird bedrohlich ins Freie geschoben.

»Frank!«, schreie ich panisch, als ich die durch und durch schreckliche Absicht erkenne. »Runter!«

Frank dreht sich um, ein zuversichtliches Lächeln auf seinem zunehmend verblüffter dreinschauenden Gesicht. Dann fällt ein Schuss und der Geländewagen rauscht mit quietschenden Reifen davon.

Auf dem Revier unterzeichne ich meine Aussage mit ein paar unleserlichen Linien und lausche dem zuständigen Detective, dass ich als Zeugin eines Mordfalls die Stadt in den nächsten Tagen bitte nicht verlassen soll.

Ich nicke nur stumm, erhebe mich und will einfach nur noch die getrockneten Blutreste unter meinen Fingernägeln mit einem fünfstündigen Schaumbad beseitigen. Dieses Mal spiele ich nicht mit dem Gedanken, Otis einen Besuch abzustatten, sondern denke nur immer wieder an Franks entsetzten Blick, als er in meinen Armen verblutet ist. Und das nur, weil dieser miese

Wichser von Zwillingsbruder sich einmal mehr mit den falschen Leuten angelegt hatte und auf deren Abschussliste geraten war.

Die Kerle – zwei grobschlächtige Gnome, die kaum über das Lenkrad ihres beschissenen Fahrzeugs schauen konnten – wurden ein paar Straßen weiter von Streifenpolizisten aufgegriffen, wo sie sich gerade nach dem erfolgreichen Mord an Freds unschuldigem Bruder die Birne volllaufen und sich fast anstandslos festnehmen ließen, die Tatwaffe noch im Hosenbund steckend. Zu diesem Zeitpunkt lag Frank bereits in einem Leichensack und begann, zu stinken.

Aufs Leben ist geschissen, wenn das dabei herauskommt.

Auf meinem Weg nach draußen begegnet mir Officer Blake, der mir grüßend die Tür aufhält. Ich kann nicht einmal dankend nicken, geschweige denn mich für seinen Tipp bedanken, sondern laufe nur stumm auf den Vorplatz des Polizeireviers und komme erst wieder zu mir, als ich daheim die Badezimmertür aufstoße und ein fremder beleibter Mann gerade die Toilettenspülung betätigt.

»Tach«, sagt der, während ich noch überlege, ob ich schreien oder ihn einfach umnieten soll.

Ohne ein weiteres Wort – und auch ohne sich die Hände zu waschen – drückt sich der verdächtig nach Bauarbeiter aussehende Mann an mir vorbei, zieht seine Hose noch einmal zurecht und verschwindet in Richtung Dachbodentreppe.

Ich sehe ihm hinterher, folge dann unauffällig und höre schon auf halbem Weg nach oben Pucks anweisende Stimme.

»Das kann weg, das auch. Vorsicht mit der Kiste! Da ist meine alte Schallplattensammlung drin.«

»Was ist denn hier los?«, wundere ich mich und strecke den Kopf in das muffige und verstaubte Dachgeschoss, welches über die gesamte Grundfläche des Hauses jahrelang Stauplatz für allerlei Krimskrams und Pucks wertvollste Schätze bot.

»Ich lasse den Dachboden ausbauen«, erklärt Puck ohne ein Wort der Begrüßung, während ich auf meine imaginäre Armbanduhr schaue.

»Es ist mitten in der Nacht«, gebe ich zu bedenken und wundere mich ernsthaft über die Arbeitszeiten der Herrschaften, die hier oben zugange sind.

»In Asien ist es jetzt taghell«, erwidert Puck, als wäre dies Erklärung genug.

Ich beobachte, wie er vergammelte Kartons scheinbar achtlos aus dem geöffneten Giebelfenster wirft, doch dann sehe ich die Schuttrutsche, die in einen Baucontainer mündet, welcher wiederum im Garten des Nachbarn seinen Platz gefunden hat, da auf unserem Grundstück auf dieser Seite des Hauses keinerlei Abstellfläche ist.

»Wieso lässt du den Dachboden ausbauen?«, frage ich, während zwei weitere Bauarbeiter ihrer Arbeit in unmittelbarer Nähe nachgehen und Chloé zwischen all dem Chaos Spinnen fängt und dabei bereits wunderbar als Staubfänger fungiert.

»Um die entstehenden Räume zahlenden Mietern zu überlassen«, meint Puck und ich verstehe den Seitenhieb.

»Ich habe doch bezahlt«, sage ich und führe nur gedanklich hinzu: *für letzten Monat.*

»Ich sage ja auch gar nichts«, verkündet Puck, während die Bauarbeiter stupide ihre Arbeit verrichten und Pucks Katze sich an einer armen Motte vergeht.

Ich wende den Blick ab, als der erste Flügel zu Boden flattert.

»Wie siehst du eigentlich aus?«, fragt der Wichtel nun doch noch und hält in seinem Vorhaben inne, die alten Bücher zu entstauben, nachdem er das getrocknete Blut an mir bemerkt.

»Bin nur in eine Schießerei geraten«, murmele ich lapidar, als wäre es das Normalste der Welt, und wende mich bereits zum Gehen.

»Willst du darüber reden?«, ruft Puck mir nach und seine Stimme zeigt immerhin den Anflug von Besorgnis.

»Nein«, rufe ich zurück, gehe nach unten und schließe mich im Bad ein. Dort schlüpfe ich aus meinen verschmutzten Sachen, während ein Schaumbad die Badewanne füllt. Als ich meinen Körper schließlich im heißen Wasser versenke, erlaube ich es mir endlich, zu weinen.

Den restlichen Abend verbringe ich damit, auf meinem Bett zu liegen und Löcher in die Luft zu starren, während ich versuche, an nichts Bestimmtes zu denken. Und doch schiebt sich immer wieder das Bild des sterbenden Franks vor mein geistiges Auge, während er mit einer Kugel zwischen den Schulterblättern versucht, zu verstehen, was gerade passiert ist.

Ich schlucke schwer bei dem Gedanken daran. Frank war bei Weitem nicht der erste Tote, den ich sehen musste, aber normalerweise werden Personen, mit denen ich kurz vorher noch gemütlich Kaffee getrunken habe, nicht einfach über den Haufen geschossen.

Das Festnetztelefon klingelt und ich drehe mich auf die Seite. Keine Ahnung, wie viel Zeit seit meiner Ankunft vergangen ist, aber die Bauarbeiter haben das Haus bereits verlassen, sodass es nur Puck sein kann, der unverhohlen schimpft, lauthals durch das Haus stapft und dabei Krach wie zehn Zentauren veranstaltet.

Ich muss kurz weggenickt sein, denn als ich die Augen öffne, steht er direkt vor meinem Bett und hält mir das schnurlose Festnetztelefon unter die Nase.

»Für dich«, sagt er kurz angebunden und ich nehme das Gerät unwillig entgegen. »Gwendolyn.«

Ich rolle mit den Augen und warte, bis Puck mein Zimmer wieder verlassen hat. Dann setze ich mich aufrecht hin, hole tief Luft und führe das Telefon an mein Ohr. »Hallo, Mom.« Ich versuche, einigermaßen aufgeweckt zu klingen, was mir jedoch nur ansatzweise gelingen will.

»Rebecca!«, ruft diese sofort in ihrer besorgten mütterlichen Art und ich frage mich, ob diese Phase, in der sie mich bei meinem dritten Vornamen nennt, nie vorbeigeht. Meinem *dritten*! Und wenn sie mich Becci nennt, könnte ich komplett eskalieren. »Wie geht es dir? Otis hat uns berichtet, was passiert ist. Warum meldest du dich denn nicht?«

»Mir geht es gut.« Ich bin beinahe selbst davon überzeugt, während Mom mir berichtet, dass sie und Dad ganz krank vor Sorge waren.

Ich nuschele eine Entschuldigung. Mir war wirklich nicht bewusst, dass die Ereignisse so schnell zu ihnen durchdringen würden. Und um ehrlich zu sein, hätte ich diese wirklich gern komplett vor meinen Eltern verheimlicht.

»Soll ich Dr. Frankenstein anrufen und einen Termin ausmachen?«, fragt meine Mutter währenddessen und verwirrt mich damit sehr.

Dr. Frankenstein heißt eigentlich Dr. Maybury, ist plastischer Chirurg und hat mir, als ich dreizehn war und mich auf dem Schulhof geprügelt habe, die Nase gerichtet. Ich bin mir nicht sicher, wie er mir jetzt weiterhelfen könnte.

»Dr. Maybury ist kein Psychiater«, rufe ich ihr in Erinnerung, da ich mir sicher bin, dass sie einen Besuch bei eben so einem Doktor begrüßen würde.

»Arzt ist Arzt«, meint sie und ich kann förmlich sehen, wie ihre mit Haarspray betonierte Frisur bei jeder forschen Bewegung ihres Kopfes wie ein Wolkenkratzer ins Schwanken gerät.

»Ist schon gut, darum kümmere ich mich selbst«, versuche ich, das Thema abzutun, und hoffe, dass sie nicht wieder bis zum nächsten Thanksgiving darauf pocht, mich zu einem Psychoklempner schicken zu wollen.

»Was hast du denn jetzt vor?«, will sie weiter wissen. »Du machst doch nicht einfach weiter, als wäre nichts gewesen?«

Doch, eigentlich wollte ich genau das tun, also sage ich es auch.

»Das ist wirklich sehr unvernünftig. Was, wenn du an einer posttraumatischen Belastungsstörung leidest und plötzlich Dinge siehst, die es gar nicht gibt? Oder noch schlimmer: irgendetwas in die Luft sprengst, weil eine Stimme es dir befiehlt?«

Jetzt reicht es mir aber. Ist es nicht schön, dass meine Mutter so an meine geistige Gesundheit glaubt?

»Ich bin nicht so labil, wie du es darstellst, Mom.«

»Ich mache mir doch nur Sorgen«, rudert sie ein wenig zurück. »Kannst du die Agentur nicht einfach für ein paar Tage schließen und zu uns kommen?«

Lieber würde ich mich einer Darmspiegelung unterziehen.

»Ich darf die Stadt leider nicht verlassen«, antworte ich in einem neutralen Tonfall.

»Gut, dann kommen wir zu dir.«

»Nein!«, rufe ich vielleicht einen Tick zu schnell aus und räuspere mich eilig. »Nein, das müsst ihr wirklich nicht. Ihr könnt das Café zu dieser Zeit im Jahr auf keinen Fall schließen.«

Denn bald ist Halloween und ich setze ›Kürbisse kaufen‹ auf meine geistige To do-Liste. Leider sind die Zierkürbisse auf unserem Kompost in diesem Jahr nichts geworden.

»Ja, das stimmt«, gibt sie mir recht und ich atme erleichtert auf.

Nicht auszudenken, wenn meine Eltern hier mehrere Tage herumwuseln und mich in den Wahnsinn treiben würden. Sie sollen mal schön in Atlanta bleiben und ihr Café am Laufen halten.

»Arbeit ist sowieso die beste Ablenkung«, ergänze ich und glaube sogar selbst daran.

Ich kann es schaffen. Ich werde daran nicht zerbrechen. Ich schließe diese Erfahrung in eine imaginäre Truhe und werfe sie in den Mississippi.

Ich werde nie wieder an Frank Millers Augen denken, die in den Sternenhimmel blicken, aber nichts mehr sehen, weil er schon längst tot ist. Ich will nicht einmal mehr Fred Miller in die Finger kriegen. Ich lasse die Kaution verfallen, auch wenn ich mich dabei wie ein Feigling fühle.

»Oh, bevor ich es vergesse«, meint meine Mutter plötzlich ganz aufgeregt. »Du glaubst nicht, wer wieder im Land ist.«

»Wer denn?«, frage ich und bin froh, dass wir das Thema scheinbar ohne größere Komplikationen gewechselt bekommen haben.

»Chris«, ruft sie fröhlich.

In meinem Kopf rattert es, aber ich komme nicht drauf. »Welcher Chris?«, frage ich daher und meine Mutter schnalzt ungeduldig mit der Zunge.

»Christopher Parker!«

»Der Sohn unserer alten Nachbarn?«, frage ich ungläubig.

»Jaja, genau der«, bestätigt Mom.

»Schweineschnauzen-Chris?«, erinnere ich mich wieder an all die gemeinen Spitznamen, welche er ertragen musste. »Doppelkinn- und Elefantenarsch-Chris?«

»So hast du ihn immer genannt?«

»Er hat sich auf mich drauf gesetzt und so lange auf den Rasen gedrückt, bis ich kaum noch Luft bekam. Er wog damals schon zwei Zentner.«

Ich war insgeheim froh, dass die Parkers kurz darauf weggezogen waren.

»So wollte er dir nur zeigen, dass er dich mag«, säuselt Mom und ich grunze unartikuliert.

»Ich habe den Jungs, die ich mochte, immer deine tollen Blaubeermuffins mit Streuseln mitgebracht.«

Und Ethan, dieser Arsch, hat sie vor meinen Augen in den Dreck getreten. Das war das Ende unserer zarten Liebe, damals, als ich fünf Jahre alt war, denn zur Strafe habe ich sein Gesicht direkt daneben gedrückt.

»Auf alle Fälle habe ich ihn kaum wiedererkannt, als er neulich mit Blumen und Pralinen vor unserer Haustür stand. Die Pubertät hat ihm sehr gutgetan.«

Das kann ich mir wahrlich nur schwer vorstellen, sage jedoch nichts.

»Er hat sogar meine Petunien gelobt. Und das von einem Mann, der sich in Europa einen Namen als Gärtner der Reichen und Schönen gemacht hat.«

Woooooow, wie sterbenslangweilig.

»Aha«, mache ich nur.

»Er wird sich sicherlich einmal bei dir melden. Ich habe ihm deine Nummer gegeben.«

Ich unterdrücke einen Fluch, lediglich ein Zischlaut verlässt meinen Mund. Wer braucht schon Feinde, wenn er eine Mutter wie meine hat?

»Da freue ich mich aber«, brumme ich und jedes Wort trieft vor Ironie. »Ist Dad noch wach?«

»Nein, der schläft schon.«

Schade. Sonst hätte ich mich wenigstens kurz mit dem einzigen Menschen unterhalten können, der ebenso unter Moms Nettigkeiten leidet, wie ich es tue.

»Grüß ihn lieb«, bitte ich daher nur und wir verabschieden uns kurz darauf, jedoch nicht bevor Mom mir das Versprechen aus den Rippen geleiert hat, dass ich bald wieder einmal daheim vorbeischaue, wenn das Gesetz es zulässt.

»Da bist du ja endlich!«, ruft Fin mir entgegen, kaum dass ich die Tür zur Agentur zwei Tage später aufstoße. »Otis hat schon mehrmals versucht, dich zu erreichen. Dein Telefon ist aus.«

»Das ist Absicht«, gebe ich zu.

Bei jeder unbekannten Nummer nehme ich seit vorletzter Nacht automatisch an, dass Elefantenarsch-Chris mich belästigen will.

»Ach so«, tut Fin die Sache wie so oft mit einer einfachen Aussage ab. »Er wollte dir nur sagen, dass sich Fred Miller gestellt und außerdem die Anzeige gegen dich zurückgezogen hat.«

Ich halte in der Bewegung inne. »Wie bitte?«

»Er wollte dir nur sagen, dass sich Fred Miller ...«

»Nein, nein, ich hab schon verstanden«, unterbreche ich sie, auch wenn das nur für den akustischen Part von Fins Aussage gilt. »Warum hat er das getan?«

»Das konnte Otis sich auch nicht erklären.«

»Okay«, nuschele ich, obwohl ich nur Bahnhof verstehe und mich frage, wann der nächste Zug fährt.

»Ich nehme an, dass du den Anwalt nun auch nicht mehr benötigst«, vermutet Fin und hält einen Notizzettel in die Höhe.

»Ja, das hat sich dann auch erst mal erledigt.«

Gott sei Dank.

»Gut.« Fin zerreißt den Zettel und wirft ihn weg. »Es war sowieso nur ein einziger willig, dich zu vertreten. Jeff Jefferson aus Lakeview.«

Jeff Jefferson? Das ist doch nicht wirklich sein Name?

»Danke, Jeff!«, rufe ich trotzdem, schlurfe in mein Büro und wundere mich noch lange, welcher Teufel in Fred Miller gefahren ist.

Kapitel 6

Ich greife tief in die Innereien des Kürbisgewächses, packe das faserige Fleisch, reiße es aus dem Hohlkörper und werfe Puck die matschigen Fäden direkt ins Gesicht.

»Bäh, T. C.«, beschwert sich dieser und befördert den Brei sofort neben sich in die tiefer gelegte Spüle unseres Arbeitsbereiches in der Küchenmitte. Die Masse patscht beim Aufprall so laut, dass man denken könnte, wir nehmen hier ein Wildschwein auseinander und nicht Kürbisse für die bevorstehende Halloween-Nacht. »Du bist so ekelig! Das weißt du hoffentlich.«

Ich lache gehässig, während ich weiter einen Kürbis nach dem anderen aushöhle und neidisch zu Fin hinüberspähe.

Das Katzenmädchen sitzt gemütlich auf unserer Arbeitsfläche und versieht einen Kürbis nach dem anderen mit den gruseligsten Schnitzmustern, die die gesamte First Street schier zum Ausrasten bringen wird. Hier Frankensteins Monster, dort Freddy vs. Jason, und nicht zu vergessen: Lala von den Teletubbies.

Gruselig. Und für diese Glanzleistung der Kürbiskunst benutzt sie allein ihre ausgefahrenen Krallen. Bewundernswert.

»Ich habe nachgedacht«, sagt Puck und scheint mein kleines Attentat bereits wieder vergessen zu haben. »Die Arbeiter sagen, dass der Dachboden sogar in zwei zusätzliche Wohnbereiche ausgebaut werden kann. Und das bedeutet wiederum, dass wir bald zwei neue Mieter haben werden.«

»Oh, oh, oh!«, ruft Fin sogleich und hebt den Arm wie früher in der Schule. Dabei baumelt ihr ein Stück Kürbis von der Kralle, welches kurz darauf abfällt und unbemerkt auf dem Küchenfußboden landet. Hm, tritt sich fest. »Darf ich einen Vorschlag machen? Ihr solltet keine Bewerbungen von Zentauren oder Trollen annehmen. Zentauren kacken euch nur unnütz den Garten voll und Trolle zertrampeln die Blumenbeete. Da spreche ich aus eigener Erfahrung.«

»Ist ein bisschen Kacke nicht gut für den Rasen?«, will Puck wissen und versucht sich nun seinerseits an einer Schnitzerei. Dafür benutzt er jedoch unser schärfstes Küchenmesser. Wenn er nicht aufpasst, gibt es gleich ein Unglück.

»Ich denke nicht, dass die Statik des Hauses das zulässt«, werfe ich schnell ein, bevor Fin antworten kann, und beäuge Puck bei seinem Versuch, das im Fruchtfleisch versenkte Messer wieder herauszubekommen.

»Da hast du wahrscheinlich recht«, pflichtet er mir angestrengt bei. Mit einem Ruck, der ihn fast von der Arbeitsplatte purzeln lässt, befindet sich das Messer nun wieder im Freien.

Ich beschließe, schnell wegzusehen und mich wieder meiner Aufgabe zu widmen, als mein Telefon in meiner Gesäßtasche zu klingeln beginnt. Ich ignoriere es, so wie die letzten Tage auch, und schabe den schönen stinkenden Kürbis vor mir weiter mit dem Löffel aus.

»Dein Telefon klingelt«, sagt Puck unnötigerweise nach kurzer Zeit.

Ich nicke. »Ich weiß.«

Die Sekunden vergehen, das Klingeln hört auf und wenige Sekunden später ertönt mein Nachrichtenton.

Oh. Das ist neu.

Auch diese Mitteilung ignoriere ich und hoffe, dass auch Fin und Puck die Sache totschweigen.

»Du hast eine Nachricht bekommen«, macht Fin meine Hoffnungen sogleich zunichte.

Ich sehe kurz auf, um ihren makellosen Kürbis mit dem Antlitz von Buffy, der Vampirjägerin, zu bewundern. »Ich weiß«, antworte ich und ernte nun von beiden Seiten komische Blicke. »Das ist nur Chris«, sage ich seufzend, weil die beiden eh keine Ruhe geben werden.

»Welcher Chris?«, fragen Fin und Puck gleichzeitig.

»Mein alter Nachbar«, erkläre ich ihnen, vermeide jedoch jeglichen Augenkontakt.

»Elefantenarsch-Chris?«, schlussfolgert Puck wie aus der Pistole geschossen und ich bejahe.

»Wer ist das?«, will Fin wissen und stellt Buffy zu den bereits fertiggestellten Kürbissen.

»So ein Typ aus T. C.s Kindheit«, übernimmt Puck die Rolle des Erzählers. »So breit wie hoch und mit einem Kratergesicht, dagegen ist die Mondoberfläche ein Scheißdreck. Habe ich mir zumindest sagen lassen. Was will er denn?«

»Sich mit mir treffen, nehme ich an.«

Puck prustet sofort laut los. »Warum? Damit er sich wieder auf dich drauf setzen kann?«

Fin schließt sich seinem Lachen an. Ich finde das jedoch gar nicht witzig und nehme Puck schnell das Messer aus der Hand, bevor er sich noch ernsthaft wehtut.

»Lass mich mal sehen«, meint er, nachdem er wieder problemlos atmen kann, hüpft von der Anrichte und zieht mein Telefon aus meiner Hosentasche, noch bevor ich es verhindern kann. Seine kleinen flinken Finger huschen über die Tasten und schon liest er die letzte Mitteilung vor. »Liebe Tess, bla, bla, ich bin's, Chris, bla, bla, wieder in der Stadt, bla, bla, können uns ja mal treffen.«

»Du hast ein bla, bla vergessen«, merke ich an und ziehe Pucks angefangenen Kürbis zu mir. Oje, ob der noch zu retten ist? Vielleicht bekomme ich daraus ja noch einen stilisierten Zombie hin.

»Triff dich doch mit ihm«, schlägt Fin vor und ich verkneife mir den Kommentar, dass ich viel lieber eine Wurzelkanalbehandlung machen lassen würde. »Ich finde es immer schön, alte Freunde wiederzusehen.«

»Ich würde ihn noch nicht einmal als Freund bezeichnen«, murre ich, während das Messer in meiner Hand einen Zentimeter zu weit schneidet und das Auge des Zombies zerstört. »Und außerdem habe ich dafür auch gar keine Zeit.«

»So, erledigt«, ruft Puck, steckt das Telefon wieder an seinen angestammten Platz in meiner Hose und zieht sich zurück auf die Arbeitsplatte. Ich ahne Schreckliches. »Hab ihm geschrieben, dass es klargeht und du am Freitagabend Zeit hast.«

Gedanklich schließen sich meine Hände bereits um den dürren Hals des Wichtels, als mein Telefon erneut eine Nachricht empfängt. Diesmal bin ich schneller als er und zerre das Mobilteil sofort aus Pucks Reichweite.

»Er schreibt, dass in Six Flags wieder ein Jahrmarkt ist und ob wir uns da treffen wollen«, fasse ich die Textnachricht zusammen.

»Ich war schon ewig nicht mehr auf einem Jahrmarkt!«, ruft Fin begeistert aus, als wäre *sie* es, die die Einladung erhalten hat.

»Sag zu, sag zu!«, fordert Puck. »Wenn nicht, wirst du für den Rest deines Lebens Erdnussbutter in den Schuhen haben.«

Man könnte meinen, dass es einer von Pucks schlechten Scherzen ist, aber ich weiß es besser. Daher kann ich nur ernst schlucken.

»Wir gehen da alle hin und bescheren dem Typen den schlimmsten Tag seit dem Untergang von Pompeji im Jahr … was weiß ich.«

Ich bezweifele, dass er damals bereits am Leben war, behalte meine Zweifel jedoch für mich.

»Bin dabei«, freut sich Fin sogleich. »Wir können Punsch über ihn kippen und Apfel am Stiel in seine Haare kleben. Hast du schon mal in der Geisterbahn dem vor dir Sitzenden in den Nacken gepustet? Das ist so witzig!«

Ich lasse betroffen die Schultern hängen, während Fin und Puck einen perfiden Plan aushecken, um Chris den Abend so schwer wie möglich zu machen. Als Antwort an ihn tippe ich ein schlichtes ›Okay‹. Aus der Nummer komme ich eh nicht mehr raus.

Zwei Tage später fahre ich kurz vor dem verabredeten Zeitpunkt den Lake Forest Boulevard nach Six Flags entlang. Beinahe hätte ich es nicht mehr rechtzeitig geschafft und dachte schon, ich müsste Chris kurzfristig absagen.

Irgendetwas im Bücherregal von Sheldons Voodoo-Shop hatte sich heute Nachmittag spontan selbst entzündet. Noch bevor die züngelnden Flammen auf die anderen Exponate übergreifen konnten, waren er und ein spiritueller Kunde zur Stelle und hatten die grünlichen Flammen eindämmen und schließlich löschen können.

Das Merkwürdige daran war, dass keines der Bücher in Mitleidenschaft gezogen wurde. Einzig und allein das hölzerne Regal war kurz darauf einfach in sich zusammengefallen.

Ich bemerkte dies erst, als ich die Agentur schloss und Fin abholen wollte, die bereits ein paar Stunden eher nach Hause gegangen war, um sich für den Jahrmarkt aufzuhübschen. Sheldon versperrte mir mit einem sperrigen Regalteil den Weg nach draußen und ich sah mich genötigt, ihm schnell beim Beseitigen der Überreste zu helfen, bevor ich von dannen brausen konnte.

»Hat Ihnen schon mal jemand gesagt, dass Sie eine dunkle Aura besitzen?«, fragte er mich, als wir das zweite verkohlte Regalteil nach draußen wuchteten.

»Ja, Sie«, antwortete ich und wusste bereits, was als Nächstes kommen würde.

»Sie sollten barfuß laufen, damit …«

»Die negative Energie abfließen kann, danke.«

Er nickte zufrieden, während seine Dreadlocks wirr in sein Gesicht fielen. Ich wunderte mich, denn ich hätte schwören können, dass sein Hexentattoo bis vor Kurzem noch auf seinem rechten Oberarm war und nicht wie jetzt auf seinem linken.

Ein paar Minuten später war ich bereits auf dem Weg zu Fin und landete prompt im Rushhour-Stau in Central City.

Als ich endlich bei ihr war, waren wir bereits zwanzig Minuten zu spät dran und als wir Puck am Smoothie King Center aufsammelten, kochte dieser bereits vor Wut, weil er annahm, um die Chance gebracht worden zu sein, seinen schändlichen Plan für Chris in die Tat umzusetzen.

Glücklicherweise konnte ich aber eine kurze Textnachricht von Chris vorweisen, der angab, sich leider ebenfalls um etwa eine gute halbe Stunde zu verspäten. Mit dem besänftigten Puck auf dem Beifahrersitz fuhr unser lustiges kleines Mobil der Niederträchtigkeiten letzten Endes also doch noch Chris Parkers Untergang entgegen.

Ich blicke überprüfend in den Rückspiegel, als ich an einem Fußgängerübergang halte, und wische mir einen Rußfleck von der Wange. Während ich dies tue, lugt Fins Kopf zwischen den Sitzen zu uns nach vorn.

»Du trägst ja gar kein Make-up«, stellt Puck unterdessen fest, während er auf seinem Kindersitz einen etwas lächerlichen Eindruck macht. Aber das sagt ihm natürlich niemand.

»Wieso sollte ich?«, will ich wissen und setze das Fahrzeug wieder in Bewegung, nachdem ein Fußgängerschwarm die Straße gekreuzt hat. »Wir wollen Chris heute schmierige Substanzen ins Haar kleben. Dafür muss man kein Make-up tragen.«

»Außerdem ist Tess doch naturschön«, wirft Fin ein und spricht damit hoffentlich meine vollen dunklen Wimpern an, um die mich so manche Nymphe beneiden würde.

»Hmpf«, hören wir nur von Puck, der offensichtlich beleidigt ist, weil er um die Chance gebracht wurde, sich über mein Make-up lustig zu machen.

»In deiner Gegenwart trage ich sowieso nie wieder Lidschatten«, werfe ich ein und erinnere mich daran, wie Puck mich vor meinem letzten Date mit dem Clown aus der Kanalisation verglich, nur weil meine Gesichtsbemalung etwas auffallender war. »Und außerdem habe ich meinen Lippenstift dabei.«

Wenn meine Tasche jetzt in Reichweite wäre, würde ich bestätigend auf das Kunstleder klopfen.

»Den willst du doch nicht etwa einsetzen?«, fragt Fin aufgeregt. Sie war schon immer Fan meines ganz besonderen Lippenstifts.

»Du willst Elefantenarsch-Chris an deine Lippen lassen? Das ist ja widerlich!«

»*Du* bist widerlich!«, antworte ich ganz besonders einfallsreich und gebe etwas mehr Gas, sodass wir die Grünphase der nächsten Ampel noch schaffen. »Und ja, zur Not würde ich auch das tun.«

Würgegeräusche ertönen noch immer aus Pucks Richtung, als wir bereits auf den Parkplatz des Festivalgeländes fahren und er sich bemüht, sich aus Gurt und Kindersitz zu befreien.

»Ich liebe den Rummel!«, ruft Fin begeistert aus und ich lasse meinen Blick über die in der Ferne zu sehenden Fahrgeschäfte gleiten.

Die typische Geräuschkulisse eines Volksfestes weht zum Parkplatz herüber. Vor Freude kreischende Kinder, sich amüsierende Zwerge, Pukas und Elfen, das ratternde Donnern der rege besuchten Fahrgeschäfte, das Knallen der Gewehre an den Schießbuden. Als sich ein Lächeln auf meinem Gesicht ausbreitet, merke auch ich:

Ich liebe den Rummel!

Ich blicke mich um, nach meinen Begleitern Ausschau haltend, und stelle relativ rasch fest, dass beide bereits schnellen Schrittes den Eingangsbereich des Jahrmarktes ansteuern. Ich setze mich in Bewegung und muss sogar rennen, um sie in der strömenden Menge nicht aus den Augen zu verlieren. Da haben es aber zwei ziemlich eilig.

Schräg vor dem großen Eingangstor mit dem Schriftzug ›Hereinspaziert‹, flankiert von zwei grenzwertig gruseligen Clownsgesichtern, hole ich das Katzenmädchen und den Wichtel ein, welche beide unschlüssig in der Gegend herumstehen.

Puck kratzt sich am Kopf. »Ich sehe ihn nicht«, stellt er missgelaunt fest.

Ich schultere meine Umhängetasche, lasse den Autoschlüssel hineingleiten und weise darauf hin, was Chris vorhin mitgeteilt hat. »Er meinte doch, dass er sich verspätet.«

»Wie unhöflich«, schiebt Puck hinterher, diesmal jedoch ein wenig besänftigter.

Wir stehen uns minutenlang die Beine in den Bauch, während die Besucher des Festivals an uns vorbeiströmen und nicht wenige von ihnen uns seltsame Blicke zuwerfen. Ein Besucher nach dem anderen wird auch von uns kritisch beäugt und nachdem ich bereits den dritten korpulenten Mann für Chris gehalten habe, gebe ich es schon fast auf und scharre mit den Hacken ungeduldig auf dem sandigen Untergrund des Geländes.

»Ob er noch kommt?«, will nun auch Fin wissen, die dem Popcornstand nahe dem Eingang schon die ganze Zeit sehnsüchtige Blicke zuwirft.

»Vielleicht hat er doch noch Muffensausen bekommen und es sich anders überlegt«, spekuliert Puck und hebt einen kleinen Stein auf. Dann holt er mit seinen dünnen Ärmchen kräftig Schwung und donnert das Geschoss gegen den linken der alle Gäste begrüßenden Clowns über dem Eingang. Eine Mutter mit zwei Kindern an der Hand wirft uns tadelnde Blicke zu.

»ADHS«, rufe ich ihr nur zu und deute mit dem Daumen auf Puck. Ein Blick auf mein Mobiltelefon verrät mir irgendwann, dass das akademische Viertel schon lange vorbei ist, also beschließe ich, dass es an der Zeit ist, zu gehen. »So, das war's. Gehen wir heim.«

»Was? Aber wir können doch auch zu dritt über den Jahrmarkt schlendern!« Fin kann sich nur schwer davon abhalten, zu betteln. »Der kleine, dicke, von Akne befallene Chris kann uns doch egal sein.«

Ich wusste bereits, dass diese Aussage kommt, also mache ich auf dem Absatz kehrt und laufe prompt gegen eine harte Männerbrust. Kräftige Hände packen mich an beiden Oberarmen, als mir durch den Aufprall die Luft aus den Lungen gepresst wird.

»'tschuldigung«, presse ich hervor und hebe meinen Blick, nur um in strahlend blaue Augen zu sehen, die beinahe amüsiert auf mich herabschauen, während sie einen Erinnerungsblitz in mir aufzucken lassen.

»*Mir* tut es leid«, sagt eine angenehm tiefe Stimme, die in mir wiederum keinerlei Erinnerung weckt, während seine Hände meine Arme wieder freigeben. »Ich dachte, wir treffen uns drinnen. Ich habe die ganze Zeit vorm *Rasenden Roland* gewartet.«

Ungläubig starre ich auf mein Gegenüber. Ich kann mein Gehirn nur langsam dazu bewegen, seine Arbeit wieder aufzunehmen und offensichtliche äußerliche Merkmale des Mannes zu analysieren.

Er ist groß, dunkelhaarig, mit stylischer Frisur, gepflegtem Dreitagebart. Er trägt normale Jeans, Sportschuhe und ein helles Shirt, dessen kurze Ärmel einen Blick auf gut trainierte Oberarme freigeben. Er sieht verdammt appetitlich aus und er hat einen Sexappeal, der mir kurzzeitig die Stiefel auszieht.

Vorsichtshalber sehe ich zu meinen beiden Begleitern, die ebenfalls wie ein Auto gucken. Fin läuft bereits ein Sabberfaden aus dem Mundwinkel, während sie den gut aussehenden Fremden unverhohlen mustert.

Ich finde meine Stimme wieder, nachdem ich mich kurz geräuspert habe. »Kennen wir uns?«, frage ich und höre Pucks Hand, die mit einem klatschenden Geräusch auf seine hohe Stirn trifft. Ich verkneife es mir, noch ein »Das muss eine Verwechslung sein« nachzulegen.

»Witzig«, schmunzelt der junge Mann, der gut und gern von dem Cover eines Hochglanzmagazins entsprungen sein könnte und jetzt hier vor mir steht. »Du hast dich kaum verändert, Cupcake.«

Cupcake?! So hat mich seit der dritten Klasse niemand mehr genannt.

Ich begreife, was ich bereits bei dem Blick in seine markanten Augen hätte bemerken müssen. »Chris? Himmel, Arsch und Zwirn! Ich hätte dich fast nicht erkannt!«

Er lacht kurz auf, als er meinen Fluch vernimmt, und zieht mich sogleich in eine freundschaftliche Umarmung, die mir noch mehr Vorzüge seines athletischen Körpers verrät.

Ja, die Pubertät hat ihm wahrlich gutgetan.

»Immer noch dasselbe lose Mundwerk«, meint er und schiebt mich auf Armlänge von sich, um mich besser betrachten zu können.

»Man tut, was man kann«, murmele ich und halte mich davon ab, eine verirrte Locke hinter mein Ohr zu streichen.

»Du siehst blass aus«, bemerkt er besorgt und legt ebendiese Besorgnis auch in seinen Blick. »Wie viele Tage sind es noch?«

Ich erschrecke kurz. Ich hatte ganz vergessen, dass er es weiß. Trotzdem beginne ich, gedanklich die Tage zu zählen, bin mir selbst nicht mehr so sicher und zucke schließlich mit den Schultern. »Ich habe den Überblick verloren«, sage ich schlicht und Chris lacht aufgrund meines Witzes, der eigentlich gar keiner war. Dann erinnere ich mich wieder an meine Manieren und wende mich an meine Anhängsel, die immer noch wie Salzsäulen neben uns stehen. »Das sind meine Freunde Fin Hawthorne und Puck Tinobis.«

»Sehr angenehm.« Chris beugt sich weit nach unten, um Fin seine gepflegte Hand zu reichen, die gar nicht so recht wie die eines Gärtners aussehen will. Um Pucks Hand zu schütteln, muss er fast in die Knie gehen und ich denke bei dem Anblick an tote Katzenbabys, um nicht laut loszulachen.

»Ebenso«, antwortet Puck emotionslos und rammt Fin seinen Ellbogen in die Seite. »Los, wir zischen ab.«

Ich beobachte, wie der Wichtel das Katzenmädchen vor sich her in Richtung Eingang schiebt.

»Wo wollt ihr denn so plötzlich hin?«, frage ich fast panisch und wundere mich, was aus unserem Plan geworden ist, der sich soeben in Rauch aufzulösen scheint. Und ich hatte mich schon so auf das Juckpulver gefreut.

»Fin will sich die Zukunft vorhersagen lassen. Das Trauerspiel müsst ihr euch wirklich nicht mit ansehen«, meint Puck, während Fin nur halbherzig versucht, sich aus seinem Griff zu befreien.

»Das ist doch überhaupt nicht wahr«, ruft sie aus.

»Halt die Klappe«, herrscht Puck sie an und schiebt unbarmherzig weiter, bevor er sich noch einmal hämisch grinsend zu Chris und mir umdreht. »Man sieht sich. Treibt es nicht zu wild!«

Ich presse meine Lippen aufeinander, sodass Grübchen in meinen Wangen entstehen, denn nur so kann ich mir einen bissigen Kommentar verkneifen.

Kameradenschweine. Lassen mich einfach mit einem quasi wildfremden Musterexemplar von Traummann allein. Tz.

»Nett«, kommentiert eine Stimme neben mir und ich blicke zu Chris, um zu bemerken, dass er dem ungleichen Gespann hinterhersieht.

»Puck ist mein Vermieter«, erkläre ich und wir setzen uns ebenfalls in Bewegung, um den Rummel endlich zu betreten. »Du willst ihm nicht begegnen, wenn er die Miete nicht rechtzeitig bekommt.«

»Wichtel sind wahre Berserker, habe ich gehört«, pflichtet Chris mir bei, während wir unter dem Clownstor hindurchschreiten.

»Oh ja, und hervorragende Sprinter auf kurzen Distanzen«, füge ich hinzu, muss jedoch bereits schmunzeln.

»Du musst Schreckliches durchmachen«, vermutet er ohne einen Hauch Ironie in seiner Stimme und ich bewundere ihn für seine schauspielerische Glanzleistung.

»Es ist nur schwer auszuhalten.« Ich gebe wirklich mein Bestes, ernst zu bleiben, jedoch zeigt sich bereits ein breites Grinsen auf meinem Gesicht, als mir der Zuckerwattestand ins Auge fällt.

Chris scheint meinen Blick bemerkt zu haben, denn er reiht sich in die Schlange der Zuckersüchtigen ein. »Ich geb 'ne Runde aus«, erklärt er mir und ich pfeife anerkennend.

»Heute lassen wir es mal so richtig krachen, was?«

»Da kannst du deinen … Darauf kannst du wetten.«

Ich ziehe erschrocken die Luft ein. »Du wolltest Arsch sagen!«, rufe ich aus und es ist mir egal, ob mir besorgte Mütter schon wieder mahnende Blicke zuwerfen.

»Wollte ich nicht«, rechtfertigt Chris sich unglaubwürdig, während wir in der Schlange weiter nach vorn rücken. »Ich wollte ›Computerbildschirm‹ sagen. Da kannst du deinen Computerbildschirm drauf verwetten.«

»Das sagt niemand«, wende ich ein und verschränke die Arme vor der Brust.

»Ich schon«, behauptet Chris, doch sein leises Lächeln verrät ihn.

Ich mustere ihn unauffällig, während er zwei Portionen Zuckerwatte ordert, und frage mich, ob der kleine Junge, der so gern Pingpong gespielt und sich auf Grundschülerinnen gesetzt hat, noch irgendwo da drin ist.

»Ich habe dich überhaupt nicht vermisst«, stelle ich fest, um ihn aus der Reserve zu locken, während er mir meine rosa Zuckerwatte reicht und wir beginnen, über den Rummel zu schlendern, auf dem sich alle lautstark amüsieren.

Chris lacht ein Coverlachen und ich erspähe Fins Gestalt, die versucht, sich hinter dem Popcornstand zu verstecken, während sie neugierig zu uns herüberspäht. Schon bald sind wir aber in der Menge verschwunden und ich lausche Chris' Antwort.

»Ja, meine Freunde hatten es früher nicht leicht mit mir«, gibt er ehrlich zu. »Aber nur die, die ich besonders gern hatte, durften mir als Stuhl dienen.«

Ach echt?

»Ich erinnere mich«, nicke ich und zupfe mit spitzen Fingern Zuckerwatte, bevor ich sie mir in den Mund schiebe.

»Du weißt ja«, beginnt er und sieht dabei auf die Schiffsschaukel in unmittelbarer Nähe. »Was sich neckt …«

Mein Kopf fliegt zu ihm herum und seine blauen Augen treffen auf meine. Sekundenlang scheint die Welt stillzustehen und wäre das jetzt einer von Moms Kitschromanen, würde ich im Strahl brechen, wenn ein Autor so einen unglaubwürdigen Mist verzapfen würde.

Aber auch Kitschromane können zur Realität werden.

»Erinnerst du dich noch an Glenn?«, frage ich, unterbreche schnell den Blickkontakt und vergrabe mein Gesicht im Zuckerwatteball.

»Wie könnte ich den vergessen?«, antwortet Chris.

Ich nehme aus dem Augenwinkel wahr, wie er mich beobachtet.

»Er ist mit mir auf den Abschlussball gegangen, weil ich sonst keinen dazu überreden konnte«, erkläre ich und muss lachen, obwohl es eigentlich recht traurig ist. Chris sagt nichts, also rede ich weiter. »Er hat einen Regentanz aufgeführt und dann den Feueralarm ausgelöst, sodass die Sprinkleranlage anging und er tatsächlich der Regengott war, für den er sich hielt. Der ganze Abend war eine einzige Katastrophe. Ich habe Phoebe noch nie so kreischen gehört. Ihr schönes Prinzessinnenkleid …«

»Da wäre ich gern dabei gewesen«, gibt Chris zu.

Wir lassen die Schiffsschaukel hinter uns und die Menge führt uns zur Berg- und Talbahn.

»Ja, das hätte dir bestimmt gefallen.«

»Was macht Glenn jetzt?«, will Chris wissen, während ein Schausteller völlig aus dem Häuschen verkündet, dass die wilde Fahrt jetzt rückwärts verläuft.

Ich zucke mit den Schultern. »Ich weiß nur, dass er auf den Spuren des Yeti im Himalaja wandeln wollte. Seitdem gilt er wohl als verschollen.«

»Vielleicht hat er ihn ja gefunden.«

»Vielleicht.«

»Und wie ist es dir seit dem Abschlussball ergangen?«, fragt er weiter und muss fast schreien, weil die vor Vergnügen kreischenden Massen so unfassbar laut sind.

»Hab vieles ausprobiert«, erkläre ich ihm, will mich jedoch nicht im Detail verlieren. Manchmal ist es mir ein bisschen peinlich, dass ich so viele Dinge angefangen, aber nie zu Ende gebracht habe. Obwohl ich es wichtig finde, dass man alles einmal ausprobiert, um dann später nicht sagen zu müssen: *Wäre ich doch früher lieber doch Kamelzüchter geworden.* Oder so. Wichtig ist mir nur, dass ich mit meiner jetzigen Situation zufrieden bin. Und das bin ich. Durch und durch. Na ja, fast. »Aber seit zwei Jahren habe ich ein eigenes Kautionsbüro in Tremé. Und Fin ist meine Assistentin.«

Chris pfeift anerkennend und lässt mich dadurch tatsächlich glauben, dass er beeindruckt ist. »Was war dein skurrilster Fall?«

Ich muss ein paar Augenblicke überlegen, doch dann fällt mir eine Story ein. »Eigentlich darf ich nicht darüber reden, aber ich mache eine Ausnahme.«

»Du kannst ja die Namen der Personen verändern«, schlägt Chris witzelnd vor und ich zeige ihm meinen Daumen, um die Genialität dieser Idee zu signalisieren.

»Da war mal so ein Typ«, beginne ich und muss schon fast lachen. »Nennen wir ihn einfach Nigel. Nigel wurde wegen Tierquälerei gesucht. Also fahre ich zu Nigels Wohnsitz und finde ihn in seiner Gartenlaube, umringt von Hunderten von Graugänsen. Und was glaubst du, was er mit den Gänsen macht?«

»Mästen?«, rät Chris.

Ich schüttele den Kopf. »Er setzt ihnen Weihnachtsmannmützen auf«, erkläre ich emotionslos, denn ich glaube, dass die Geschichte dadurch noch mehr an Reiz gewinnt. »Kleine selbst gestrickte Weihnachtsmannmützen.«

»Nicht wahr!«

»Doch. Und was macht er, als ich ihm sage, dass er vor Gericht zu erscheinen hat?«

Chris zuckt völlig ratlos mit den Schultern.

»Er sagt, dass er mitkommt, wenn ich ihm helfe, den Gänsen die restlichen Mützen aufzusetzen.«

»Das hast du nicht wirklich gemacht, oder?«

Ich muss kurz lachen. »Doch. Einhundertsiebenundzwanzig Graugänse später waren meine Finger taub, denn es war Winter und die Laube hatte keine Heizung. Aber Liam … also … Nigel … ging ohne Probleme mit aufs Revier.«

»Graugänse«, wiederholt Chris völlig erstaunt.

»Und jede hatte einen anderen Namen«, füge ich noch hinzu und verliere mich in der Erinnerung. »Bernadette, Ludmilla, Grimhild, Isolde … Komischerweise waren es alles Frauennamen, obwohl mit Sicherheit auch ein paar Gänserichs dabei waren.«

»Merkwürdig«, meint nun auch Chris und wir denken gemeinsam kurz über die Situation nach. »So!«, ruft er dann plötzlich aus, klatscht in die Hände und ich wundere mich, wohin seine Zuckerwatte so schnell verschwunden ist, während ich immer noch gut die Hälfte von meiner übrig habe. »Welches Fahrgeschäft darf es sein?«

»Breakdance!«, rufe ich wie aus der Pistole geschossen.

Chris nickt zustimmend und wir ziehen weiter.

Kapitel 7

Breakdance, die Krake, das Spiegelkabinett, das Kettenkarussell, die Wasserbahn, das Riesenrad, der Autoscooter. Wir haben alles mitgemacht und stehen jetzt hungrig am Hotdogstand, wobei mir jetzt doch ein bisschen flau in der Magengegend ist.

»Ich glaube, der Freefall Tower war zu viel für mich«, gebe ich zu, ohne mich zu schämen, und bestelle lieber nur ein Softgetränk.

»Der war heftig«, gibt Chris nickend zu und ich beobachte fasziniert, wie sich die blinkenden Lichter der Fahrgeschäfte um uns herum in seinen Augen spiegeln.

Wir setzen uns auf ein Geländer in der Nähe und beobachten eine Zeit lang Passanten.

»Du musst mir noch ein Plüschtier schießen«, fällt mir ein, als ich ein Kleinkind mit monströsem Plüscheinhorn vorbeilaufen sehe.

»Wird gemacht«, nickt Chris und gibt sich große Mühe, sein Shirt nicht mit Hotdogsoße zu bekleckern. Dabei stößt sein Bein wie beiläufig gegen meins.

Ich könnte meine Position ganz unauffällig verändern, rühre mich jedoch vorerst nicht und schlürfe weiter an meinem Getränk.

»Was darf es sein? Ein Delphin? Ein Gorilla? Ein Einhorn?«

»Tz«, sage ich gespielt erbost. »Einhörner gibt es doch gar nicht.«

»Das hat man bis vor ein paar Jahren auch über Drachen gesagt. Und dann ist einfach einer in den Hollywood Hills gelandet.«

»Direkt auf dem *Hollywood*-Schriftzug«, erinnere ich mich gedankenverloren und kann mich nur schwer davon abhalten, gegen Chris' Schulter zu fallen. Dann erinnere ich mich aber auch an etwas anderes. »Ich habe dich noch gar nicht gefragt, was du all die Jahre getrieben hast. Ich habe gehört, du bist Gärtner?«

»Landschaftsarchitekt«, korrigiert er mich halbherzig und wischt sich mit dem Daumen die Soße aus dem Mundwinkel.

»Oh, Wahnsinn«, staune ich glaubwürdig und anerkennend. »Das klingt sehr … spannend …«

»Es ist todlangweilig«, verkündet er und ich muss prustend lachen, wobei mir mein kohlensäurehaltiges Getränk aus der Nase läuft.

»'tschuldigung«, sage ich erneut und Chris reicht mir eine seiner Servietten, die ich dankend annehme, um mir das Gesicht abzuwischen.

»Deswegen bin ich auch wieder hier. Ich will irgendetwas anderes machen. Was komplett Neues ausprobieren. Tischtennisprofi oder so. Vielleicht werde ich sogar Kautionsdetektiv.«

Mein Kopf schießt überrascht in seine Richtung und sein ernster Blick hält mich gefangen, dann verdrückt er das letzte Stück seines Hotdogs und ich blicke lächelnd zurück zum Schießstand.

»Scheißkonkurrenz«, nuschele ich und versuche, meine inzwischen leere Getränkedose in dem nahe stehenden Mülleimer zu versenken. Natürlich scheitere ich kläglich.

»Du gehst das falsch an«, sagt Chris, der meine Wurfkünste beobachtet hat. Dann umfängt mich plötzlich sein Arm und er greift meine Hände, während ich regelrecht gefangen an seiner Brust liege. »Der Ball liegt locker in der Wurfhand, der Mittelfinger zeigt nach vorn und die andere Hand stützt den Ball seitlich.« Seine Hände legen meine passend zu seinen Worten in Position um eine Serviettenkugel, während ich mir seiner Nähe und der Wärme, die er ausstrahlt, nur allzu bewusst bin. Sein Atem kitzelt außerdem an meinem Ohr. »Die Bewegung muss flüssig sein, die Ellbogen locker neben dem Körper und beim Wurf selbst mindestens auf Schulterhöhe. Das Handgelenk wird nach vorn geklappt und die Bewegung sollte nach oben erfolgen, nicht nach vorn. Etwa so.«

Gemeinsam führen wir die von ihm erklärte Bewegung durch. Die Kugel fliegt, streift den Rand des Mülleimers und landet trotzdem daneben, wenn auch nur sehr knapp.

»Viel besser«, lobt Chris, während wir unsere Arme wieder senken, aber den Körperkontakt nicht unterbrechen.

Ich will ihn fragen, ob er auch in Betracht zieht, Basketballtrainer zu werden, doch dann fällt mir dieser kitschige ungeschriebene Roman in meinem Kopf wieder ein, dessen Hauptdarsteller wir gerade zu sein scheinen.

Als ich den Kopf in seine Richtung drehe, sehe ich, wie sein durchdringender Blick sich auf meine Lippen senkt. Ich schwöre, er hätte mich geküsst, wäre in diesem Moment nicht Tumult am Schießstand losgebrochen.

Bedauern legt sich in unsere Blicke, als wir voneinander ablassen und versuchen, einzusehen, was das Problem ist. Bei Betrachtung der Szenerie wird schnell klar, dass ein betrunkener Mann herumpöbelt, weil er vom Betreiber kein Gewehr ausgehändigt bekommt, um auf die Metall-Enten schießen zu können. Mein Blick weitet sich, als ich den Betrunkenen erkenne.

»Das gibt es doch nicht«, flüstere ich und rutsche vom Geländer.

Chris' Gesicht taucht neben mir auf. »Was denn?«, will er wissen und schaut ebenfalls in die von mir angepeilte Richtung.

»Der Typ da ist einer meiner Kautionsflüchtlinge«, vertraue ich ihm an. »Den suche ich schon seit Monaten.«

Und jetzt steht er sturzbetrunken einfach so vor mir? Ich kann mein Glück kaum fassen.

»Wie spannend«, raunt Chris und wir pirschen uns gemeinsam näher an den Stand heran, wo der Betrunkene bereits von diversen Besuchern zur Seite gedrängt wird. »Wie heißt er? Was hat er verbrochen?«

»Harry Avery«, sage ich und vergesse doch glatt meine Geheimhaltungspflicht. Wir heften uns an dessen Fersen, als er zur nächsten Bude torkelt. »Mehrfacher Ladendiebstahl.«

»Ein Langfinger«, bemerkt Chris vergnügt und klingt dabei, als wäre Weihnachten gerade auf den heutigen Tag gefallen. »Kann ich helfen? Soll ich einfach hingehen und ihm die Visage polieren?«

Ich wundere mich über seine Ausdrucksweise, dann sehe ich sein Grinsen und verneine dankend. »Das schaffe ich schon noch selbst«, sage ich kokett und gebe zu bedenken, dass der Mann kaum geradeaus gehen kann und wir ihm demnach eher Hilfe anstelle von Prügel androhen sollten.

»Du bist der Boss.« Chris rammt seine Hände demonstrativ in seine Hosentaschen.

»Und außerdem«, beginne ich, hole meinen speziellen Speziallippenstift aus meiner Tasche und halte ihn triumphierend in die Höhe, »habe ich den hier.«

Chris sieht mich fragend an. »Einen Lippenstift«, sagt er dann unbeeindruckt und ich kann seine Ignoranz durchaus nachvollziehen.

»Nicht irgendeiner«, raune ich geheimnisvoll, öffne die Kappe und trage das knallige Rot ohne Schminkspiegel auf. »Bei Hautkontakt bewirkt ein Pflanzengift fast sofortige Bewusstlosigkeit.«

»Du wirkst auf mich nicht sonderlich bewusstlos«, meint Chris skeptisch, während Avery sich zwischen zwei Fressbuden hindurchschlängelt und sich an einem Mülleimer erleichtert.

Lecker.

»Ich habe ja auch kein Y-Chromosom.« Ich zwinkere und deute damit an, dass das Pflanzengift nur bei der männlichen Spezies Mensch eine Wirkung erzielt.

»Und wenn er dich erkennt?«, will Chris wissen. Ein Hauch von Besorgnis liegt in seiner Stimme.

»Wir sind uns nie begegnet«, erkläre ich ihm. »Fin hat die Kaution ausgestellt. Hier, halt mal kurz. Ich erledige das.«

Ich reiche Chris meine Handtasche, warte, bis Avery seinen Lümmel weggesteckt hat, und trete an den betrunkenen Ladendieb heran.

»Harry, Liebelein!«, rufe ich lauthals und werfe mich gegen Averys Schulter. »Es ist Ewigkeiten her!«

»Kennen wir uns?«, fragt dieser kaum verständlich und hat dabei auch Schwierigkeiten, geradeaus zu sehen.

»Na du bist mir vielleicht einer«, säusele ich, boxe gegen seinen Oberarm und realisiere, dass sein Blick an den Ansatz meines T-Shirts wandert, dahin, wo die Haut aufhört und meine Brüste anfangen, Wölbungen zu werfen. »Wir haben damals bei den anonymen Alkoholikern immer nebeneinandergesessen. Ich bin's, Becci!«

»Becci!«, lallt Avery erkennend, obwohl wir uns noch nie vorher begegnet sind. »Natürlich! So einen Feger vergess ich doch nicht.«

»Siehste!«, rufe ich aus und dabei steigen mir der unangenehme Geruch von Averys Atem und der Mülleimergestank in die empfindliche Nase.

»Was machst'n hier?« Sein Blick fliegt an mir vorbei und landet auf Chris, wie ich annehme, aber ich drehe mich nicht um, um diese Vermutung bestätigt zu bekommen. »Und wer is'n der Kerl da?«

»Das ist Arnold«, sage ich ganz locker daher und gebe mir Mühe, meinen Busen so gut wie möglich in Averys Blickfeld zu schieben. Mein Vorhaben trägt Früchte, denn dessen mittlerweile schielender Blick durch getrübte Augen trifft wieder auf mich und meine zwei Freundinnen. »Wir dachten, wir könnten dich zu einem flotten Dreier überreden.«

Hinter mir ertönt ein ersticktes Keuchen und ich kann mir Chris' amüsiertes Grinsen nur allzu gut vorstellen, während Avery angewidert einen Schritt nach hinten geht.

»Neee!«, ruft er und stolpert beinahe über seine eigenen Füße. »Ich mach's nicht mit Männern.«

»Oh, kein Problem.« Ich gehe schnell wieder einen Schritt auf ihn zu. »Arnold sieht mir auch einfach nur gern dabei zu.«

Averys Gesichtszüge beginnen, lasziv zu werden, was aufgrund seines trunkenen Zustands aber eher ulkig aussieht als anzüglich. »Das ist geil«, teilt er uns mit und beginnt sofort wieder, sich an seinem Hosenstall zu schaffen zu machen.

Ich stürze auf ihn zu und halte ihn vom Schlimmsten ab, indem ich seinen Arm packe und einfach um meine Schulter werfe. »Doch nicht hier«, sage ich ganz nah an seinem Ohr, welches von fettigem Haar bedeckt wird. »Gehen wir zu meinem Auto. Komm.«

Gemeinsam schlurfen wir langsam zurück und zwischen den Imbissbuden hindurch. Chris lehnt lässig und über alle Maßen amüsiert an der Frittenbude.

»Arnold?«, fragt er stumm, als wir an ihm vorbeitapsen, und ich zucke nur mit den Schultern.

Mit mir zufrieden, steuere ich den nicht weit entfernt gelegenen Ausgang des Jahrmarktes an. Chris folgt uns auf den Fersen und ich höre hin und wieder sein unterdrücktes Lachen, wenn Avery versucht, nach meinem Hintern zu grapschen, und ich dessen Hand wegschlage.

»So!«, sage ich schließlich, als wir neben Jimmy im Dunkel der Oktobernacht zum Stehen kommen und Avery sich erschöpft gegen die Karosserie lehnt. »Da sind wir.«

»Auf der Rückbank habe ich es schon oft getrieben«, erklärt er, während Chris mir meine Tasche reicht und ich nach dem Autoschlüssel suche.

»Aha«, mache ich nur.

»Hab also einiges an Erfahrung.«

»Verstehe«, füge ich hinzu, bin jedoch schon reichlich genervt.

»Platz ist immer ein Problem. Sind die Vordersitze ganz nach vorn geschoben?«

»Jaja«, antworte ich schnell, bekomme den Schlüssel zu fassen und ramme ihn in das Schloss. »Steig doch schon mal ein.«

Avery öffnet die Tür und streckt seinen benebelten Kopf ins Wageninnere. Plötzlich habe ich Bedenken bezüglich eines Betrunkenen auf Jimmys Rückbank, jetzt, wo er wieder so schön frisch ist.

»Das wird eng«, verkündet Avery weiter und baut sich wieder vor uns auf. »Die Missionarsstellung können wir vergessen. Wie wäre es mit einem schönen Lapdance?«

Averys Gequatsche geht mir tierisch auf den Keks, also packe ich ihn am Kragen, ziehe ihn an mich heran und drücke meine Lippen hart gegen seine. Sein rissiger Mund öffnet sich und noch bevor ich seine Einlass fordernde Zunge spüre, sackt er wie ein nasser Sack zusammen und ich preise einmal mehr meinen liebsten Lieblingslippenstift für seine niederschmetternde Wirkung.

»Also«, ergreift Chris nun wieder das Wort, nachdem er sich das ganze Schauspiel kommentarlos angesehen hat, »das war jetzt wirklich sehr lehrreich.«

»Glaub jetzt bitte nicht, dass es immer so abläuft.«

»Tut es nicht?«

»Nein.«

»Nein?«

»Nein!«

»Du knutschst nicht jeden Fiesling zu Boden, wenn er dir über den Weg läuft?«

Ich antworte nicht, tue dies jedoch auf eine sehr bezeichnende Weise.

»Okay, gut. Aber wie schaffst du es, den Würgereiz zu unterdrücken?« Chris deutet auf den am Boden hockenden, den Schlaf der Gerechten schlafenden Avery.

›Jahrelange Übung‹, will ich sagen, was mich jedoch noch weiter reinreiten würde, also zucke ich nur erneut mit den Schultern und bin froh, dass eine Passantin mich rettet.

»Völlig dicht«, berichte ich ihr, nachdem ich sehe, wie ihr Blick auf Avery haftet. »Er verträgt einfach nichts.«

Sie geht kommentarlos weiter und Chris hilft mir dabei, Avery auf die Rückbank zu verfrachten. Dann fahren wir gemeinsam zum nächsten Revier, liefern Avery ab und schlendern gemütlich zurück zum Wagen.

»Was meinst du«, beginne ich und atme die kühle Nachtluft ein. »Essen morgen Abend?«

»Puh«, stößt Chris die Luft aus und kratzt sich tatsächlich verlegen am Kopf. »Ich fürchte, da habe ich schon etwas vor.«

Prima.

Er gibt sich noch nicht einmal Mühe und nutzt die simpelste Ausrede seit Menschengedenken.

»Wie wäre es mit Sonntag?«, fragt Chris dann plötzlich und ich muss mich auf einmal zusammenreißen, um nicht wie ein bekloppter Teenager zu grinsen.

»Da bin ich bestimmt in der Agentur«, überlege ich laut. »Papierkram erledigen oder so.«

»Ich hole dich ab.«

»Prima«, freue ich mich wirklich.

»Schön«, scheint auch Chris das Vorhaben nicht allzu schlecht zu finden.

Unschlüssig stehen wir voreinander, bis Chris die Hände aus den Hosentaschen nimmt und näher an mich herantritt. »Das ist jetzt echt verzwickt«, beginnt er und lacht leise und verlegen auf.

»Was denn?«, frage ich und gehe ebenfalls einen Schritt auf ihn zu.

»Ich würde dich wirklich gern küssen …«

»Aber?«, frage ich, während mein Herz anfängt, wie verrückt zu hämmern, und ich nun so nah an ihn herantrete, dass ich meinen Kopf heben muss, um in sein Gesicht sehen zu können.

»Ich habe tierischen Respekt vor deinem Lippenstift«, gibt er lächelnd zu und ich lache. Laut, schallend. Bis sich Tränen in meinen Augenwinkeln bilden und Chris in mein Lachen einstimmt.

»Der Wirkstoff ist schon längst verflogen«, erkläre ich, wische mir aber trotzdem mit dem Ärmel über den Mund, um den Lippenstift loszuwerden, auch wenn der jetzt völlig verschmiert ist.

Chris mustert mein Gesicht so intensiv, dass ich weiche Knie bekomme. »Bist du sicher?«, fragt er und legt prompt eine Hand an meine Wange, wischt sogar mit dem Daumen die letzten verirrten Lippenstiftreste weg.

»Nein«, necke ich ihn, während auch seine andere Hand mein Gesicht umfasst. »Kann gut sein, dass du aufwachst und kopfüber von meiner Kellerdecke baumelst.«

Qualvoll langsam nähert sich sein Gesicht, als er überlegend den Mund verzieht, sein Daumen über meine Wange streicht und seine Lippen die meinen streifen, als er spricht. »Das Risiko gehe ich ein«, entscheidet er und zeigt keinerlei Abscheu davor, dass meine Lippen vorhin mit Avery Bekanntschaft gemacht haben.

Mutig, mutig, denke ich noch, bevor ich gar nichts mehr denke, weil seine perfekten Lippen auf meine treffen.

Er küsst mich allen Ernstes. Chris küsst mich! Vorsichtig, aber mit Nachdruck. Mein Körper tut erst einmal gar nichts, außer diese Information entsprechend zu verarbeiten. Als dies getan ist, fallen meine Augen von ganz allein zu und meine Hände suchen sich ihren Weg in sein Haar.

Ich spüre, dass ich mich unter der Intensität des Kusses kurz versteife, dann fühle ich seine Hand an meinem Rücken und keuche erschrocken auf, als er mich noch näher an sich zieht. Ich kann nur noch hoffen, dass dieser Moment nie vorübergeht.

Doch er geht vorüber. Ebenfalls keuchend, löst Chris sich wieder von mir und ich sehe ihn erschrocken an.

»Du sollst wissen, dass ich so etwas sonst nicht mache«, murmelt er außer Atem.

Ich nicke schnell und völlig überdreht. »Ich auch nicht«, gestehe ich und kann selbst kaum fassen, dass ich mein Becken so aufreizend an ihn drücke. Aber Gott steh mir bei, er ist einfach so heiß!

Schnell treffen sich unsere Lippen erneut und wir klammern uns aneinander wie zwei Ertrinkende, rettungslos verloren auf stürmischer See. Und genauso ungestüm, rau und wild wie die See wird der Kuss, während eine Straßenlaterne in der Nähe flackert, ein Irrlicht durch die Straße saust und mein Mobiltelefon ein wildes Stakkato von sich gibt.

Moment …

Ich runzele die Stirn, kann mich nicht erinnern, diesen Klingelton eingestellt zu haben, und hasse mich selbst dafür, dass ich den hitzigen Kuss unterbrechen muss, um mein heftig eskalierendes Telefon aus meiner Gesäßtasche zu ziehen.

»Könnte wichtig sein«, erkläre ich kurz und nehme das Telefonat an, während Chris anstandshalber einen Schritt zurückgeht. Seine Hände gleiten von meinem Körper und ich komme nicht darum herum, zu bemerken, dass ich mich plötzlich schrecklich allein fühle. Und kalt ist mir auch.

»Sag bitte nicht, dass du uns vergessen hast«, höre ich Pucks entnervte Stimme am anderen Ende.

»Puck!«, rufe ich aus und versuche, zu kaschieren, dass genau das eingetroffen ist. »Nein, natürlich nicht. Wir mussten dringend weg.«

Ich muss mich schwer anstrengen, ihn zu verstehen. Der Hintergrundlärm des immer noch stark besuchten Jahrmarktes übertönt seine Stimme fast komplett.

»Das ist jetzt aber nicht deine Umschreibung für Humpty Dumpty auf der Bahnhofstoilette, oder?«

Ich ignoriere seinen schlüpfrigen Kommentar und erkläre, dass mir Harry Avery auf einem Tablett serviert wurde. »Nehmt euch doch ein Taxi. Wir treffen uns daheim.«

Puck legt einfach auf, was ich als Zustimmung verstehe.

Entschuldigend sehe ich zu Chris, der in der nächtlichen Stille vor mir steht und aussieht, als hätte er sein ganzes Leben lang nichts anderes gemacht, als dabei zu helfen, Kautionsflüchtlingen in den Hintern zu treten.

»Ich fahre dich nach Hause«, sage ich leise und widerwillig und zerstöre somit den besonderen Moment, der bis eben noch zwischen uns herrschte.

Chris nickt zustimmend, greift nach meiner Hand und gemeinsam gehen wir die letzten Meter zurück zum Wagen.

»Na, Cupcake?«, spielt Puck sofort auf meinen alten Spitznamen an, noch bevor ich die Tür hinter mir geschlossen habe. Er und Fin lungern in der Nähe unserer gar nicht mal so kleinen Minibar herum und haben drei Kurze vor sich auf dem Tresen stehen. Die Flüssigkeit darin ist dunkel, dickflüssig und mit Sicherheit hochprozentig. »Hattest du Spaß?«

»Ja, danke«, antworte ich ganz unverfänglich, meide jeden Blick und spiele dabei vielleicht ein bisschen zu lange in meinem Haar herum. »Chris ist sehr nett.«

Als ich keine Antwort erhalte, sehe ich nun doch auf und blicke in wissende Gesichter.

»Ich wusste, dass du dich von ihm küssen lässt«, grinst Puck selbstverständlich und reicht mir eines der Schnapsgläser.

»Ich habe gar nicht …«, beginne ich, doch die Blicke, mit denen mich die beiden ansehen, lassen mich sogleich wieder verstummen.

»Dein Lippenstift ist verschmiert«, verkündet Fin, bevor ich mich noch tiefer reinreite.

»Das war wegen dieses Falls«, versuche ich, zu erklären, doch die beiden scheinen mir schon gar nicht mehr richtig zuzuhören.

»Und der Papst ist evangelisch«, nuschelt Puck nur und kippt den Schnaps in seinen Rachen, bevor er einen weiteren einschenkt.

Ich tue es ihm gleich und verziehe bereits kurz darauf das Gesicht, als sich die plötzlich immer heißer werdende Flüssigkeit ihren Weg meine Kehle hinunter bahnt und eine wohlige Wärme hinterlässt, wo vorher nur Sodbrennen von zu viel fettigem Essen war.

»Das sieht ein Blinder mit 'nem Krückstock, dass ihr aufeinander steht«, verkündet Puck.

Ich schiebe mich ihnen gegenüber hinter den Tresen der kleinen *Ecke der Sünde* im Wohnzimmer und Puck spendiert auch mir einen weiteren Drink, während Fin noch vorsichtig an ihrem ersten Getränk nippt und bei jedem Schluck leise hustet.

»Wir haben euch observiert, aber im Spiegelkabinett habt ihr uns abgehängt.«

»Ja, gut«, gestehe ich nun auch mir selbst ein und wundere mich einfach mal gar nicht über Pucks und Fins Detektivarbeit. »Ich gebe zu, dass ich einer … Fortführung dieser Beziehung nicht abgeneigt wäre. Und deswegen gehen wir übermorgen noch einmal miteinander aus.«

Ich grinse wie ein Honigkuchenpferd und stoße mit Fin an, die sich mit mir freut.

»Wieso nicht morgen?«, will Puck nur wissen und weist somit auf den kommenden Abend vor Allerheiligen hin: All Hallow's Eve – Halloween.

»Da hat er schon etwas vor.«

»Was denn?«

»Keine Ahnung.«

»Er betrügt dich!«, wirft Fin sofort ein und ich denke, dass ihr der Alkohol nicht guttut.

»Wir sind doch noch nicht einmal …« Ich unterbreche mich selbst, da ich es einfach nicht aussprechen kann. Ich war so lange allein, dass der bloße Gedanke an eine plötzliche Beziehung mir mit einem Mal eine Heidenangst macht. Wo ist eigentlich meine Teufelsliste? Ich muss jetzt arbeiten, ganz dringend.

»Trink aus!«, ruft Puck nur und ich gehorche, da ich Alkohol gerade für eine ziemlich gute Idee halte. »Die Rechnung für das Taxi werde ich dir übrigens auf die nächste Miete aufschlagen.« Noch bevor ich mich dazu äußern kann, fügt der Wichtel hinzu: »Wirst du dich schon beim zweiten Date flachlegen lassen?«

Ich spucke fast den gesamten Schnaps in sein neugierig dreinblickendes Gesicht. Fin kichert peinlich berührt. »Leck mich doch am Arsch, Puck!«, stoße ich hervor und habe dabei eine ziemlich feuchte Aussprache, wie der Angesprochene am eigenen Leib erfahren muss.

Das scheint ihn jedoch nicht sonderlich zu stören, denn er antwortet bloß: »Nee danke. Das überlasse ich lieber Elefantenarsch-Chris.«

Ich sehe ihn böse an, obwohl ich genau weiß, dass das rein gar nichts bringt, sondern ihn nur weiter anstachelt.

»Willst du noch einen?« Puck hält die Schnapsflasche in die Höhe und ich bin wie so oft überrascht, dass seine dünnen Ärmchen diese Last heben können.

»Darauf kannst du deinen Computerbildschirm verwetten«, rufe ich und entreiße ihm die Flasche, um mir einen nicht ganz so sittsamen Schluck aus ebendieser zu gönnen.

»Was meint sie denn damit?«, höre ich Pucks Stimme fragen, während ich den Kopf in den Nacken werfe, der Schnaps meinen Mundwinkel hinabläuft und ich leise in mich hineinschmunzele.

Kapitel 8

Mein Blick schweift über unseren Garten, während ich meine Hände an einer heißen Tasse Tee wärme und in eine Wolldecke gewickelt auf unserer Gartenbank sitze, um den sich langsam verziehenden Nebel zu beobachten. Chloé schläft neben mir und nur ihr zufriedenes Schnurren ist in der morgendlichen Stille zu vernehmen.

Ich denke gerade, dass heute ein schöner Tag wird, da poltert Puck durch die Hintertür auf die Terrasse und steht gähnend neben uns.

»Wieso bist du schon wach?«, will er von mir wissen und reibt sich die müden Augen, während seine sieben Haare wirr in seinem Gesicht hängen.

»Wieso bist *du* schon wach?«, gebe ich zurück, weil ich ihn nicht wissen lassen will, dass eine seltsame Unruhe von mir Besitz ergriffen hat. Als wenn man wüsste, dass bald etwas

Wichtiges passieren würde, aber noch nicht sagen kann, was das ist.

Chloé hebt während unserer Unterhaltung murrend den Kopf, weil wir damit ihr Nickerchen stören.

»Ich habe dich atmen gehört«, grummelt Puck mit belegter Stimme und klettert neben mich auf die Bank.

Ich lasse ihn mit unter meine Decke huschen, nippe an meinem Tee und denke, wie schön und lange doch die Petunien in diesem Jahr blühen. Eigentlich wundere ich mich darüber, doch vermutlich hat man solche Gedanken, wenn man auf die dreißig zugeht und an einem Samstagmorgen kurz nach Sonnenaufgang im Garten sitzt und die Stille genießt.

»Gehst du heute Abend weg?«, will Puck wissen, während Chloé sich auf bemüht, über mich hinwegsteigt und sich auf Pucks Schoß wieder zu einer Kugel zusammenkuschelt. Der Wichtel wird dabei fast vollständig von der großen Katze begraben, aber es scheint ihm nichts auszumachen, denn er tätschelt bereitwillig ihren Kopf und vergräbt seinen eigenen in ihrem langen Fell.

»Nein«, antworte ich auf seine Frage. »Seit dem Vorfall mit Dorothy bleibe ich an Halloween lieber zu Hause.«

»Komm doch mit uns«, schlägt Puck vor. »Dann kommt es bestimmt zu keinem Zwischenfall am kalten Buffet mit dem Zauberer von Oz.«

»Ist schon gut«, wiegele ich ab. Ich erinnere mich nur zu gut daran, wie ich mit dem Kopf im Bowle-Eimer gelandet bin, weil Dorothy der Meinung war, ich würde ihren Freund, der als

Vogelscheuche verkleidet war, anmachen. Natürlich weise ich hiermit jede Schuld von mir. »Amüsiert ihr euch ruhig. Irgendjemand muss ja auch hierbleiben und Süßigkeiten an die Kinder verteilen.«

Ich lächele in mich hinein. Wie jedes Jahr werde ich einfach eine große Schale Süßigkeiten vor die Tür stellen und ein Schild daran befestigen, welches ›Selbstbedienung‹ verkündet.

»Als was verkleidest du dich?«, will ich wissen und Puck grinst unter der riesenhaft wirkenden Chloé hervor.

»Als Goldfisch«, tut er mir kund.

Ich sehe kurz stirnrunzelnd auf ihn hinab, während unsere Nachbarn munter werden und ihre morgendliche Zigarette auf der Veranda genießen. Ich nicke dem Gnom an der Nordseite des Grundstücks zu und widme mich dann wieder unserer Unterhaltung. »Das ist nicht besonders gruselig«, sage ich argwöhnisch, doch Puck grinst.

»Sag das mal einer Mückenlarve«, gibt er zurück.

Ich nicke verstehend. Auch wieder wahr. »Und Fin?«, frage ich, während ich mich über ihren Verbleib wundere und außerdem bemerke, dass die beiden immer häufiger etwas zusammen unternehmen.

Puck zuckt mit den Schultern. »Keine Ahnung. Vielleicht Catwoman?«

Er lacht so stark über seinen eigenen Witz, dass Chloé entnervt das Weite sucht und durch die Katzenklappe in Richtung Küche verschwindet, um sich endlich einen ruhigen Fleck zum Schlafen zu suchen.

»Wo ist sie überhaupt?«, will ich im Anschluss wissen.

Puck grunzt noch ein letztes Mal, bevor er mir antwortet. »Sie schläft oben in der Badewanne.«

In der Badewanne?!

Ich frage nicht nach, ich frage nicht nach, ich frage nicht nach.

Denn wenn ich Einzelheiten weiß, kann ich später dafür belangt werden.

»Na gut«, gähnt Puck ein weiteres Mal und rutscht von der Bank, wobei kalte Luft unter die Wolldecke fährt und mich frösteln lässt. »Ich hau mich noch mal aufs Ohr. Wird immerhin eine anstrengende Nacht.«

Ich will's nicht wissen, ich will's nicht wissen, ich will's nicht …

»Puck?«

»Huh?«

Schnell forme ich mit Daumen und Zeigefinger einen Kreis und halte meine Hand in die Höhe, sodass er direkt in das entstandene Loch sieht, als er sich noch einmal zu mir umdreht.

»Hast reingeguckt!«

Entnervt stöhnend und mit den großen Augen rollend, zieht er von dannen, während ich in mich hineinlache, die Decke enger um meinen Körper wickele und denke, wie ruhig und entspannt das Leben doch sein kann.

Hektisch klebe ich die letzte abgefallene Schuppe von Pucks Kostüm an seinen Rücken, während er bereits ungeduldig von einem Fuß auf den anderen tritt und startklar vor der Haustür lauert. Konnte ja auch niemand ahnen, dass es sich bei dem im

Internet erstandenen Goldfischkostüm um einen Bausatz handelt.

»Halt doch mal still!«, herrsche ich ihn an und klebe meinen Finger fast mit fest.

»Wir kommen zu spät!«, brüllt er. Hinter uns ertönt lautes Geschepper in der Küche, wo Fin nur eben schnell die selbst gebackenen Vampir-Cupcakes holen wollte. »Wir werden das Beste verpassen!«

Mit einem letzten kräftigen Druck presse ich die goldene Schuppe fest an den Wichtelrücken und erhebe mich so schnell wieder, dass mir kurz schwarz vor Augen wird.

»Werdet ihr nicht«, versuche ich, zu retten, was noch zu retten ist, und setze Puck seine blöde Schuppenkappe auf den Kopf. »Die besten Gäste erscheinen eh immer als Letztes.«

»Das stimmt«, pflichtet Fin mir bei und gesellt sich mit einem Backblech verunglückter Cupcakes zu uns.

Puck und ich werfen ihr und dem Backblech fragende Blicke zu, wobei Fin unverzüglich beschämt nach unten sieht und mit dem freien Arm ihr Wilma-Feuerstein-Kostüm glatt streicht.

»Sie sind mir runtergefallen«, gesteht sie leise. »Ich habe alles versucht, aber ich weiß nicht, ob der Patient durchkommen wird.«

Traurig schauen wir zu dritt auf die bröckeligen Backwaren, die offensichtlich von Hand – oder vielmehr Pfote – wieder zusammengesetzt wurden und deren Creme schlierenartig überall auf dem Blech verteilt ist, aber nur wenig davon auf den Muffins selbst. Vampir-Cupcakes heißen sie übrigens, weil das Topping zwei Löcher aufweist, die wie Vampirbisse aussehen, aus denen eine rote Flüssigkeit läuft. Davon ist jetzt natürlich nicht mehr viel zu sehen. Und außerdem sind die Hälfte der vorbereiteten Einkerbungen im Backblech jetzt leer.

Fin ist den Tränen nahe und ich kann nur ahnen, welcher Sturm sich gerade in Puck zu bilden beginnt. Schnell hechte ich zur Minibar und reiße einen noch nicht geöffneten Jamaica Pure Rum aus dem Jahr 1951 aus der untersten Ablage, den mir mal ein besonders dankbarer Vater eines Klienten geschenkt hat.

»Da«, sage ich schnell und drücke Puck die 0,7-Liter-Flasche in die Arme. »Dafür werden die anderen Gäste euch lieben.«

Jetzt bekommt Puck ganz feuchte Augen, während ich Wilma das Blech aus den Pfoten nehme und mich innerlich dafür bereit mache, gleich die Küche zu wischen.

»Dein nicht geöffneter Jamaica Pure Rum für dreihundert Dollar pro Liter? Wirklich?«

»Na klar«, sage ich locker und würde sogar abwinken, wenn ich das Blech nicht auf den Innenseiten meiner Unterarme balancieren würde. »Ich trinke das Zeug eh nicht.«

»Das sah aber gestern noch anders aus«, flüstert Fin, die das Überlaufen ihrer Augen wieder unter Kontrolle hat, und spielt damit vermutlich auf die Karaoke-Einlage meinerseits um drei Uhr nachts an.

Ich ignoriere sie und nicke Puck aufmunternd zu.

»Der hat zweiundvierzig Prozent«, haucht er ehrfürchtig. Seine Stimme droht, zu brechen, während er die Flasche wie ein

Kleinkind hält. So sentimental habe ich ihn zuletzt gesehen, als sein Hamster Rocky von uns gegangen ist.

»Jaja«, mache ich nur und dränge ihn mit meinem Körper in Richtung Tür.

Fin huscht an mir vorbei, öffnet schnell die Haustür und führt den völlig überforderten Puck die Veranda hinunter. Die Lichter in den Kürbissen werfen zuckende Schatten an die Fassade und die Schüssel mit Süßigkeiten wirft eine beunruhigend große Silhouette auf den mit gruseligen Girlanden ausgeleuchteten Vorgarten.

»Danke, T. C.«, höre ich ihn noch leise sagen, dann rauschen sie schon den Vorgarten entlang und den Fußweg hinunter, auf der Suche nach einem Taxi.

»Viel Spaß«, wünsche ich ihnen, bin mir aber nicht sicher, ob sie mich noch hören.

Ich warte, bis ich Fins rote Perücke über die Hecken der Nachbarn hinweg nicht mehr sehen kann, und gebe der Haustür einen kleinen Tritt, sodass sie hinter mir zufällt.

Zufrieden blicke ich mich im Erdgeschoss um.

Endlich allein.

Ich marschiere in die Küche, bemerke, dass Chloé sich bereits dem Cupcake-Problem widmet, und stelle das Blech mit den kläglichen Resten auf die Ablage neben der Spüle. Dann gönne ich mir einen gekühlten Rotwein und genehmige mir im Vorbeigehen doch noch einen verunglückten Cupcake vom Blech. Schließlich tänzele ich summend in die erste Etage und lasse mir ein heißes Bad ein.

Während ich warte, dass die Badewanne sich füllt, lege ich eine CD mit klassischer Musik in den CD-Player neben dem Behälter für dreckige Wäsche. Nachdem Bachs *Largo ma non tanto* in d-Moll den Raum erfüllt, betrachte ich mein Spiegelbild. Ich stöhne bei dem Anblick meines widerspenstigen Haares, welches tatsächlich mal wieder eine Kur vertragen könnte. Oder wenigstens ein paar Züge mit der Bürste.

Ich entledige mich meines Pyjamas, welchen ich tatsächlich den ganzen Tag nicht abgelegt habe, entzünde noch ein paar Kerzen und lasse mich schließlich in romantischer Stimmung in ein entspannendes Schaumbad gleiten. Genießend nippe ich am Wein, der einen herrlich sauberen Nachhall hinterlässt und Lust auf mehr macht.

Ich schließe die Augen, bewege meinen Körper sachte zur Musik, sodass das wundervoll warme Wasser kleine Wellen schlägt, und drehe das große Weinglas zwischen meinen Fingern. Ich mag, wenn meine Haut über das perfekt geschliffene Glas gleitet. Diese makellose Zerbrechlichkeit fasziniert mich. Einmal nicht aufgepasst oder zu grob gewesen und die Schönheit ist unwiderruflich zerstört. Eine Metapher für so viele Dinge.

Ein zufriedenes Lächeln stiehlt sich auf meine Lippen, was jedoch sofort einfriert, als ein Läuten an der Wohnungstür durch die Flure hallt und in seiner durchdringenden Intensität auch bis an meine Ohren dringt.

Keine Panik. Gleich sehen sie die Süßigkeiten und sind schnurstracks wieder weg.

Es läutet erneut. Kurze Zeit später noch ein drittes Mal. Ein Nerv in meiner Wange beginnt zu zucken und ich reiße erbost die Augen auf.

Als ein Hämmern an der Tür erklingt, bin ich bereits so aufgebracht, dass mein Blick schier Blitze wirft. Fuchsteufelswild knalle ich das Weinglas auf den Wannenrand und schiebe mich in die Höhe. Ich wickele hektisch ein weißes Badetuch um meinen Körper und laufe barfuß aus dem Raum, wobei ich bei jedem energischen Schritt große Wasserlachen hinterlasse.

»Na wartet«, schimpfe ich vor mich hin, als ich die Treppe hinunterhaste und ein weiteres Klopfen ertönt.

Wenn das die Leprechaunkinder von gegenüber sind, raste ich komplett aus. Die kleinen Biester konnte ich noch nie leiden.

Am Fuß der Treppe rutsche ich aus und kann mich gerade noch so am Türrahmen zum Wohnzimmer vor einem Sturz bewahren. Das wäre es jetzt noch gewesen. Tod durch Genickbruch. Und, oh Gott, sie hätten mich nackt gefunden.

Geladen reiße ich die Haustür auf und hole tief Luft, um so richtig loszukeifen. »Was ist bitte schön an ›Selbstbedienung‹ nicht zu …«

Ich unterbreche mich selbst, denn der nach Öffnen der Haustür fast sofort einsetzende Schock lässt mich komplett erstarren.

Das sind nicht die Leprechaunkinder von gegenüber. Das sind überhaupt keine Kinder.

Ist die Person auf unserer Veranda über meinen freizügigen Auftritt überrascht, lässt sie es sich nicht anmerken.

Bitte nicht.

Doch es ist leider kein Traum. Noch nicht einmal ein Albtraum.

»Ms. Carlisle«, grüßt Robert Coleman und nickt mir leicht zu, wobei die Kürbisschnitzereien tanzende Schatten auf sein schönes Gesicht zaubern.

Automatisch kreuze ich die Arme vor der Brust und versuche, das Badetuch noch etwas enger um mich zu ziehen. Dann werde ich mir auch meiner knotigen Haare und des nassen Dielenbodens bewusst, den ich kontinuierlich voll tropfe.

»Was machen Sie denn hier?«, ist die einzige Frage, die mir in Anbetracht der Lage vernünftig erscheint.

Colemans intensiver Blick liegt auf mir und etwas in seinen Augen blitzt kurz auf, bevor er den Ärmel seines Jacketts nach oben schiebt und einen kurzen Blick auf seine Luxusarmbanduhr wirft. »Es ist kurz nach neun Uhr«, erklärt er ruhig.

Ich sehe ihn weiterhin fragend an, während mich die kühle Oktoberluft zittern lässt.

»Wir hatten vor einer Stunde eine … einen Termin.«

Ich bemerke durchaus, dass er ›Verabredung‹ sagen wollte, es sich jedoch in letzter Sekunde anders überlegt hat.

»Das haben Sie doch nicht etwa ernst gemeint?«, erinnere ich mich an unsere Unterhaltung vor ein paar Tagen in der Agentur.

»Ich scherze nie«, gibt er als Antwort und verzieht dabei keine Miene.

»Es interessiert mich nicht, was Sie zu sagen haben«, versuche ich, mich zu erklären, doch Coleman lässt mich gar nicht weiter zu Wort kommen.

»Und ich akzeptiere kein Nein«, sagt er bestimmt und mit einer solchen Autorität, dass mir bewusst wird, weshalb er in allen Dingen, die er tut, so erfolgreich ist.

Schließlich lasse ich ergeben die Schultern hängen, wobei auch meine Arme schlaff nach unten baumeln und ich mit einem schnellen Griff zurück an das Badetuch gerade noch so verhindern kann, dass es mir vom Körper rutscht. Ich finde die Situation äußerst befremdlich und überlege, wie ich meinen Kopf aus der Schlinge ziehen kann, aber innerlich sehe ich meinen Traum vom ruhigen Abend daheim bereits wie eine Seifenblase zerplatzen.

»Also?«, fragt Coleman ruhig, wird jedoch leicht ungeduldig, was ich daran merke, dass er seine Ärmel zurechtzupft, obwohl es gar nichts zurechtzuzupfen gibt.

Ich sehe über seine Schulter hinweg und erkenne am Bordstein eine geparkte dunkle Limousine der Marke … keine Ahnung. Ich hab's nicht so mit Autos. Neben der Motorhaube kann ich dennoch den Umriss eines wartenden Teds erkennen und seufze. Ausdruckslos sehe ich zurück zu Coleman. »Haben Sie noch fünf Minuten Ihrer wertvollen Zeit zu erübrigen oder soll ich gleich so mitkommen?«

Colemans Blick huscht nun tatsächlich kurz über meine komplette Erscheinung. Als er ihn wieder hebt, stelle ich ernüchtert fest, dass seine rechte Augenbraue einen kaum merkbaren Bogen nach oben wirft. »Ich erübrige Ihnen auch zehn Minuten«, verkündet er völlig emotionslos, aber mit dem Unterton, dass ich diese wohl mehr als nötig habe.

Reizend.

»Ich mach's in sieben«, murmele ich.

Coleman tritt zur Seite und beäugt interessiert die Süßigkeitenschale direkt neben der kurzen Treppe in den Vorgarten, bevor er sich wieder an mich wendet und nun tatsächlich beide Augenbrauen wartend in die Höhe reißt.

Freudlos verziehe ich mein Gesicht zu einem falschen Lächeln, welches sofort wieder verblasst, als ich ihm die Tür vor der Nase zuschlage und diese scheppernd in ihre Angeln fällt. Das trügerische Gefühl von Distanz verleitet mich dazu, eine Beleidigung über meine Lippen kommen zu lassen. »Idiot«, knurre ich laut und beobachte dabei, wie sich seine Silhouette vor der Tür bewegt.

»Ich kann Sie hören«, tönt seine gedämpfte Stimme zu mir herein und ich verfluche die nicht vorhandene Schallisolation der Milchglasfenster in der Haustür.

Kommentarlos mache ich auf dem barfüßigen Absatz kehrt und rausche die Treppe wieder hinauf, stets darauf bedacht, nicht wieder auszurutschen.

Oben angekommen, wende ich mich nach rechts und gehe durch meine offen stehende Zimmertür. Ein leises *Miau* verrät mir, dass Chloé wieder einmal mein Zimmer als Schlafplatz auserkoren hat.

Ich lasse die Zimmerbeleuchtung aus und hantiere nur mithilfe des Lichts, welches vom Flur hereinscheint, während ich überlege, welche Garderobe jetzt wohl angemessen ist. Kurz gleitet mein Blick über mein rotfarbenes, eng anliegendes

Abendkleid und es juckt mir wirklich arg in den Fingern. Aber dann pfeife ich auf Colemans Kleidungsstil und entscheide mich für meine ganz normale Alltagsklamotte: dunkle Jeans und einfarbiger, fast weißer Pullover.

Fertig angezogen, watschele ich auf Socken ins Badezimmer, lasse schweren Herzens das Wasser aus der Badewanne, schalte den CD-Player aus und lösche alle Lichter. Auf dem Rückweg zur Wohnungstür zwinge ich mein noch nasses Haar in einen hohen Dutt, schlüpfe in meine von Erdnussbutter befreiten Stiefel, greife mir meine Umhängetasche und reiße die Wohnungstür auf.

Zuerst kann ich niemanden sehen, dann schiebt sich Coleman von rechts in mein Blickfeld und der alte Schaukelstuhl am Ende der Veranda wippt äußerst verdächtig vor und zurück. Bonbonpapier raschelt, als er die Hand aus seiner Hosentasche nimmt und erneut einen Blick auf seine Uhr riskiert.

»Sechs Minuten«, nickt er anerkennend und hält mir ein Bonbon entgegen, welches definitiv aus meiner Süßigkeitenschale stammt.

Ich beäuge es unentschlossen, dann nehme ich es an mich, ohne Coleman anzusehen, ziehe die Tür hinter mir zu und steuere die Limousine am Straßenrand an.

»Teddy«, grüße ich und hoffe, dass der Halbvampir sich so richtig darüber ärgert, als er mir die Hintertür aufhält und mich mit Blicken frisst.

Ich kichere zufrieden in mich hinein, klettere in den Wagen und rutsche noch zwei Plätze weiter, um für Coleman Platz zu schaffen, der vor dem Wagen eine leise Unterhaltung mit Ted führt. Ich habe Ohren wie ein Luchs, aber alles, was ich verstehe, sind die Worte *Essen* und *Helikopter*.

Verwundert über den Inhalt des Gesprächs, stelle ich meine Tasche neben mich und will aus dem Fenster sehen, bin jedoch enttäuscht, dass ich aufgrund der getönten Scheiben so gut wie gar nichts erkennen kann. Und dabei schaue ich mir beim Autofahren doch so gern die Gegend an.

Och menno.

Jemand setzt sich neben mich und der Wagen schaukelt dabei leicht hin und her. Ted schlägt die Tür hinter Coleman zu und aus irgendeinem Grund habe ich plötzlich das bedrückende Gefühl, gefangen zu sein.

Ich höre Papier rascheln und wende den Blick neugierig in Richtung Coleman, der sich gerade ein Bonbon in den Mund schiebt und dabei einen komischen Spitzmund macht, der so gar nicht zu seinem Auftreten passen will.

»Hm, Pfefferminz«, lässt er mich wissen. Er lispelt dabei wie eine Dreijährige mit S-Fehler.

Ted manövriert sich inzwischen hinter das Lenkrad und wird seiner Chauffeurdienste tätig.

Ich werde mir der Süßigkeit in meiner Hand bewusst und nestele an dem Papier herum, während sich der Wagen in Bewegung setzt und ich mir vorkomme, als würde ein Kriegsschiff in den Kampf ziehen.

Meine Hose vibriert und ich lese eilig die Nachricht von Chris, in der er schreibt, dass er sich auf den morgigen Abend freut. Ich grinse bekloppt und stecke das Telefon zurück in meine Tasche, ohne zu antworten.

»Wo fahren wir hin?«, will ich wissen und versuche mit einem Blick nach vorn, wenigstens halbwegs den Fahrweg zu beobachten. Durch die Seitenfenster dringen nur hin und wieder die matten Lichtkegel der Straßenlaternen, sonst nichts. »Ins *NOLA*?«

»Nein, die Reservierung ist verfallen, als ich das Lokal wieder verlassen habe, um Sie abzuholen.«

»Oh, wie schade«, heuchele ich und gebe mir dabei nicht einmal sonderlich Mühe, überzeugend zu klingeln.

»Nicht schlimm«, nimmt Coleman mir die Freude und ärgert sich noch nicht einmal über meinen Kommentar. »Die Bonbons entschädigen das Vier-Gänge-Menü komplett.«

Ich runzele die Stirn, weil ich mir nicht sicher bin, ob er es ernst meint, aber gemäß eigener Aussage scherzt er ja nie.

»Probieren Sie einmal.«

»Später.« Ich stecke das raschelnde Silberpapier in die enge Hosentasche meiner Jeans. Dann überlege ich, ob es vielleicht besser ist, Puck eine Nachricht zu hinterlassen, wo ich mich gerade befinde. Im Falle einer Entführung wäre die Tatsache, dass ich in die gepanzerte Limousine eines Millionärs gestiegen bin, bevor ich spurlos verschwand, mit Sicherheit ein heißer Hinweis.

Ich entscheide mich dagegen. Nicht nur, weil Ted gerade bei Rot über eine Ampel prescht, sondern auch, weil sich die Tachonadel jenseits der erlaubten Geschwindigkeitsbegrenzung bewegt und ich den Halbvampir erst einmal zusammenstauchen muss. Vampirreflexe hin oder her, es gibt nicht umsonst Straßenverkehrsordnungen.

»Hey, Blitzbirne.« Ich lehne mich nach vorn, um mit dem Fahrer zu sprechen. »Wir sind hier nicht bei einem Stockcar-Rennen!«

Zur Bestätigung fährt Ted gleich noch ein paar Meilen pro Stunde schneller und ich lasse mich in meinen Sitz zurückfallen, kontrolliere zur Sicherheit noch einmal meinen Gurt. Coleman lacht leise, oder, wie ich finde, gehässig.

»Bevor wir heute Nacht sterben, weil Teddy den Wagen um einen Brückenpfeiler wickelt«, beginne ich und finde es erstaunlich, dass wir bereits im Central Business District sind. Am Ende der Perdido Street erstreckt sich der One Shell Square, ein Wolkenkratzer, der mit seinen über zweihundert Höhenmetern das höchste Gebäude der Stadt und auch des Staates Louisiana ist. »Verraten Sie mir noch kurz, in welcher dringenden Angelegenheit Sie mich sprechen wollten?« Ich sehe zu Coleman.

Er lächelt mich an, wobei das Lächeln jedoch nicht seine Augen erreicht. »Nein«, antwortet er schlicht. »Aber keine Angst, wir sind schon da.«

Ich und Angst.

Der Wagen hält direkt vor dem einundfünfzig Stockwerke hohen Gebäude und Coleman reißt die Tür auf seiner Seite auf, ohne zu warten, dass jemand ihm diese aufhält.

Langsam schicke ich mich an, ihm zu folgen. Wir wollen ja keine Hektik verbreiten. Nach endlosen Sekunden löse ich endlich den Verschluss des Sicherheitsgurtes. Wenn ich mich dabei noch langsamer bewegt hätte, wäre die Zeit rückwärts gelaufen.

Jemand öffnet die Tür, ich schwinge meine Beine auf den nassen Asphalt – komisch, hier muss es geregnet haben – und befördere mich mitsamt meiner Tasche in eine aufrechte Position, um Coleman gegenüberzustehen, der noch die Fahrzeugtür mit einer Hand offen hält.

»Danke«, nuschele ich überrascht und umrunde das Fahrzeug, um kurze Zeit später unschlüssig auf dem Fußweg vor dem Wolkenkratzer zu stehen.

Verkleidete Gestalten ziehen durch die Straßen und spielen Halloweenstreiche. Ich denke sehnsüchtig an mein verwaistes Rotweinglas auf dem Badewannenrand und sehe Coleman auf mich zulaufen, der nun ebenfalls den Wagen umrundet, flankiert vom allgegenwärtigen Ted.

»Spricht er auch oder hat man ihm die Zunge rausgeschnitten?«, scherze ich, erhalte jedoch keine Antwort.

Coleman führt mich kommentarlos in das Innere des One Shell Square, bittet mich durch eine weite Lobby und wir schlüpfen in den ersten ankommenden Fahrstuhl, der sich vor uns öffnet. Wir drei haben die Kabine komplett für uns allein und fahren ohne weiteren Zwischenstopp fast ganz nach oben in die fünfzigste Etage.

Während der zweiminütigen Fahrzeit, welche von leise dudelnder Fahrstuhlmusik unterlegt ist, kann ich mich nur schwer davon abhalten, mit dem Kopf immer und immer wieder gegen die Verkleidung des Fahrstuhls zu schlagen.

Wenn Sie mich umbringen wollen, tun Sie es bitte jetzt.

Doch da gleitet die Aufzugtür beiseite und gibt den Blick auf ein Restaurant frei, welches über die gesamte Fläche der fünfzigsten Etage verläuft und einen fulminanten Blick über die funkelnde Stadt und den angrenzenden Mississippi River bietet.

Ich stutze, als wir ein paar Schritte gehen, bevor Coleman stehen bleibt und ich fast auf ihn auflaufe.

»Ich glaube, die haben geschlossen«, verkünde ich, während Ted die Räumlichkeiten abgeht, um eventuelle Bedrohungen für seinen Boss aus dem Weg zu räumen. Und wenn ich sage ›aus dem Weg räumen‹, meine ich es auch so, dass er nicht zögern würde, einen Coleman-schief-Anguckenden aus dem geschlossenen Fenster zu werfen. »Wir sollten einfach wieder heimfahren und das Ganze vergessen.«

»Die haben nicht geschlossen«, meint Coleman ruhig. Er folgt seinem Personenschützer mit Blicken, bis dieser mit einem Nicken zu verstehen gibt, dass keine Gefahr droht und wir uns wieder in Bewegung setzen. »Wir sind nur die einzigen Gäste.«

»Spricht nicht gerade für das Etablissement«, bemerke ich, während Coleman den einzig gedeckten Tisch für zwei Personen am großen Fenster ansteuert.

Ich setze mich und lasse meine Tasche neben mich auf den Fußboden plumpsen. Ted geht zurück zum Aufzug und baut sich bodyguardgleich direkt daneben auf, um die Szenerie im Blick zu haben.

»Vielleicht schuldet mir ein Geschäftspartner aber auch einen Gefallen und hat heute Abend kurzfristig nur für uns geöffnet.«

Coleman setzt sich mir gegenüber, während ich in der Ferne die beleuchtete Crecent City Connection erkennen kann – zwei stählerne Fachwerkbrücken, die das Zentrum von New Orleans mit den Gebieten am rechten Flussufer verbinden.

Ich frage mich, wie viele Betrunkene heute Nacht wohl wieder in den Mississippi springen und von den Meerjungfrauen in die Tiefe gezogen werden.

»Die Variante, dass es hier einfach nicht schmeckt, gefällt mir besser«, erwidere ich, nachdem ich meinen kurzen Rundblick beendet habe und mich mit beiden Ellbogen auf die fein dekorierte Tischplatte lümmele. »Könnten Sie jetzt endlich mit der Sprache rausrücken? Ich würde mein Bad ganz gern fortsetzen.«

»Essen wir doch erst etwas«, meint er. Seine Bewegungen sagen mir, dass er gerade die Beine übereinanderschlägt und es sich bequem macht.

Wie auf Befehl kommt ein junger Kellner herbeigeeilt und hält erst mir, dann Coleman edel verzierte Speisekarten unter die Nase, die ich ohne ein Wort des Dankes erst annehme und beiseitelege.

»Sie lassen Leute gern betteln, oder?«

Ich sehe Coleman lächeln, während der Kellner unbehaglich neben uns steht und auf die Getränkebestellung wartet. Das erste durch und durch echte und ehrliche Lächeln, seit wir uns in der Agentur begegnet sind.

»Ich empfehle die Shrimps.« Er studiert eingehend die Karte, während ich versuche, ihn mit Blicken dazu zu bewegen, die Geheimniskrämerei zu einem Ende zu bringen.

»Dann nehme ich Knoblauchsuppe«, sage ich dem Kellner, der eifrig nickt. »Mit extra viel Knoblauch.« Ted wird begeistert sein. »Und als Hauptspeise hätte ich gern eine Portion Pommes.«

Der Kellner wirkt irritiert, sagt jedoch nichts und Coleman beendet endlich seine Studie der Speisekarte und sieht zu mir. An seinem Gesichtsausdruck hat sich nicht sonderlich viel getan.

»Was darf ich Ihnen an Getränken bringen?«, fragt der Kellner und mir wird bewusst, wie jung er tatsächlich ist.

»Ich empfehle den Chardonnay«, wirft Coleman ein.

»Ein Glas Leitungswasser, bitte«, entgegne ich prompt und reiche dem Ober die Speisekarte zurück. »Groß.«

Coleman setzt an, etwas zu sagen, als der Kellner sich fast schon Hilfe suchend an ihn wendet. »Für Sie, Sir?«

Coleman klappt die Karte zu und lässt ein paar bedeutungsschwere Sekunden vergehen, bevor er antwortet. »Für mich bitte das Gleiche«, meint er schließlich überraschend und reicht dem Kellner mit einem kurzen dankbaren Lächeln ebenfalls die Karte zurück.

Sowohl der Kellner als auch ich verharren kurz in regloser Starre, wobei der junge Mann sich schnell wieder fängt, die Karten fest an seiner Seite hält und den Glauben an die Welt der Edelgastronomie verliert, als er gen Küche entschwindet.

Tja. Da wird die Küche ihren weißen Trüffel heute wohl nicht los.

Ich lehne mich zurück, überprüfe den Sitz meiner schlechten Frisur und warte, bis Coleman etwas sagt. Ungeduldig trommele ich mit den Fingern auf meinen Oberschenkeln und atme tief durch, während mein Gegenüber seine Krawatte lockert und keine Anstalten macht, eine Unterredung zu beginnen.

»Alles an Ihnen geht mir extrem auf die Eierstöcke«, sage ich aus einer Laune heraus und Colemans Augen huschen zu mir, bis sein Blick den meinen trifft.

»Ich wusste nicht, dass Ihre Innereien etwas zur Sache tun«, erwidert er geradeheraus.

Ich verziehe den Mund, bevor ich es in einer heldenhaften Anstrengung schaffe, nicht komplett auszurasten, und stattdessen tief durchatme. Dann sehe ich in das erneut so amüsiert schauende Gesicht des Geschäftsmannes und verschränke die Arme vor der Brust. »Darf man fragen, was den Herrn so belustigt?«

»Darf man«, antwortet er.

Ich ziehe beide Augenbrauen in die Höhe, um zu signalisieren, dass er fortfahren soll. »Und was ist es?«, frage ich trotzdem.

»Ihre Abneigung gegen mich.«

Ach, doch so offensichtlich?

Coleman lehnt sich nach vorn, stützt die Unterarme an der Tischkante ab und legt die Fingerspitzen seiner Hände gegeneinander. Eine einstudierte Geste, die er selbstredend schon an so manchem Verhandlungstisch eingesetzt hat.

»Woher kommt die?«, will er wissen und ich weiche seinem Blick aus, verspüre plötzlich das dringende Bedürfnis, das Besteck neu auszurichten.

Gute Frage. Er hat mir persönlich ja überhaupt nichts getan. Eigentlich sollte ich mir kein Urteil über jemanden bilden, den ich noch nicht einmal eine halbe Stunde kenne.

»Sie erinnern mich an eine Algenpest«, brummt irgendjemand, bis ich bemerke, dass ich diejenige bin. Erschrocken über mich selbst, blicke ich auf und sehe, dass Coleman etwas erwidern will, doch die wieder auftauchende Bedienung unterbricht ihn dabei.

Völlig motivationslos knallen die großen Trinkgläser vor uns auf den Tisch und ohne ein Wort an uns zu verlieren, entschwindet die gekränkte Servicekraft auch wieder.

Ich sehe ihm nach und fast tut er mir leid. Mein Blick gleitet auch zu Ted, der immer noch steht, wo er steht, und überwachend zu uns herüberschaut. Als würde ich jeden Moment über den Tisch springen und Coleman mit meinem Suppenlöffel das Auge ausschaben.

»Wollen Sie nicht endlich mit der Sprache rausrücken?«, frage ich nun zum gefühlt dreimillionsten Mal. »Wir können das hier schnell hinter uns bringen. Zu Hause warten eine geöffnete Flasche Wein und ein heißes Bad auf mich. Ich würde meinen freien Abend wirklich ungern in Gesellschaft eines Mannes verbringen, den ich ganz offensichtlich nicht besonders gut leiden kann, und in einem Restaurant, in dem ich überhaupt nicht sein will, teures Leitungswasser trinken.«

Coleman trinkt einen Schluck, wobei sich seine Brauen leicht zusammenziehen, bevor er das Glas Leitungswasser wieder absetzt und mir antwortet. »Ms. Carlisle«, beginnt er vielsagend. »Wie Sie sich vielleicht denken können, bin ich ein vielbeschäftigter Mann. Nahezu jede Stunde meines Tages ist mit langweiligen Terminen mit Geschäftskunden, Investoren, Anwälten und

Politikern gefüllt. Können Sie es nicht nachvollziehen, dass ich ein ruhiges Abendessen mit Damenbegleitung genießen möchte?«

Ich sehe ihn stumm und ausdruckslos an, dann stiehlt sich ein leichtes Lächeln auf meine Lippen, welches immer breiter wird. »Genau!«, platzt es aus mir heraus und nun sieht Coleman ernsthaft verwirrt aus. »Fast hätte ich es Ihnen sogar geglaubt!«

Als würde er das hier einer berauschenden Partynacht mit Playboyhäschen und ganz viel Singleladys, die ihn anschmachten, vorziehen. Ich könnte direkt schon wieder loslachen, tue es aber nicht, da die Suppe kommt.

»Ah, Knoblauch«, sage ich laut, sodass Ted es auch garantiert hört, als die Dämpfe mir in die Nase steigen und ich zum Löffel greife. »Also schön, dann essen wir eben.«

Minutenlang hört man nur das Klappern unserer Löffel auf Geschirr, während die aromatische Suppe mit der scharfen Knoblauchwürze unsere Mägen füllt. Eines muss man diesem Edelrestaurant ja lassen: Knoblauchsuppe haben die voll drauf.

Nach ein paar Schlucken krame ich meine Medikamentendose aus den Tiefen meiner Tasche hervor und streue in eingeübten Bewegungen Eisenhut in mein Essen. Coleman beobachtet mich dabei skeptisch.

»Ich war mir neulich nicht sicher. Sind Sie …«

»Ja«, unterbreche ich ihn, weil ich es nicht hören will.

»Das wusste ich nicht.« Er sieht mich betroffen an, aber ich kann bereits seit Jahren sehr gut mit dieser Situation umgehen. Mein ganzes Leben, um genau zu sein.

»Schon okay. Tut auch überhaupt nichts zur Sache.«

»Gut«, nickt Coleman wenig später durch die angenehme Stille, nachdem wir unsere Suppenteller so gut wie komplett geleert haben, und legt seine Stoffserviette beiseite. »Kommen wir zum Geschäftlichen.«

Noch vor der Hauptspeise?

Augenblicklich setze ich mich kerzengerade hin und halte den vollen Löffel auf halbem Weg zu meinem Mund in der Luft. Ich bin gespannt wie ein Flitzebogen.

»Bei meiner letzten Afrikareise traf ich auf eine Schamanin, die mir nicht sonderlich gut gesonnen war.«

Ich verkneife mir die Frage, was jemand wie Coleman in Afrika sucht, geschweige denn, was eine Schamanin damit zu tun hat, und sehe ihn nur weiterhin blank an, während ich meinen Löffel zurück in die Suppe sinken lasse.

»Sie war der Meinung, dass Böses nur mit Bösem vergolten werden kann, und hat mich verflucht.«

Fast hätte ich laut aufgelacht. Die Frau ist mir direkt sympathisch.

»Verflucht«, wiederhole ich und es klingt vielmehr wie eine Frage. »Auf welche Art denn? Verlieren Sie immer eine Socke jedes Paares bei jedem Waschgang? Oder hat es Sie so richtig hart erwischt und Sie haben jetzt eine Laktoseintoleranz?«

»Ich werde tagsüber zu Stein«, sagt Coleman so beiläufig, dass ich ein paar Sekunden brauche, um das Gesagte zu realisieren.

»Bitte?«, frage ich, als mein Verstand zu begreifen beginnt. »Tagsüber aus Stein, Ritter der Nacht. Wie ein Gargoyle?«

Ich sehe durch die leicht spiegelnde Fensterfront hinaus in den dunklen Nachthimmel und überlege, ob seine Beichte der Wahrheit entsprechen kann. Ich habe schon von Fällen gehört, in denen Menschen in Stein verwandelt wurden, sei es durch einen verunglückten Zauber oder absichtlich. Aber jeden Tag erneut? Das ist neu. Andererseits, wieso sollte er mich belügen?

»Das mit dem Ritter haben *Sie* gesagt«, murmelt Coleman.

Ich drehe den Kopf wieder in seine Richtung. »Und ich soll Ihnen dabei helfen, den Fluch loszuwerden?«

Er holt tief Luft, wirkt mit einem Mal so alt, wie ich mich manchmal fühle, wenn ich versuche, im Park ein paar Runden zu drehen, und stößt die Luft langsam wieder aus seinen Lungen. »Ja«, haucht er anschließend. »Bitte.«

Ich kann mir nicht vorstellen, dass ich ihm bei so einem Unterfangen auf irgendeine Art helfen kann, und das sage ich ihm auch. »Wieso suchen Sie die Schamanin nicht erneut auf?«

»Glauben Sie mir, ich habe alles versucht. Wirklich alles. Und was die Schamanin angeht, die ist wie vom Erdboden verschwunden.«

Ich beginne, auf der Innenseite meiner Wange herumzukauen.

»Mir ist zu Ohren gekommen, dass Sie während Ihres Studiums in Kontakt mit Paranormalitäten der ganz besonderen Art gekommen sind. Vielleicht bringt uns das ja irgendwie weiter.«

Moment, Moment.

»Moment, Moment«, sage ich. »Woher wissen Sie von den Phantomen? Haben Sie mit Ralph gesprochen?«

Coleman schaut gespielt überrascht auf und greift sich sogar erschrocken an die Brust. »Ich verrate nie meine Quellen.«

Ich begreife. »Sie haben mit Ralph gesprochen.«

Ralph – mein Kommilitone im ersten Semester – war vollends davon überzeugt, dass die Ghostbusters existieren. Er baute sich einen Protonenstrahler, doch anstatt Geister einzufangen, hat er Wesen der Zwischenwelt freigelassen und damit halb Washington in Aufruhr versetzt.

»Ich war an den Ereignissen wirklich nur ganz unmaßgeblich beteiligt«, versuche ich, mich herauszureden.

»Sie hatten die Idee mit der Lampe«, gibt Coleman zu bedenken und ich will das Thema wechseln.

»Zeigen Sie es mir.« Ich erwarte eine Videoaufnahme oder Ähnliches.

»Was genau?«

»Ich will es sehen«, fordere ich erneut.

»Auf keinen Fall«, teilt Coleman mir energisch mit.

»Nur einmal.«

»Keinmal.«

Ich schnalze mit der Zunge und schiebe die Suppe von mir, bevor ich mich im Stuhl nach hinten lehne. »Na ja.« Ich versuche, dabei überzeugt zu klingen. »Ich kann Ihnen sowieso keine Zusage erteilen. Ich habe viel zu tun, bin wirklich schwer beschäftigt, arbeite Tag und Nacht und …«

»Fred Miller sollte doch nun kein Problem mehr darstellen«, wirft Coleman ein, noch bevor ich mit meiner Ausredenfindung fertig bin.

»Woher wissen Sie von Fred?«

Und von seiner zurückgezogenen Anzeige gegen mich?

»Ted hat sehr gute Ohren«, erklärt Coleman mir und mein Kopf dreht sich ganz automatisch in Richtung des Halbvampirs, auf dessen Gesicht tatsächlich ein breites Grinsen erscheint, weil er mein Telefonat mit Otis in der Agentur mitgehört hat. »Mr. Miller war einer kleinen Bonuszahlung nicht abgeneigt. Bedingung dafür war nur, dass er sich stellt und die Anzeige gegen Sie zurückzieht. Ich denke, jetzt haben Sie den Kopf frei für mein kleines … Problem.«

Er hat Miller bestochen?! Wie viel muss er ihm geboten haben, dass Miller freiwillig hinter schwedische Gardinen geht? Und wie kann jemand seine Macht nur so selbstsüchtig ausnutzen?

»Sie …«, beginne ich und ziehe das Wort dabei in die Länge. »Sie … Sie … egozentrischer Bastard! Wie können Sie es wagen, sich in Angelegenheiten einzumischen, die Sie überhaupt nichts angehen?! Haben Sie jeglichen Bezug zur Realität verloren? Sie kleiner, mieser, manipulativer, lausiger, flegelhafter …«

»Sind Sie fertig?«

»Nein, ich bin nicht fertig! Ich bin wirklich aufgebracht!«

»Merkt man Ihnen gar nicht an.«

Ich sehe auf Coleman hinab – nanu, wann bin ich denn aufgesprungen? – und bemerke aus dem Augenwinkel, wie Ted sich langsam auf uns zubewegt. Ich werfe die zerknüllte Serviette auf die Tischplatte und zupfe meine Kleidung zurecht. Dann schultere ich meine Tasche. »Ich möchte jetzt gehen«, sage ich leise.

Mit einem Mal bin ich nicht einmal mehr wütend, nur … enttäuscht. Ich hatte mich schon so auf die Pommes gefreut.

»Ich wusste nicht, dass … Ich wollte Ihnen nur einen Gefallen tun«, versucht Coleman, mich zu besänftigen, und erhebt sich ebenfalls, jedoch haben seine Bewegungen weder etwas Energisches noch etwas Aufbrausendes.

»Ich brauche Ihre Hilfe nicht.« Ich vermeide jeden Blickkontakt. »Ich *will* Ihre Hilfe nicht.«

»Gehe ich recht in der Annahme, dass ein gemeinsames Arbeitsverhältnis nun hinfällig ist?«

Darauf können Sie einen lassen!

»Ja.«

Coleman nickt verstehend und rückt seine Krawatte wieder zurecht. Ich wende mich zum Gehen und stoße gegen Ted, der so dicht neben mir steht, dass ich nicht mehr ausweichen kann. Erschrocken taumele ich wieder einen Schritt zurück, während seine Vampir-Aura versucht, mich einzulullen.

»Danke, Ted«, höre ich Colemans Stimme direkt hinter mir und Teds beginnender Bann fällt von mir. »Ich bringe Ms. Carlisle jetzt nach Hause. Begleichst du bitte die Rechnung?«

Ted wendet den durchdringenden Blick von mir. »Großzügiges Trinkgeld?«, fragt er und ich höre zum ersten Mal seine tiefe und raue Stimme ganz nah an meinem Ohr.

»Selbstverständlich«, bestätigt Coleman und berührt mich leicht am Ellbogen, um mich mit sanfter Gewalt zum Aufzug zu führen.

Ich stehe noch etwas neben mir, als die Aufzugtür zur Seite gleitet, blinzele mehrmals heftig und entziehe mich so schnell wie nur irgend möglich Colemans Nähe, indem ich in den Aufzug haste, mich in die äußerste Ecke begebe und gegen die kalte Wand der Kabine lehne.

Coleman bleibt an der Tür neben dem Ziffernfeld stehen und betätigt ein paar Knöpfe. Geräusche aus dem Aufzugschacht dringen an mein Ohr, als sich der Fahrstuhl ruckelnd in Bewegung setzt und entgegen meiner Erwartungen nach oben fährt.

Ich taumele kurz, weil ich auf diese Bewegung nicht gefasst war, und wende mich nun doch wieder an Coleman, obwohl ich das für den Rest meines Lebens nicht mehr vorhatte.

»Was soll das?«, will ich wissen.

»Ich bringe Sie nach Hause«, erklärt er der geschlossenen Aufzugtür, da er sich nicht dazu herablässt, in meine Richtung zu sehen.

Ich lache lustlos auf. »Ich nehme viel lieber den Bus«, erwidere ich. »Und außerdem parkt der Wagen nicht auf dem Dach. Eine Fahrt nach oben macht also nur Sinn, wenn Sie da oben einen Helikopter haben.«

Die Erkenntnis trifft mich bereits, da habe ich meinen Satz noch nicht einmal richtig beendet. Coleman dreht sich indes doch noch zu mir um. Er zieht beide Brauen in die Höhe und antwortet nicht, tut dies jedoch auf eine sehr bezeichnende Weise.

»Scheiße«, stoße ich leise aus und will ihm am liebsten in den Solarplexus boxen, aber dazu steht er leider nicht allzu günstig. »Sie lausiger Angeber.«

Ich höre sein leises Lachen trotz der sich gerade öffnenden Türen und folge ihm ins völlig unscheinbare Treppenhaus des einundfünfzigsten Stockes.

Wir steigen eine schmale vierstufige Gitterrosttreppe hinauf und als Coleman die angrenzende Feuerschutztür aufdrückt, die auf das Dach führt, dringt infernalischer Lärm an unsere Ohren. Ich erhasche nur einen kurzen Blick auf die nächtlichen Lichter von New Orleans, dann drängen sich die bereits heftig drehenden Rotorblätter in mein Blickfeld und aufgrund des plötzlich auftretenden Windes bin ich froh, mein Haar hochgesteckt zu tragen.

Coleman – der nach dem Essen offenbar vergessen hat, sein Jackett wieder zu schließen, denn der Saum fliegt ihm nun förmlich um die Ohren – hält mir die Tür auf und sieht mich abwartend an. »Wollen Sie immer noch den Bus nehmen?«, brüllt er mir entgegen, während auch sein kurzes Haar vom Wind in Mitleidenschaft gezogen wird.

Ich sehe zu dem Flugobjekt, dessen Türen einladend offen stehen, und kann mich der Faszination des Luftfahrzeuges nur schwer entziehen. Ich habe so ein Maschinchen noch nie aus nächster Nähe gesehen, geschweige denn, dass ich bereits einmal damit geflogen wäre.

Mit blankem Gesichtsausdruck sehe ich zurück zu Coleman. »Sie wunderschöner Mistkerl«, sage ich gerade so laut, dass ich hoffe, dass er es nicht versteht, und haste los.

Wie man es immer in Filmen sieht, ziehe ich den Kopf ein, als ich mich der lärmenden Maschine nähere. Der noch stärker werdende Wind zerrt an meiner Kleidung und meine Tasche knallt bei jedem Schritt unangenehm heftig gegen meine Seite.

Ich kneife meine Augen zusammen, als sie zu tränen beginnen, dann endlich kann ich mich in die Maschine hieven und rutsche schnell auf einen der hinteren Sitze.

Der Wind lässt augenblicklich nach und ich hämmere mir bereits schicke Kopfhörer auf den Schädel, die meinen Dutt ganz platt drücken, als Coleman neben mich huscht und die Tür hinter sich schließt. Ich beobachte, wie er ebenfalls die Kopfhörer aufsetzt und das daran angebrachte Mikrofon in Position bringt.

Noch während ich überlege, ob der Helikopter bei uns im Garten überhaupt landen kann oder ob ich mit einem Fallschirm abspringen muss, erschrecke ich, als die Stimme des Piloten in meinem Kopf rauscht. Ich hatte noch gar nicht bemerkt, dass er sich bereits im Cockpit befindet.

»Guten Abend, Sir«, sagt er nun. »Die Dame.«

Ich sage nichts, bis auch Colemans Stimme statisch verzerrt durch den Bordfunk zu uns spricht. »Was ist mit Lewis?«

Der Pilot dreht sich so gut wie möglich zu uns um. Ich kann im diffusen Licht des Helikopter-Inneren so gut wie nichts von seinen Gesichtszügen erkennen.

»Er ist leider kurzfristig krank geworden. Magen-Darm. Mein Name ist Rupert und ich werde Sie genauso sicher wie Lewis nach White Kitchen bringen.«

Coleman scheint kurz zu nicken, wenn ich die Bewegung neben mir richtig deute. »Wir machen heute einen Zwischenstopp im Garden District.«

»Sehr wohl«, sagt Rupert, lehnt sich wieder nach vorn und augenblicklich geht ein Ruck durch den Helikopter.

Erschrocken halte ich mich irgendwo fest und bin peinlich berührt, als ich merke, dass es Colemans Knie ist, an das ich mich gerade klammere.

Sofort ziehe ich die Hand zurück und beschließe, dass es vielleicht besser ist, den Rest des Fluges aus dem Fenster zu sehen.

Die Kufen der Maschine lösen sich vom Dach und wir steigen empor. Mein Körper vibriert aufgrund der Kraft, die das Luftfahrzeug ausstrahlt, und als die Lichter der Stadt unter uns hinwegsausen, bin ich doch tatsächlich froh, nicht den Bus genommen zu haben.

»Ist das Ihr erster Helikopterflug?«, knackt Colemans Stimme in meinem Ohr und ich wende den Blick vom Mississippi River und den hell erleuchteten historischen Raddampfern ab, die heute Nacht Schauplatz für so manche Halloweenparty sind.

»Nicht doch«, verneine ich wenig überzeugend und falte meine Hände in meinem Schoß. »So etwas mache ich ständig.«

»Verstehe«, meint Coleman und ich spüre, dass er noch etwas auf dem Herzen hat, kann mir auch bereits denken, was es ist. »Meinen Sie, wir können unseren Disput beilegen?« Wusste ich es doch. »Ich wollte Sie weder kränken, hintergehen noch in anderer Weise behelligen. Akzeptieren Sie meine Entschuldigung?«

Ich schlucke und bin mir durchaus bewusst, dass der Pilot alles mit anhören kann. »Ich wusste, dass Sie jemand sind, der meint, dass man mit Geld alles lösen kann. Aber ich mache

Ihnen keinen Vorwurf deswegen. Sie wissen es eben nicht besser.«

»Doch«, widerspricht er mir und sein Tonfall bringt mich dazu, ihn anzusehen. Sein Gesicht ist in Dunkelheit gehüllt, während in der Ferne ein Feuerwerk in die Luft steigt und seine Umrisse scharf umrandet. »Jetzt schon.«

Es fällt mir leicht, seinem Blick standzuhalten, da die Finsternis uns einhüllt.

Ich will gerade etwas sagen, da sieht Coleman plötzlich aus dem Fenster und wirkt verwirrt. »Wohin fliegen Sie, Rupert?«

Wir sehen beide nach vorn, als Rupert es vorzieht, nicht zu antworten.

Was trägt er da auf seinem Gesicht? Ist das eine …

Ein Zischen ertönt, so laut, dass es sogar über den Fluglärm hinweg zu hören ist, und weißer Rauch strömt ins Innere der Maschine. Ich kann nicht erkennen, woher er kommt, aber augenblicklich beginne ich, zu husten.

Ich denke noch, dass es eine blöde Idee war, niemandem mitzuteilen, wo ich mich befinde, dann kann ich gar nichts mehr denken und sacke einfach in mich zusammen.

Kapitel 9

Als ich das Bewusstsein zurückerlange, ist mir kalt. Etwas Hartes drückt gegen meine Wange und ich wende stöhnend den Kopf zur Seite, wobei auf der Stelle Schmerz in meinem Schädel explodiert.

Mir ist übel und ich kneife die Augen zusammen, versuche, mich zu bewegen, und gleite dabei an einer – wie ich glaube – Steinwand zu Boden. Benommen bleibe ich der Länge nach liegen und warte ab, bis sich nicht mehr alles dreht.

Ich konzentriere mich auf meine Atmung und während die Übelkeit langsam verschwindet, vernehme ich leise Stimmen, die nur verzerrt durch meinen immer noch leicht benebelten Verstand dringen.

»Ihr minderbemittelten Idioten! Warum habt ihr die Frau mitgebracht?«, fragt eine männliche Stimme, die irgendetwas in meinen Synapsen auslöst.

»Was hätten wir denn tun sollen?«, erwidert eine zweite Stimme, tief, dunkel und dröhnend. »Wir wollten nicht, dass sie Ärger macht. Das muss irgend so eine Jägerin sein. Gemma hat die Frau wiedererkannt.«

Gemma?!

Ich reiße die Augen auf und setze mich so abrupt aufrecht hin, dass mir kurz schwindelig und schwarz vor Augen wird. Trotz meiner weit geöffneten Augen kann ich kaum etwas erkennen. Dunkelheit umgibt mich noch immer.

Als ich mich langsam daran gewöhne, erkenne ich die Zelle, in der ich mich befinde, immer deutlicher. Dicke Gitterstäbe, von der steinernen Decke bis zum Fußboden, umgeben mich von zwei Seiten. Die anderen zwei Seiten bestehen aus festen Steinmauern, an denen sich Wassertropfen bilden, langsam nach unten rollen und den gesamten Zellenboden tränken. Kein Fenster, kein winziger Durchlass, der zeigen würde, wo ich mich befinde und welche Tageszeit gerade herrscht.

Ein modriger Geruch steigt mir in die Nase, während ich mich erhebe und zur Zellentür torkele, als hätte ich die Nacht zuvor zu tief ins Glas geschaut. »Wer ist da?«, rufe ich, so laut es mir möglich ist, und erschrecke dabei vor meiner eigenen Stimme, die in einem großen Kellergewölbe widerhallt. So weit ich blicken kann, reiht sich eine Zelle an die nächste und irgendwo zu meiner Linken flackert der warme Lichtkegel einer Lampe über die kalten Wände. »Wo bin ich? Was wollen Sie? Hallo?«

Die Stimmen verstummen, als die Entführer bemerken, dass ich wach bin. Schritte entfernen sich eilig, dann höre ich nur noch das Geräusch von Wasser, welches irgendwo von der Decke tropft, und das Stöhnen in der Zelle neben mir.

Coleman!

Ich wirbele herum und werde Zeuge, wie sich ein äußerst mitgenommener Anzugträger langsam vom feuchten Zellenboden hochstemmt und sich den offensichtlich schmerzenden Kopf hält.

»Geht es Ihnen gut?«, frage ich und trete so nah wie möglich an die Zwischenwand aus Metallstreben heran.

»Definieren Sie *gut*«, verlangt er und reibt sich nun den Nacken, während ich bereits eine Bestandsaufnahme mache und nicht vorhabe, auf seine Äußerung einzugehen.

Ich kontrolliere die Taschen meiner Hose und befördere ein Pfefferminzbonbon daraus hervor.

Super! Das wird uns retten!

Jetzt brauche ich nur noch einen Kaugummi sowie ein Stück Draht und ich baue uns einen Raketenwerfer oder so.

Überprüfend gehe ich nun jeden Zentimeter meiner Zelle ab, rüttele an den Stäben, untersuche Fugen und drücke gegen Steine, kann jedoch keine Schwachstelle erkennen. In einer Ecke entdecke ich nun sogar einen Plastikeimer, vermutlich für diverse Bedürfnisse.

Wie nett …

»Haben Sie etwas Nützliches bei sich?«

Ich unterbreche die Untersuchung und sehe wieder in Colemans Zelle, der überrascht an sich hinabsieht und dabei feststellt, dass er keine Schuhe mehr trägt. Und keinen Gürtel. Und keine Krawatte.

Hilflos mit den Schultern zuckend, sieht er mich an und schüttelt den Kopf.

Ich schnalze mit der Zunge und widme mich unserer einzigen Chance, hier schnell wieder rauszukommen: dem rostigen Zellenschloss.

»Haben Sie irgendetwas mitbekommen?«, fragt Coleman, während ich inspizierend in die Hocke gehe.

»Nicht viel. Ich bin auch gerade erst aufgewacht. Aber ich habe Stimmen gehört. Sie sind mindestens zu dritt.«

Zwei Männer und eine Gemma. *Meine* Gemma?

»Rupert?«

»Okay, zu viert. Und Sie sind das Zielobjekt, nicht ich, falls Sie das überhaupt in Betracht gezogen haben.«

»Natürlich. Wieso sollte denn auch jemand einen millionenschweren Philanthropen entführen, wenn er *Sie* haben kann.«

Ich richte mich auf und sehe erbost durch das Halbdunkel zu ihm hinüber. Ich weiß gar nicht, was mich mehr entsetzt: die Tatsache, dass er sich über mich lustig macht, oder dass er sich gerade selbst Wohltäter und Menschenfreund genannt hat.

»Überlegen wir uns einfach, wie wir hier schnell rauskommen.«

»Vielleicht sollten wir warten, bis sie Forderungen stellen«, schlägt Coleman vor und krempelt seine Hemdärmel nach oben, wobei er feststellt, dass auch seine Armbanduhr nicht mehr an Ort und Stelle ist.

»Und dann?«, frage ich und ziehe an meinem losen Haargummi, sodass mein Dutt sich komplett löst und mein Haar in wilden Locken über meine Schultern fällt. »Sollen wir uns dann lieber gleich selbst erschießen oder doch warten, bis wir verdursten?«

»Erschießen?«, will Coleman wissen und ich werde das ungute Gefühl nicht los, dass er sich permanent über mich lustig macht. »Haben Sie etwa eine 9 mm zwischen Ihren …«

»Jetzt reicht es aber! Versuchen Sie in Gefahrensituationen immer, zwanghaft lustig zu sein?«

»Nur wenn es sich ergibt.«

»Schön. Ich sage Ihnen jetzt mal was. Die wollen gar kein Lösegeld oder Ähnliches. Da steckt etwas anderes dahinter. Und wenn wir hier nicht schnell rauskommen, sind wir geliefert. Also …«

Ein seltsames Knirschen lässt mich aufhorchen. Ich sehe zu Coleman, kneife die Augen zusammen und reiße sie sofort verblüfft wieder auf. Wie von selbst fasst meine Hand durch die Stäbe und berührt meinen Mitgefangenen vorsichtig am Oberarm. Trotz jeglicher Isolation bin ich mir sicher, dass der Tag gerade angebrochen ist.

»Stein«, raune ich.

Ich streiche über die glatte Oberfläche der plötzlich vor mir stehenden perfekten Coleman-Statue. Jedes Haar, jede Hemdfalte, sogar jeder Fingernagel ist zu erkennen, aber er ist dennoch komplett versteinert. Ausdruckslose Augen sehen zu mir herüber und mir gruselt bei dem Gedanken, dass das in den nächsten zehn Stunden Dauerzustand sein wird.

Vielleicht habe ich aber auch Glück und es kommt vorher jemand mit einem großen Hammer angewatschelt und zerdeppert Coleman in tausend Stücke.

Emotionslos stecke ich mir das Pfefferminzbonbon in den Mund. »Gruselig.«

Vierhundertsiebenunddreißig. Vierhundertachtunddreißig. Vierhundertneununddreißig. Vierhundert…

»Habe ich etwas verpasst?«

Colemans Stimme aus der Nebenzelle erschreckt mich nur mäßig. Völlig geräuschlos hat er wieder seine menschliche Form angenommen und sieht zu mir herüber, als hätte die kleine steinerne Unterbrechung nie stattgefunden.

Auf dem Rücken liegend, die Arme hinter dem Kopf verschränkt, starre ich an die Zellendecke und wippe mit dem rechten Fuß, welcher schwungvoll über mein angewinkeltes linkes Bein drapiert ist. Ohne zu Coleman zu blicken, der wieder aus seiner täglichen Starre erwacht ist, leiere ich eine Antwort herunter. »Das Wasser tropft in einem Intervall von drei Sekunden. Das sind eintausendzweihundert Wassertropfen in der Stunde. Das wiederum heißt, dass während Ihres Schönheitsschlafes über elftausend Wassertropfen in den Gang getropft sind. Da ein Liter Wasser etwa aus zwanzigtausend Tropfen Wasser besteht, sind in den letzten neuneinhalb Stunden 0,57 Liter …«

»Ich dachte eher an Vorkommnisse unsere Entführung betreffend«, unterbricht Coleman mich.

»Ach so«, sage ich lang gezogen, kämpfe mich auf die Beine und erkläre ihm, dass außer ein paar Mäusen niemand hier war. Dann laufe ich zu den Stäben unserer Gefängnisse, rüttele daran und beginne zu schreien. »Aber wenn wir nicht bald etwas zu trinken bekommen, fangen wir an, uns gegenseitig den Schweiß aus den Achseln zu lecken!«

Meine Stimme hallt unglaublich laut durch die kühle Finsternis und als sie endlich verklungen ist, lasse ich meine Unterarme auf einer Querstrebe ruhen und starre unbeteiligt auf den Steinboden vor dem Zellentrakt.

»Ich verpasse ein Date«, erzähle ich leise und bemerke, dass Coleman in seiner Zelle die gleiche Position einnimmt. »Mein erstes seit … ewig!«

»Das tut mir leid«, murmelt er aufrichtig und zum ersten Mal glaube ich es ihm sogar.

»Nicht so wichtig.« Ich schüttele den Kopf und hoffe, dass Puck bereits die gesamte Kavallerie auf die Suche nach mir geschickt hat. Wenn meine Mom noch daran beteiligt ist, haben sie uns in drei Minuten fünfzig gefunden. »Verschoben ist ja nicht aufgehoben.«

»Hm«, macht Coleman nur und ich frage mich, ob seine Versteinerung auch als Erholungsphase dient.

»Schlafen Sie eigentlich auch noch auf herkömmliche Weise?«, will ich daher wissen und sehe nun zum ersten Mal seit seinem Erwachen in seine Richtung.

»Nein«, antwortet er schlicht und ohne weitere Erklärung.

»Träumen Sie, wenn Sie aus Stein sind?«

»Nein.«

»Bemerken Sie etwas von Ihrer Umwelt?«

»Nein. Da ist gar nichts.«

»Hm.« Ich sehe seufzend zurück in den Gang. »Wenn ich Ihnen mit diesem Problem helfen würde, wäre ich vielleicht versucht, erst einmal einen Voodoo-Shop aufzusuchen.«

»Voodoo?«, fragt mein Leidensgenosse.

Ich nicke. »Schlimmer kann es mit ein paar Voodoo-Nadeln auch nicht mehr werden.«

Wieder ertönt Colemans leises Lachen, das irgendwie fehl am Platz wirkt und doch so beruhigend ist.

»Wieso zeigt sich denn niemand?«, rufe ich schließlich genervt aus und drücke meinen Kopf so nah an die Stangen, dass ich ein paar Meter den kahlen Gang entlangsehen kann. »Ich fühle mich nicht bedroht, sondern langsam extrem genervt.«

»Vielleicht sind die Herrschaften noch auf Arbeit«, wirft Coleman ein und ich sehe skeptisch zu ihm hinüber.

»Tagsüber Bäckereifachverkäufer und des Nachts skrupelloser Geiselnehmer? Ja, das macht Sinn.«

Vielleicht haben sie uns aber auch schon längst vergessen und jetzt müssen wir doch elendig verdursten.

»Vermisst Sie jemand?«, frage ich, weil mich der Gedanke an ein bevorstehendes Ende irgendwie sentimental macht.

»Ted, meine Assistentin, mein Stellvertreter, meine Geschäftspartner …«

»Das meinte ich nicht. Jemand, dem Sie wirklich wichtig sind. Familie, Freunde, eine Partnerin. Oder ein Partner.«

Coleman sieht mich vielsagend an, kommt jedoch nicht mehr dazu, zu antworten, da ein Scheppern im Gang unsere Aufmerksamkeit fordert.

Wasserflaschen rollen in unser Gesichtsfeld und bleiben auf meiner Zellenhöhe im Gang liegen.

Eilig drücke ich mich auf den Boden und greife nach den immer noch sachte hin und her schwankenden Getränkeflaschen, während leise Schritte sich entfernen.

»Scheiße«, fluche ich, als ich bemerke, dass mein Arm zu kurz ist.

Ich setze mich auf meinen Hintern, fädele ein Bein durch die Streben und ziehe eine Flasche Stück für Stück mit der Fußspitze heran.

Als ich sie endlich zu fassen bekomme, drehe ich hektisch den Verschluss auf und trinke noch im Sitzen gierig die Hälfte der kleinen Flasche aus.

Dann reiche ich diese an Coleman, der nun sehnsüchtig auf die zweite Flasche im Gang blickt.

»Keine Chance«, mache ich ihm klar. »Zu weit weg.«

Coleman setzt die geöffnete Flasche an seine Lippen und trinkt wenige Züge.

»Trinken Sie alles«, fordere ich ihn auf. »Ich habe mal gelesen, dass man seine Reserven nicht einteilen soll. Und zur Not haben wir ja noch die Eimer.«

Angeekelt sehen wir beide zu den Behältern für unsere Notdurft.

»Na dann Prost.« Coleman leert die Flasche in einem Zug.

Ich muss kurz weggenickt sein, denn als ich die Augen öffne und den Kopf hebe, schmerzt meine rechte Gesichtshälfte aufgrund des Gitterstabes, gegen welchen ich gelehnt habe. Ich sehe schnell zur Seite, um zu überprüfen, ob Coleman noch da ist. Jup, ist er.

Er sitzt ebenfalls auf dem kalten Boden, die Arme auf den angewinkelten Beinen abgestützt, und dreht Däumchen. Wenn ich meinen Arm durch die uns trennenden Gitterstäbe schieben würde, könnte ich ihn sogar berühren.

»Ich sehe was, was du nicht siehst, und das ist …«

»Grau?«, nimmt Coleman mir meine Pointe vorweg. »Die Zellenwand. Ich bin dran.«

Ich komme nicht einmal dazu, zu protestieren, da hat er den Staffelstab bereits an sich gerissen.

»Ich sehe was, was du nicht siehst, und das ist …«

»Grau?«, tue ich es ihm gleich. »Die Gitterstäbe. Ich bin wieder dran. Ich sehe …«

»Moment, Moment«, widersetzt sich Coleman unserer Spiellogik und ich sehe ihn abwartend an. »Sind diese Stäbe nicht eher schwarzoliv?«

»Schwarzoliv?!«, frage ich entrüstet. »Ich bin mir ziemlich sicher, dass es diese Farbe gar nicht gibt.«

»Und ob«, bestätigt er mir. »RAL 6015 im normierten Farbsystem. Sehen Sie sich das nächste Mal im Baumarkt ruhig danach um.«

»Woher wissen Sie das?«, fällt mir dazu nur ein.

»Ich wollte mal Architekt werden«, erzählt er freiheraus und lächelt bei dem Gedanken an seinen früheren Berufswunsch sogar leise in sich hinein.

Ich mache ein anerkennendes Geräusch und gehe davon aus, dass ich jetzt noch einmal raten muss, doch dazu komme ich nicht mehr.

Wir sehen beide auf, als ein großer Schatten nahezu geräuschlos vor Colemans Zellentür tritt und sich sofort am Schloss zu schaffen macht. Ich kann einen Schlüsselbund leise klappern hören.

Coleman und ich springen beide auf die Beine und noch bevor ich die Zelle zur Hälfte durchquert habe, macht mein Herz einen riesigen Hüpfer.

»Oh mein Gott, Chris!«, rufe ich aus und kann es nicht fassen, während dieser sich weiter an der Öffnung der Zellentür versucht. »Was machst du hier? Wie hast du uns gefunden?«

»Wer ist das?«, höre ich Colemans leise Frage am Rande meiner Wahrnehmung, reagiere jedoch nicht darauf. Ich kann nur Chris anstarren und mich fragen, wie um alles in der Welt diese ganze Situation einen Sinn ergibt.

Währenddessen sieht Chris traurig lächelnd zu mir auf und mein Herz macht erneut einen Zusatzsprung.

»Cupcake«, sagt er leise und für einen Moment ist das Öffnen der Zellentür vergessen, denn jetzt gibt es nur uns beide in einer unendlich fragwürdigen Begebenheit. »Keine Angst, dir geschieht nichts.«

Ich wundere mich sehr über seine Aussage und sehe dabei zu, wie er die Tür zu Colemans Zelle endlich aufstößt und zu ihm ins Innere tritt.

Chris überragt den Millionär fast um eine Kopflänge, was ihm zusätzlich zugutekommt, als er ausholt und seine geballte Faust mit voller Wucht in Colemans Gesicht rammt.

»Chris!«, empöre ich mich und meine Stimme überschlägt sich fast, als ich zwecklos an den Stäben rüttele, während Coleman nach hinten taumelt und mit dem Kopf gegen die Steinwand knallt. Das unschöne Geräusch, als Knochen auf Stein trifft, wird noch lange in mir widerhallen. »Was machst du denn? Was soll das?«

Coleman bleibt benommen liegen, während Chris seine schmerzende Hand schüttelt und wieder in den Gang tritt. Als er an meine Zelle herankommt, huschen drei weitere Gestalten an ihm vorbei und kümmern sich um Coleman. Ich erkenne sie alle drei. Rupert, Gemma und Coral.

Die ersten beiden treten in sein Gefängnis, nehmen den stöhnenden Coleman in ihre Mitte und zerren ihn in den Gang. Ich kann sein blutendes Gesicht sehen, als sie ihn dann über Corals breiten Zentaurenrücken werfen und wortlos von dannen ziehen, während Corals Hufe pferdegleich auf dem steinernen Boden klacken.

»Was soll das?«, frage ich erneut, jetzt, da ich mit Chris allein bin.

Er steht mit den Händen in den Hosentaschen vor mir, hält seinen Blick gesenkt und sucht sichtlich bemüht nach Worten. »Ich wusste nicht, dass du bei ihm bist«, säuselt er schließlich und ich muss mich wirklich bemühen, ihm nicht sofort die Augen auszukratzen.

Er ist ein Entführer! Elefantenarsch-Chris ist ein verdammter Entführer! Und ich hatte mir tatsächlich schon vorgestellt, wie es wohl wäre, mit ihm ins Bett zu steigen. Bäh!

»Lass mich raus«, verlange ich und bin wirklich stolz auf mich, dass ich derart ruhig bleibe, obwohl es tief in mir brodelt.

»Bald«, raunt er und reibt sich mit der Hand über das gesamte Gesicht. »Versprochen.«

Ich sage an dieser Stelle einfach mal nicht, was ich auf sein Versprechen gebe, sondern lasse nur enttäuscht die Schultern hängen. »Was wollt ihr von Coleman? Geht es um Geld? Das wird er euch geben. Es muss doch niemand leiden.«

Chris bricht derart abrupt in schallendes Gelächter aus, dass ich so was von erschrecke und zusammenzucke.

Er ist wahnsinnig.

Ich starre ihn durch die Gitterstäbe hindurch an, darauf wartend, dass er endlich aufhört, so geisteskrank zu lachen.

»Dafür ist es bereits zu spät«, lässt er mich wissen und ich kann nur verwirrt blinzeln. »Das Leid derer, denen durch Colemans Rüstungsimperium das Liebste genommen wurde, ist bereits grenzenlos.«

Als Chris mir endlich in die Augen sieht, bemerkt er neben meinem exorbitanten Hass wohl auch meine Verwirrung.

»Ich erzähle dir die Geschichte«, erklärt er. »In einem Staat im Nordosten Afrikas machte sich einst eine Hilfsorganisation auf den Weg, um Hunger, Armut und Wasserknappheit Einhalt zu gebieten und Entwicklungshilfe zu leisten.«

Ich nicke, obwohl ich es gar nicht will.

»Bei einem Zwischenstopp im Krankenhaus von Addis Abeba kam es dann zur Katastrophe. Eine Langstreckenrakete schlug in das Gebäude ein und zerstörte es komplett. Hunderte starben. Darunter auch meine kleine Schwester Nikki, Gemmas Verlobte. Ruperts Ehefrau Brenda, Corals Cousin und so weiter und so weiter. Und dreimal darfst du raten, welche Organisation die Langstreckenrakete entwickelt und dann meistbietend verkauft hat.«

Colemans Organisation.

Ich spreche es nicht laut aus.

»Das ist Bullshit«, verkünde ich. Chris sieht mich nur an. »Es tut mir leid, was da passiert ist, aber du kannst doch auch keinen Automobilhersteller verklagen, weil ein Rentner mit einem Fahrzeug dieser Marke einen tödlichen Verkehrsunfall verursacht hat.«

Ich bemerke noch nicht einmal, dass ich Coleman damit in Schutz nehme, sondern konzentriere mich nur auf Chris.

»Du musst es nicht verstehen«, erwidert dieser und schickt sich an, zu gehen, als leise Schmerzensschreie durch die Gänge der Anlage zu uns getragen werden. Er wirkt plötzlich ungeduldig, als könnte er etwas Wichtiges verpassen.

»Wie soll das Ganze hier ausgehen?«, will ich noch wissen und trete an das Gitter heran, um ihm nachsehen zu können.

Chris hält tatsächlich noch einmal an und wendet sich zu mir um. Ich verdrehe so sehr die Augen, um ihn ansehen zu können, dass mir schon der Kopf wehtut. »Er wird leiden«, sagt Chris leise, gerade als ein dumpfes Geräusch, gefolgt von einem gedämpften Aufschrei, an unsere Ohren dringt.

Scheiße … Die foltern Coleman doch nicht wirklich, oder?

»Und es wird lange dauern. Tage, Wochen … Und keine Angst, wenn du denkst, dass dein kleines Geheimnis euch bald hier rausbringen wird. Wir mischen Eisenhut in eure Getränke. Dein Gendefekt wird dir also nicht weiterhelfen.«

Ein markerschütternder Schrei ertönt, durch die Entfernung zwischen uns grotesk verzerrt, und ich spucke Chris mitten ins Gesicht, als er dumm genug ist, noch einmal an mich heranzutreten.

»Schade«, meint er gleichgültig und wischt sich mit dem Oberarm über das Gesicht, bevor er nach meiner Hand greift, die ich sofort wegziehe. Automatisch gehe ich einen Schritt nach hinten. »Ich dachte wirklich, dass aus uns etwas werden könnte.«

»Fahr zur Hölle«, keife ich ihm entgegen.

Er wendet sich von mir ab, um mich nun endgültig in diesem Verlies allein zu lassen. »Ein andermal vielleicht«, höre ich ihn noch sagen, dann verschwindet er aus meinem Blickfeld und ich höre nur noch Colemans ungleichmäßige Schreie, die irgendwann schließlich ganz verstummen.

»Das ist doch Wahnsinn!«, brülle ich Coral entgegen, als er den bewusstlosen Coleman zurück in seine Zelle bringt und der Geschäftsmann unsanft vom Rücken des Zentauren plumpst.

»Vieles auf dieser Welt ist Wahnsinn«, verkündet der Pferdemann kryptisch und knallt die Zellentür wieder in ihr Schloss, bevor er auch an meiner rüttelt, um zu überprüfen, ob sie noch verschlossen ist.

Ich sehe zu Coleman und kann die Brutalität der Entführergruppe um Chris kaum fassen. Colemans Hemd ist zerrissen und blutverschmiert. Weil er auf dem Bauch liegt, sehe ich, dass dunkle Striemen quer über seinen Rücken verlaufen. Sein Gesicht ist grün und blau geprügelt und sogar in der Bewusstlosigkeit schmerzverzerrt.

Meine Hände ballen sich zu Fäusten. »Peitschenhiebe?«, belle ich und schnelle zu Gemma herum, die abwartend im Gang steht und mich gerade mit Blicken töten will. Zu ihren Füßen stehen zwei Wasserflaschen in meiner Reichweite. »Ist das wirklich euer Ernst?«

»Komm schon«, brummt Coral zu Gemma, während er an uns vorbeistolziert und den heutigen Foltergang damit für beendet erklärt.

»Du kannst froh sein, dass Christopher eine Schwäche für dich hat«, erklärt Gemma und wirft mir durch die Gitterstäbe zwei

Äpfel vor die Füße. »Wenn es nach mir gehen würde, wärst du die Nächste.«

»Gemma!«, donnert Corals Stimme durch den Gang und die Angesprochene macht auf dem Absatz kehrt, um ihrem Komplizen zu folgen.

Ich wirbele herum, haste durch meine Zelle und wäre beinahe über die Äpfel gestolpert, bevor ich mich auf den Boden werfe und versuche, Coleman durch unsere Zellentrennung hindurch zu wecken. »Hey! Hören Sie mich? Mr. Coleman? Mr. Cole… Robert!« Meine Finger zögern kurz, bevor sie sich auf seine zerschundene Wange legen. »Hey … hören Sie mich? Sagen Sie doch was … bitte.«

Stille grüßt mein Flehen. Als ich meine – nun mit Blut beschmierten – Finger jedoch zurückziehe, greift seine Hand ungeahnt schnell nach meiner und hindert sie daran, sich zurückzuziehen. Ich keuche erschrocken auf.

»Dem Laden hier gebe ich bestimmt keine Fünf-Sterne-Bewertung«, flüstert er mit rauer Stimme.

Ich kann nur auf seine malträtierten Finger starren, während er allen Ernstes noch Witze macht. Fehlt ihm da ein Nagel?

Großer Gott …

»Wie geht es Ihnen?«, frage ich unangebrachterweise, derweil Coleman versucht, aus zugeschwollenen Augen etwas zu sehen.

»Beschissen wäre geprahlt«, raunt er und versucht, sich etwas aufzurichten, doch Schmerzen scheinen durch seinen Körper zu fluten, denn er gibt das Unterfangen schnell wieder auf und bleibt einfach stöhnend liegen.

»Warten Sie.« Ich entziehe Coleman meine Hand. Dann krieche ich hinüber zu den Wasserflaschen und schnappe mir eine, bevor ich zu dem misshandelten Millionär zurückkehre, die Wasserflasche aufschraube und ihm durch die Stäbe hindurchreiche. »Hier, trink das.«

Umständlich schafft er es, etwas Flüssigkeit zu sich zu nehmen, wobei jedoch die Hälfte des mit Eisenhut versetzten Mineralwassers über seine Mundwinkel läuft und ungetrunken auf den Boden tropft.

»Dein Freund ist ein Arschloch«, sagt er ehrlich.

Ich bemerke eher beiläufig, dass wir uns plötzlich duzen.

»Er ist nicht mein Freund.« Ich seufze und greife nach dem am Boden liegenden Apfel, um ihn an meinem Pullover abzuwischen und schließlich hineinzubeißen.

Ächzend bewegt Coleman sich hinter mir und quält sich in eine sitzende Position, bis er mit der Schulter unbequem an der Zwischenwand unserer Zellen lehnt und ich ihm den zweiten Apfel hinüberreiche. Er lehnt ihn dankend ab.

»Gut«, meint er. »Dann wird es dir ja auch nichts ausmachen, wenn ich ihm den Kopf abreiße, wenn wir hier raus sind.«

Wenn …

»Tu dir keinen Zwang an.«

»Gut«, wiederholt Coleman, doch dann muss er seine Kehle leeren und verfällt in einen peinigenden Kreislauf zwischen Husten und schmerzhaften Bewegungen.

Die schmerzerfüllten Laute, die er von sich gibt, sind mir bereits Grund genug, um mich aufzuraffen und endlich nach einem Ausweg aus dieser Zelle zu suchen.

»Wir müssen hier raus«, verkünde ich und suche erneut nach Schwachstellen der alten Zellen. Mir fällt nur immer wieder eine auf. Das alte Schloss.

Ohne weiter darüber nachzudenken, entledige ich mich in umständlichen Verrenkungen, und ohne meinen Pullover auszuziehen, meines BHs und ignoriere Colemans merkwürdig musternde Blicke. Dann lehne ich mich ebenfalls gegen die Gitter und ziehe die scharfe Kante des Wasserflaschendeckels immer wieder gegen den Stoff an der Innenseite des schwarzen Kleidungsstückes, bis er beginnt, Fäden zu ziehen und immer dünner zu werden. Letztendlich bekomme ich das Metall des Bügels im Körbchen des Büstenhalters zu fassen und halte den stabilen Stab triumphierend in die Höhe.

»Unser Weg hier raus!«, rufe ich und sehe über die Schulter zu Coleman, dessen Steinantlitz mir jedoch keine Antwort mehr gibt.

Genervt stochere ich schon seit Stunden in der Schlüsselöffnung meiner Zellentür herum. Ich habe nur wenig Ahnung, was genau ich hier gerade tue, aber eine Hoffnung tief in mir vertraut darauf, dass ich die Zuhaltungsfeder zur Seite gedrückt bekomme, sodass der Riegel einfach aufspringt.

Oder war es die Fallenfeder? Die Konterfeder?

»Du bist wirklich der Meinung, dass das funktioniert?«

Ich sehe zur Seite, als Coleman, von seinem Steinschlaf erwacht, an seine Zellentür tritt und meine Bemühungen begutachtet.

»Keine Ahnung«, brumme ich und kurz darauf gleitet meine Zunge wieder unkontrolliert aus meinem Mund, um damit jede Bewegung mit dem Bügel mitzumachen. »Aber es ist einen Versuch wert.«

»Jetzt einen Kaugummi, Alupapier und einen Minzdrops«, spielt Coleman auf eine gewisse Fernsehserie an, in der der Protagonist in einer umgebauten Waschmaschinentrommel in den Weltraum fliegen könnte.

Ich kichere tatsächlich leise und wundere mich erst jetzt, dass Coleman so fit auf den Beinen ist. Ich halte in meinem Unterfangen inne und wende mich komplett an ihn. »D-d-d-d… deine Wunden!«, stottere ich entsetzt und lasse meinen Blick über sein makelloses Gesicht gleiten. Kein blaues Auge mehr, keine aufgeplatzte Lippe, nichts. Sogar der fehlende Nagel ist wieder da.

»Ja«, seufzt er und beißt in den Apfel, den er auf seinem Zellenboden gefunden hat. »Die einzige angenehme Besonderheit, die der Fluch mit sich bringt. Selbstheilungskräfte, die einen Seestern neidisch machen würden.«

Über alle Maßen fasziniert, starre ich ihn einfach nur an und bin schrecklich enttäuscht, dass diese vermaledeiten Gitterstäbe mich gerade daran hindern, sein Gesicht zu berühren. Ich sehne mich förmlich danach, dass seine Bartstoppeln über meine Haut kratzen, dass sein Atem gegen mein Ohr flüstert und …

»Was kann ich tun?«, unterbricht seine Frage meine Gedanken und ich widme mich schnell wieder meinem Türschloss.

»Du könntest versuchen, dir den Weg zu merken, wenn die dich … also … wenn die versuchen …«

»Wenn ich für die nächste Folterpartie abgeholt werde, schon klar.«

Ich zucke entschuldigend mit den Schultern und wünsche mir, dass gleich ein Spezialeinsatzkommando die Decke wegsprengt und uns hier rausholt. Aber man kann eben nicht alles haben. Ein Bad wäre auch schon schön. Oder ein schönes Essen. Ein Apfel pro Tag macht nicht wirklich satt. Oder frische Klamotten.

Ich will neue Unterwäsche!

Und ich will mir die Beine rasieren …

»Sonst noch etwas?«, will Coleman weiter wissen und ich überlege, ob ich aus Versehen wieder einmal laut ausgesprochen habe, was ich denke.

»Am Leben bleiben?«, schlage ich vor, aber es klingt leider viel mehr wie eine Frage, was Coleman tatsächlich dazu bringt, eine Schnute zu ziehen. Unter normalen Umständen hätte ich gelacht, jetzt kann ich nur unartikuliert grunzen und versuchen, uns tatsächlich lebend hier herauszubringen.

Am Ende des Zellenganges werden Schritte und Hufgeklapper laut. Coleman und ich werfen uns stille Blicke zu.

»Ich bringe uns hier raus«, versichere ich ihm flüsternd. »Du musst nur durchhalten.«

Er nickt schluckend, kurz nachdem ich mein Werkzeug in meinen Stiefelschaft gesteckt und meinen demolierten BH in den bereits unschön müffelnden Eimer in der Ecke geworfen habe.

»Bereit für Runde zwei?«, fragt ein vor uns auftauchender grinsender Zentaur, während Gemma erneut zwei präparierte Wasserflaschen vor die Zellen stellt. Beide wirken nicht überrascht, dass Coleman wieder wie das blühende Leben aussieht und nur seine zerrissenen Designerklamotten davon zeugen, dass er gestern eine unfreiwillige Begegnung mit diversen Fäusten und Folterinstrumenten hatte. »Heute wartet der Elektroschocker. Und was halten Sie von Waterboarding?«

Coleman tritt bereitwillig aus der Zelle, nachdem Coral ihm die Tür aufschließt, und läuft zwischen den beiden Verbrechern den Gang hinab.

»Ich kann es kaum erwarten«, raunt seine Stimme, ehe er unsanft von Coral vorangetrieben wird, während ich dem Trio stumm nachsehe.

Colemans verzerrte Schreie gehen mir durch Mark und Bein, als ich immer wieder und mit bereits zitternden Händen den Bügel in das Schloss ramme.

Kurz bevor ich vollends verzweifele, spüre ich endlich einen Widerstand und schiebe den verkanteten Bügel so sehr mit meinen schmerzenden Händen nach oben, dass ein seliges Klicken ertönt und die Tür aufspringt. Und das ganz ohne Autobatterie und Nitroglycerin. Tränen treten quasi sofort in meine Augen. MacGyver wäre stolz auf mich.

Vorsichtig schiebe ich die quietschende Tür nach außen auf und sehe den Gang hinunter. Am Ende des Zellentraktes gabeln sich zwei Tunnelwege. Einer davon ist mit warmem Licht beleuchtet, der zweite liegt im Dunkeln.

Ich hocke mich auf den Boden und ziehe einen Stiefel sowie eine Socke aus. Beides trage ich bereits seit zweiundsiebzig

Stunden ununterbrochen. Man mag sich vorstellen, welcher Geruch mir dabei um die Nase weht.

Mit Leichtigkeit zerreiße ich den dünnen Baumwollstoff meiner Socke und zerknülle einen Teil davon zu einer Kugel. Diese stecke ich in den Schließmechanismus der Zellentür und schicke ein Stoßgebet nach oben, als ich sie von außen wieder in ihre geschlossene Position drücke.

Wenn ich sie jetzt nicht wieder aufbekomme, habe ich gleich ein riesiges Problem. Dann kann ich nur noch den Gängen folgen, ›Geronimo‹ schreiend in den Folterprozess platzen und hoffen, dass die Kidnapper keine Schießwaffen bei sich tragen und mich demnach nicht sofort über den Haufen ballern.

Ich horche in die entstandene Stille. Colemans Schreie sind vorerst verstummt. Schlussendlich ziehe ich an der Zellentür und ein ganzes Arsenal an Hinkelsteinen fällt mir vom Herzen, als diese tatsächlich nachgibt und wieder aufschwingt.

Ich bin ein Genie!

Eilig mache ich mich daran, auch Colemans Zelle – die Coral glücklicherweise offen gelassen hat – mit meiner zweiten Sockenhälfte zu präparieren. Jetzt darf später nur niemand mehr kontrollieren, ob die Zellen wirklich verschlossen sind, sonst sind wir so richtig am Allerwertesten.

Schnell husche ich wieder in meine Gefängniszelle, nehme die Wasserflaschen an mich und ziehe die Tür in großer psychischer Überwindung wieder hinter mir zu, bevor ich in meinen Stiefel schlüpfe. Dann setze ich mich, lehne mich an die Zellenwand und warte Wasser trinkend auf Colemans Rückkehr.

Die Minuten vergehen, ergießen sich zäh dahin und fließen wie Quecksilber aus einem zerbrochenen Thermometer. Letztendlich höre ich dann doch Colemans erlösendes Stöhnen und mein Herzschlag beschleunigt sich, als Coral angestapft kommt und den Millionär erneut unsanft auf den Zellenboden wirft.

Ein lautes Ächzen erklingt, als Coleman versucht, seinen Sturz abzufangen, und mit geschlossenen Augen auf dem Rücken liegen bleibt. Ich bemerke, dass er klitschnass ist und diesmal offensichtlich keine sichtbaren äußeren Verletzungen hat.

»Morgen kommt die Knochensäge zum Einsatz«, verspricht Coral, der allein bei uns ist, und knallt die hoffentlich nicht schließende Tür zu.

Ich huste laut, sodass er das dumpfe Geräusch, welches die Socke verursacht, nicht wahrnimmt, und kämpfe mich schnell auf die Beine. »Hey, Coral«, lenke ich seine Aufmerksamkeit noch mehr auf mich. Mein Plan ist, ihn so sehr aus dem Konzept zu bringen, dass er die Überprüfung der Zellensicherheit vergisst. »Macht dir das Spaß? Unschuldige gefangen zu halten? Hätte dein Cousin so etwas gewollt?«

»Halt den Mund«, brummt der Zentaur und wendet sich zu mir.

»Versteht deine Rasse eigentlich etwas von Ehrgefühl? Oder seid ihr nur verrohte Wildlinge, die Gefallen daran finden, Wehrlose zu quälen?«

»Halt den Mund«, donnert seine Stimme nun etwas lauter durch die Gänge.

»Wieso? Verträgst du die Wahrheit nicht, wenn man …«

Coral stampft so heftig mit seinen Vorderläufen, dass der Boden wackelt und ich einigermaßen eingeschüchtert innehalte, während sich kalter Schweiß auf meiner Stirn sammelt. Er schnaubt verächtlich, wirft uns böse Blicke zu und verfällt in einen Galopp, um schnell wieder von hier zu verschwinden.

Erleichtert seufze ich und sehe dann grinsend zu Coleman, der immer noch am Boden liegt, mich aber nun mit geöffneten Augen mustert.

»Was sollte das?«, will er wissen und seine Stimme klingt sogar einigermaßen normal.

»Hast du dir den Weg gemerkt?«, will ich wissen, ohne seine Frage zu beantworten.

»Rechts, links, an der zweiten Kreuzung wieder rechts. Dann immer geradeaus in eine Art Gewölbe. Keine Fenster, keine offenen Türen. Das ist ein Labyrinth.«

Ich nicke verstehend. »Wie viele sind es?«

»Heute habe ich nur Coral und diese Gemma gesehen.«

Wo ist Chris, dieser Feigling? Wichtige Termine? Am Ende heuchelt er meinen Freunden sogar vor, dass er sich solche Sorgen um mich macht.

Ich könnte kotzen, hätte ich nicht viel zu wenig gegessen.

»Okay.« Ich schiebe die Zellentür auf. »Wir riskieren es.«

Ich habe keine Lust, noch einen Tag länger zu warten und zu beobachten, wie Coleman morgen nur mit einem Bein wieder hier auftaucht. Jetzt oder nie. Und beeilen müssen wir uns auch noch, bevor er wieder zu Stein wird und einfach während unserer Flucht irgendwo erstarrt.

»Wie hast du …«, beginnt Coleman und stützt sich auf den Ellbogen ab, um erstaunt zu beobachten, wie ich ungehindert in den Gang trete und auch seine Tür einfach aufziehe.

»Erkläre ich dir später«, tue ich die Sache ab, trete an ihn heran und helfe ihm umständlich auf die Beine.

Ich weiß nicht, was sie mit ihm gemacht haben, und ich werde einen Teufel tun, ihn danach zu fragen, aber seine Beine gehorchen ihm nicht richtig, also muss ich seinen Arm um meine Schultern werfen und zerre ihn förmlich neben mir her.

Wir verlieren keine Zeit und hasten, so schnell wir können, den Gang hinab. Ich bete, dass uns niemand über den Weg läuft. Eine offene Konfrontation würden wir verlieren. Wir können nur hoffen, dass wir es heimlich hier herausschaffen.

»Rechts«, flüstere ich und folge dem von Coleman beschriebenen Weg, während er weiter schlaff an meiner Seite hängt und sich darauf konzentrieren muss, einen Fuß vor den anderen zu setzen. »Links … An der zweiten Kreuzung wieder rechts …«

Das Labyrinth aus Gängen sieht für mich an jeder Ecke völlig gleich aus. Im Abstand von wenigen Metern hängen Leuchten von der Decke, die uns diffuses Licht spenden.

Direkt vor uns öffnet sich bald das von Coleman angesprochene Gewölbe und ich bemerke, wie mein Herz zu rasen beginnt. Während wir darauf zu taumeln und Coleman an meiner Seite immer schwerer wird, müssen wir kurz anhalten und erst einmal völlig verschwitzt zu Atem kommen.

»Los, weiter«, drängele ich und ziehe seinen Arm über meiner Schulter zurecht.

Wir schaffen nur wenige Meter, bis Stimmen durch die Gänge hallen und wir unsere torkelnden Schritte beschleunigen. Das ausgeleuchtete Gewölbe erhebt sich über uns und ich werfe nur einen kurzen Blick auf die an einer Wand aufgereihten Instrumente. In der Mitte des Platzes steht ein einzelner massiver Stuhl, im Boden verankert und mit Bein- und Fußfesseln ausgestattet.

Ein Schauer jagt mir bei diesem Anblick den Rücken hinab. Nur mit Mühe schaffe ich es, die Augen abzuwenden, und treffe direkt den fragenden Blick von Chris, der soeben mit Rupert im Schlepptau durch eine Holztür an der gegenüberliegenden Wand tritt.

»Oh.« Er klingt nur halb so überrascht, wie man vermuten könnte. »Ihr wollt uns schon verlassen? Wie schade.«

Ich halte so abrupt an, dass es Coleman den Boden unter den Füßen wegzieht und er in die Knie geht. Ich kann sein Gewicht nicht halten und werde einfach mit nach unten gezwungen.

»Oh Tess«, murmelt Chris und kommt langsam auf uns zu, Rupert immer im Rücken. »Lass es einfach. Wir können es hier und jetzt zu Ende bringen. Dann haben wir alle es endlich hinter uns.«

»Niemals«, zische ich und streiche Coleman unbewusst beruhigend mit meinem Daumen über den Handrücken, während ich seinen Arm immer noch über meiner Schulter halte.

»Es muss nicht hässlich enden«, flötet Chris weiter.

Ich raffe mich auf, um mich in voller Größe vor Coleman zu stellen.

Chris schnalzt mit der Zunge und macht eine Handbewegung in Ruperts Richtung, während Gemma hinter uns die Bühne betritt und uns somit den Rückweg versperrt.

Ich werfe ihr einen kurzen Blick zu, dann sehe ich mich schon Rupert gegenüber, der bereits einen Ausfallschritt auf mich zu macht. Geschickt ducke ich mich unter seiner Geraden hinweg und drehe mich zur Seite, bin jedoch zu langsam und erschöpft, um zu verhindern, dass er mir die Beine wegschlägt und ich unsanft zu Boden falle.

Sterne tanzen vor meinen Augen, als mein Kopf auf Stein trifft und ich benommen liegen bleibe. Chris und Gemma tauschen ein paar Worte und als ich zu ihnen schaue, steht auch Rupert wieder bei ihnen.

Coleman hockt noch immer da, wo er zu Boden gegangen ist, und hält sich die schmerzende Seite. Ich raffe mich auf und kriche auf allen vieren in seine Richtung, als Gemma etwas nach ihm wirft. Ich kann nur schwer erkennen, was es ist.

Ein Messer? Eine Axt? Ein … Behälter? Eine Phiole!

Mit einem Satz nach vorn werfe ich mich zwischen Coleman und das Geschoss, bin jedoch zu schnell und bemerke nur, wie mein offenes Haar von etwas getroffen wird, bevor die Phiole weiterfliegt, gegen Coleman stößt und ich erneut vornüberfalle und den kalten Boden küsse.

Ein entzückter Aufschrei ertönt und ich schaue zu dem Verbrechertrio, das wie gebannt hinter mich sieht. Chris' Blick huscht zu mir und er fasst sich zum Abschied gegen seine nicht vorhandene Hutkrempe. Dann nehmen die drei die Beine in die

Hand und verschwinden so schnell durch die hinter Chris liegende Tür, dass ich nur einmal blinzeln kann und schon sind sie weg.

»Robert?«, frage ich mit kratziger Stimme und drehe mich um, sehe jedoch nur einen rauchenden Kleiderberg, von Coleman keine Spur.

Kapitel 10

Robert …«, hauche ich entsetzt und sitze zitternd im nun fast leeren Gewölbe.

Was ist passiert? Wo ist Coleman? Was zum Henker war in dieser Phiole? Ein weiterer Fluch, der bewirkt, dass sich alles, was damit in Berührung kommt, in rauchendes Wohlgefallen auflöst?

Oh Gott …

Ich krieche zu Colemans übrig gebliebener Kleidung und will nach dem Häufchen greifen, als mir Tränen in die Augen schießen.

Ist er jetzt tatsächlich weg? Einfach so? Tot?

Ich erschrecke, als plötzlich Bewegung in Colemans zerrissenen Klamottenhaufen kommt. Als würden Mäuse unter der Kleidung toben und einen Weg ans Tageslicht suchen.

»Was zum …«, sage ich, als es plötzlich anfängt, unter Colemans blutigem Hemd heftig zu quieken.

In einer flüssigen Bewegung reiße ich das zerstörte Hemd aus feinster hochglatter ägyptischer Baumwolle zur Seite und lege ein aufgebrachtes Minischweinchen frei.

Das Schweinchen und ich blinzeln uns an, dann springt es aus den Kleidern und fängt an, Lärm machend um mich herum im Kreis zu rennen. Dabei stolpert es immer wieder über seine eigenen kurzen Beinchen, als müsste es erst lernen, wie man sich mit hufbewehrten Klauen fortbewegt.

Mein Kopf schmerzt bereits jetzt von dem Gequieke und ich hebe abwehrend die Hände. »Okay, okay, OKAY!«, brülle ich schließlich und das kleine rosafarbene Ferkel hält tatsächlich inne und bleibt vor mir stehen, seinen Rüssel ungezähmt wackelnd in die Luft gereckt. »Robert?«

Quiek.

»Bist du es wirklich?«

Quiek.

»Himmelherrgottverdammtescheiße«, fluche ich und greife mir an die Stirn. Da ist wohl ein Zauber mächtig schiefgegangen. »Ich glaube nicht, dass sie dich tatsächlich in ein Schwein verwandeln wollten.« Aber lieber ein niedliches Schweinchen sein, als die Radieschen von unten betrachten. »Am besten, wir … gehen erst einmal zu mir. Komm schon.«

Ich hebe den verwandelten Coleman in meine Arme und achte nicht auf seinen Protest. Er ist gerade einmal so groß wie ein Brotlaib. Seine Beinchen wedeln wild, seine nasse Schnauze drückt gegen meinen Oberarm, aber ich lasse mich nicht beirren und laufe mit meinem neuen Minischweinchen durch die noch offen stehende Tür hinaus in einen Gang, der uns in die tagelang ersehnte Freiheit eines Industriegeländes führt.

»Kannst du bitte den Taxifahrer bezahlen?«, frage ich, als Puck unsere Haustür öffnet und mich ansieht, als würde ein Marsianer vor ihm stehen.

»Tess!«, heult Fin und kommt mir aus dem Wohnzimmer entgegengeschossen, um mich in eine herzliche Umarmung zu ziehen.

Ich kann Coleman gerade noch rechtzeitig absetzen, wobei dieser sofort von dannen rauscht und Kreise um die Wohnzimmermöbel läuft. Dann drückt das Katzenmädchen mich so heftig, dass mir kurz die Luft wegbleibt.

»Wir dachten schon, du wurdest von Aliens verschleppt!«, ruft Fin. »Oder noch schlimmer … von Elfen! Mr. Coleman ist auch verschwunden. Die ganze Welt sucht nach ihm. Man geht von Entführung aus, obwohl noch keine Lösegeldforderung eingegangen ist.«

»So was«, sage ich tonlos, weil mir wirklich nichts Besseres einfällt.

»Wo um alles in der Welt warst du?«, will nun auch Puck wissen, während der Taxifahrer vor unserem Haus ungeduldig zu hupen beginnt. Wir alle ignorieren ihn. »Wir wollten dich schon als vermisst melden, aber ich war der Meinung, wir geben dir noch ein paar Tage. Nicht, dass du nur wieder auf einem Kurztrip nach Hawaii unterwegs bist, wie damals mit diesem Elf. Wo kommt das Schwein her?«

»Das … ist Coleman«, erkläre ich und laufe in die Küche, wobei ich mich sofort über Pucks Pizzaränder vom Vorabend hermache. »Und außerdem bin ich damals nicht einfach so abgehauen. Ich habe eine Nachricht hinterlassen.«

»Jaja. Auf einer Papierserviette im Briefkasten, die der Regen völlig durchweicht hat. Super. Und überhaupt … Du gibst dem Schwein den Namen eines reichen Schnösels, den du nicht einmal leiden kannst und der dazu noch spurlos verschwunden ist?«, fragt Puck, der mir mit Fin gefolgt ist.

Beide beobachten mich misstrauisch, aber das macht mir nichts aus, denn ich knabbere gerade harte Pizzareste, als wären sie eine Spezialität.

»Nein, nein«, versuche ich es erneut und mein Weg führt mich nun zum Kühlschrank. »Das *ist* Coleman.«

Ich entdecke eine angerissene Schüssel Kartoffelsalat und schöpfe ihn mit dem Finger in meinen Mund. Meine Geschmacksnerven explodieren geradezu, als die Mayonnaise meine Zunge berührt. Ich habe noch nie, noch NIE, etwas Schmackhafteres gegessen.

Ein Quieken später sehe ich nach unten und entdecke Coleman, der Männchen an meinen Beinen macht, es aber nicht einmal bis zu meinen Knien schafft.

»Awww«, beginnt Fin. »Der Kleine hat Hunger. Warte.«

Wir beobachten, wie Fin eine Dose Katzenfutter von Chloé herbeizaubert und Coleman eine Portion anrichtet. Dann stellt sie ihm ein Tellerchen direkt vor die schnuppernde Schnauze und ich schwöre, das Schweinchen sieht sie mit einem so blanken Gesichtsausdruck an, dass Pantomimen neidisch wären.

»Hast du mir nicht zugehört?«, frage ich und stelle die Schüssel auf den Fußboden, damit auch Coleman seine Schnauze darin versenken kann.

Fin beginnt zu kichern, dann begreift auch sie, dass ich keinen Scherz gemacht habe, und schmeißt sich ehrfürchtig vor Coleman auf den Fliesenboden. »Mr. Coleman, Sir? Es tut mir wahnsinnig leid! Kann ich etwas für Sie tun? Möchten Sie einen Kaffee?«

»Fin.« Das bin ich.

»Darf ich Ihnen ein Sandwich machen?«

»Fin!«

»Brauchen Sie einen Drink?«

»FIN!«

Wildes Hupen ertönt zeitgleich mit meinem letzten Ausruf und Puck nimmt sich endlich der Sache mit dem unbezahlten Taxitrip an, während ich nach weiteren essbaren Materialien suche und dabei auf die Marshmallow-Creme im Hängeschrank stoße.

»Also«, sagt der Wichtel, nachdem er wieder zu uns stößt und abwechselnd zwischen mir und Coleman hin und her sieht, den ich mittlerweile mit Weintrauben füttere. »Jetzt noch einmal ganz von vorn. Was ist an Halloween passiert?«

»Ich war mit Coleman essen. Leider saß ich im selben Hubschrauber wie er, als er entführt wurde. Wir konnten uns befreien, er wurde in ein Schwein verwandelt und erst das vierte Taxi wollte uns mitnehmen. An mir hat das aber nicht gelegen. Das ist eigentlich auch schon alles.«

»Entführt?«, will Puck wissen und beäugt Coleman aus sicherer Distanz, während Fin versucht, die Schweineschnauze mit einem Küchentuch zu säubern. »Von wem?«

»Oh.« Ich zucke beiläufig mit den Schultern und lasse mir Leitungswasser in ein Glas laufen. »Von Chris und seinen Leuten.«

Stille grüßt meine Worte.

»Aha!«, ruft Puck schließlich aus. »Ich wusste, dass der Kerl Dreck am Stecken hat!«

»Ich auch«, pflichtet Fin ihm bei und nickt eifrig.

Na klar! Plötzlich wollen alle seine kriminelle Ader schon im Vorfeld gespürt haben. Banausen.

»Ich möchte jetzt wirklich schlafen gehen«, sage ich müde und stelle die Marshmallow-Creme beiseite, aus der ich die ganze Zeit mit bloßen Fingern genascht und in die ich die Weintrauben hineingetunkt habe.

»Moment«, bringt Fin sich erneut ein und lässt von Coleman ab, nachdem er bereits mehrmals nach ihr geschnappt hat. »Was machen wir denn jetzt? Sollten wir nicht irgendwem Bescheid geben?«

Zustimmendes Gequieke aus Bodenhöhe dringt an unsere Ohren und irgendetwas Rosafarbenes rennt immer wieder gegen mein Bein.

»Bloß nicht!«, rufe ich und werde komisch angesehen. »Ich halte es für das Beste, wenn alle Welt denkt, dass Coleman noch immer verschollen ist. Die Entführer denken auch, er ist weg vom Fenster. Demnach ist er nirgendwo sicherer als hier bei uns.«

»Soll er für immer ein Schwein bleiben?«, fragt Puck.

»Wir könnten im Garten einen kleinen Stall bauen«, witzele ich und schreie auf, als mich etwas in die Wade beißt. »Aua! Ist ja gut. Das war nur ein Witz!«

Quiek, quiek, quiek! Quiek! Quiek, quiek!

»Was sagt er?«, fragt Fin und sieht Puck wissbegierig an.

»Woher soll ich das wissen?«

»Ich dachte, du sprichst alle Sprachen dieser Welt.«

»Er ist ein Schwein!«, ruft Puck aus.

Dies ist durchaus Antwort genug.

»Ich schlage vor, wir lassen Gras über die Sache wachsen«, versuche ich, eine Lösung zu finden. »In der Zwischenzeit suchen wir nach einem Gegenzauber und wenn die Zeit reif ist oder wir nicht mehr weiterwissen, vertrauen wir uns der Polizei an. Oder Colemans Leuten. Oder Scientology. Oder sonst wem. Aber das ist der letzte Ausweg, denn die werden ihn mit Sicherheit nur in irgendein Labor verfrachten und gruselige Experimente an ihm durchführen.«

Coleman protestiert trotz meiner Ausführungen weiter, springt wild auf und ab und hat vor lauter Aufregung schon Schaum um die Schnauze.

Ich sehe ihn flehend an, schließlich beruhigt er sich und ich nehme ihn dankend in meine Arme. »Kannst du ihn bitte im Waschbecken baden?«, frage ich und reiche ihn an Fin weiter, die sofort begeistert zustimmt.

Ich schleppe mich ins Badezimmer im ersten Stock. Auch noch durch die geschlossene Tür kann ich das Tohuwabohu hören, welches Coleman in der Küche veranstaltet.

Eine herrliche Dusche später will ich nur noch in mein Bett fallen, reiße jedoch sofort hellwach meine Augen auf, als ich Coleman auf meinem Kopfkissen liegen sehe.

Sehr süß.

»Nichts da!«, sage ich jedoch, hebe ihn mitsamt Kissen auf den Fußboden und kuschele mich in meine Bettdecke. »Du … also … *Sie* schlafen unten.« Ich wechsele wieder zur distanzierteren Anrede. Außerhalb der Verlies-Situation erscheint es mir unangemessen, Coleman zu duzen. »Und morgen überlegen wir uns, wie wir …«

Der Schlaf übermannt mich nun doch wie Schwefel und Feuer Sodom und Gomorra, kaum dass ich eine bequeme Position gefunden habe. Leise vor mich hin brummend, träume ich schon bald von Fledermäusen und Pferdeäpfeln und bemerke gar nicht, wie sich ein Minischweinchen erneut Zugang zu meinem Bett verschafft.

Baulärm reißt mich aus meinem Erschöpfungsschlaf, der mich bereits über zwölf Stunden gefangen hielt, wie ich mit einem schnellen Blick auf meine Nachttischuhr feststelle. Sonnenlicht flutet mein Zimmer. Es scheint ein herrlicher Novembertag zu werden, wäre da nicht dieser infernale Lärm, der vom Dachboden an meine empfindlichen Ohren dringt.

Was machen die da oben? Eine Asphaltdecke auffräsen?

Ich drehe mich auf die Seite und blicke in das grunzende Antlitz eines kleinen Schweinchens, welches genüsslich zusammengerollt in Kopfhöhe auf einem meiner zahlreichen Kissen liegt. Ich will augenblicklich lospoltern, als ich etwas bemerke.

Vorsichtig strecke ich meine Finger aus und taste über die warme Haut des kleinen Lebewesens.

»Faszinierend«, sage ich leise, doch diese ruhigen Worte reichen aus, um Coleman zu wecken, was der Schlagbohrer vorher nicht vermochte.

Verdutzt schreckt er nach oben und sieht mich aus dunklen Knopfaugen verschlafen an.

»Gut geschlafen?«, frage ich und stütze meinen Kopf mit einer Hand ab.

Coleman gibt ein zustimmendes Geräusch von sich und streckt sich genüsslich.

»Vielleicht auch irgendetwas Schönes geträumt?«

Erneute Zustimmung.

»Fällt Ihnen gar nichts Ungewöhnliches auf?«

Außer dass ich ein Schwein bin?, scheint Colemans schief gelegtes Köpfchen zu fragen.

»Es ist helllichter Tag«, helfe ich dem verwandelten Mann auf die Sprünge. »Und Sie sind nicht aus Stein.«

Wie von der Tarantel gestochen hüpft Coleman vom Bett und rennt zu meiner Balkontür, um sich die Sonne auf die Haut scheinen zu lassen.

Genießend steht er am Fenster, als ich mich aus dem Bett hieve und neben ihn trete. Ich kann es kaum nachfühlen, wie es sein muss, nach monatelanger Dunkelheit die Sonne wieder zu sehen. Großartig, nehme ich einfach mal an.

»Anscheinend hat der eine Fluch den anderen aufgehoben. Ist doch toll, oder?«

Coleman blickt zweifelnd zu mir auf, während das Fenster direkt vor seiner Nase beschlägt.

»Na ja, immerhin ein Anfang.«

Plötzlich scheint er abgelenkt, tippelt unsicher hin und her und stürmt schließlich quiekend in Richtung Flur. Ich beeile mich, ihm zu folgen, öffne neugierig die Tür und sehe dem Minischwein hinterher, wie es in den Gang huscht und förmlich die Treppe nach unten fliegt.

Ich folge ihm nicht gleich ins Erdgeschoss, sondern entledige mich erst noch meines dünnen Schlafshirts und schlüpfe in bequeme Sachen – weiter Pullover und luftige Hose. Dann schlurfe ich barfuß in die Küche hinab, wo diverse Bauarbeiter gerade dabei sind, sich Kaffee zu machen.

Ah, deswegen ist der Lärm in den letzten Minuten beinahe erträglich geworden.

»Die ist kaputt«, sage ich beiläufig, als einer bereits beginnt, sich fragend am Kopf zu kratzen, und ein anderer die Kaffeemaschine verteufelt.

Ich höre ihr enttäuschtes Murmeln, nachdem ich durch die Hintertür in den Garten trete und Puck auf der Gartenbank sitzen sehe. Ungefragt lasse ich mich neben ihn fallen.

»Hast du Coleman gesehen?«, frage ich leise, falls irgendwer in Hörweite sein sollte.

»Der ist in den Büschen«, bejaht Puck.

»Warum?«

»Weil er pinkeln musste.«

»Aha.« Was soll man dazu noch großartig sagen?

»Wie geht es dir?«, fragt Puck, ohne dabei in meine Richtung zu sehen. »Alles gut überstanden?«

Ich bemerke, dass er ehrlich besorgt ist, was sonst nur passiert, wenn ich mir seine Lieblingsbaseballmütze ausleihe.

»Alles prima«, nicke ich und meine es auch so.

Chris' Aussage zufolge war ich nie wirklich in Gefahr und das habe ich ihm auch geglaubt. Arglistiger Entführer hin oder her.

»Schön.«

Gemeinsam beobachten wir, wie Chloé Coleman aus den Büschen jagt und die beiden gemeinsam über die Wiese flitzen.

»Dabei könnte ich ewig zusehen«, meint Puck mit einem schelmischen Grinsen im Wichtelgesicht. »Meinst du, Chris taucht noch einmal auf?«

Ich zucke mit den Schultern, während Chloé mit der Pfote immer wieder nach Coleman schlägt. »Keine Ahnung. Vielleicht, wenn er erfährt, dass sein Opfer noch lebt.«

»Ob er sich noch andere Ziele auserkoren hat? Coleman ist nicht der Einzige, der für Geld seine Großmutter verkaufen würde.«

»Das würde er nicht tun«, nehme ich den Millionär in Schutz und denke, dass wir vielleicht doch lieber zur Polizei gehen sollten. Chris muss auf die Fahndungsliste, und zwar schnell.

»Ich rede ja auch von mir!«, ruft Puck aus und wir beide lachen.

Ich springe auf, als Coleman um den Stamm des Kirschbaumes rennt, um endlich aus Chloés Reichweite zu gelangen. Irgendwann ist ihm so schwindelig, dass er einfach umkippt und schwer atmend auf der Seite liegen bleibt, Chloé direkt über ihm.

»Chloé!«, ermahne ich die Katze und scheuche sie von ihm weg. Unschuldig mauzend sieht sie mich an, während ich Coleman an meine Brust hebe und wie ein Tierbaby verhätschelnd an mich drücke. »Böse Katze.«

»Genau«, pflichtet Puck mir bei. »Mit Essen spielt man nicht!«

Ich rolle mit den Augen und trage Coleman zurück zur Bank, während er ganz erbärmlich zittert. Ich habe mich noch nicht richtig gesetzt, als ein Klingeln an der Haustür einen Besucher ankündigt.

»Ich gehe schon«, murmele ich und nehme das Schweinchen mit mir. Beim Durchqueren der Küche kann ich gerade noch einen rülpsenden Bauarbeiter auf dem Treppenabsatz nach oben huschen sehen, der sich seine rutschende Hose hochzieht. Dennoch bleibt mir ein Blick auf sein Bauarbeiterdekolleté nicht erspart.

Igitt!

Schnell konzentriere ich mich wieder auf mein Vorhaben, die Haustür zu öffnen, und lasse meinen Blick auf ebendiese fallen. Abrupt bleibe ich stehen, als ich die Gestalt durch die milchige

Glasfront erspähe. Diese Silhouette würde ich unter Tausenden erkennen.

Ich wappne mich für eine Standpauke. Wenn Otis den weiten Weg bis zu mir nach Hause auf sich nimmt, muss es ernst sein. Doch noch eine dramatische Wendung im Fall Fred/Frank Miller?

Ich ignoriere den leichten Stich in meiner Brust bei dem Gedanken an Frank und öffne die Tür mit einer Hand, während ich Coleman unter meinen Arm klemme.

»Hi!«, sage ich so fröhlich wie möglich und strahle Otis an.

»Hey«, erwidert er und der Polizeicaptain bittet sich selbst herein, indem er einfach an mir vorbei und gleich bis in die Küche durchgeht.

Ich schließe die Tür hinter ihm, folge brav und warte, bis er sich am Küchentresen niedergelassen hat, bevor ich mich ebenfalls setze und ihn mit Fragen bombardiere. »Was gibt's Neu…«

»Ich bringe dir deine Tasche vorbei«, unterbricht Otis mich und knallt tatsächlich meine leicht lädiert aussehende Umhängetasche vor uns auf den Tresen. Die habe ich zuletzt gesehen, als ich noch mit Coleman im Helikopter saß.

Ich spüre, wie mir jegliche Farbe aus dem Gesicht weicht.

Scheiße.

»Danke«, zwinge ich mich, zu sagen, ziehe die Tasche auf meinen Schoß und entlasse Coleman somit aus meinen Armen. Dieser nutzt die Gelegenheit, krabbelt auf den Tresen und setzt sich abwartend zwischen uns, wobei er uns abwechselnd mit seinen viel zu klugen Kulleraugen mustert. »Die wurde mir kürzlich gestohlen.«

»Ist das so?«, fragt Otis nach und klingt wenig überzeugt. »Wir haben sie an einem Tatort gefunden. Unweit der Stelle, wo Robert Colemans Helikopter gefunden wurde. Du hast von seinem Verschwinden gehört?«

»Ja, schreckliche Sache«, sage ich schnell, während Coleman kurz gluckst.

Otis pflichtet mir nickend bei, dann bleibt sein Blick – für meinen Geschmack eine Sekunde zu lange – auf dem Minischwein haften. »Nettes Schwein. Wie heißt es?«

»Co…ralie wollte ich es nennen, aber dann habe ich festgestellt, dass es gar nicht weiblich ist. Also heißt es jetzt Bob.«

Gerade noch mal so die Kurve bekommen. Mental wische ich mir den Schweiß von der Stirn.

»Wie dein Goldfisch?«

»Kann ich mir besser merken«, meine ich schulterzuckend. »Soll ich dir Puck vorstellen? Er sitzt im Garten und sieht dem Gras beim Wachsen zu.«

Otis schüttelt nur den Kopf und sieht mich mit seinen grauen Augen wissend an. »Tess«, beginnt er dann und ich weiß, dass er weiß, dass ich irgendwie in die Chose involviert bin. »Hängst du in der Coleman-Sache mit drin?«

Ich antworte nicht, versuche, die Sache totzuschweigen, doch mein Plan geht nicht ganz auf.

»Tess!«, verlangt Otis mit Nachdruck und ich frage mich, was mich jetzt noch retten kann. Marsianer oder so.

»Unfreiwillig«, platzt es dann ganz von allein aus mir heraus und Otis setzt seinen ›Ich wusste es‹-Blick auf.

»Was weißt du über Colemans Verbleib?«, befragt er mich weiter. Fehlt nur noch, dass er gleich Notizblock und Stift aus der Innentasche seines Sakkos zieht.

»Er ist nicht mehr in der Hand der Entführer.«

»Wo dann?«

»Kann ich nicht sagen. Aber es geht ihm … ganz gut.«

Abwertendes Schnaufen erklingt aus der Schweineschnauze, aber wir ignorieren es.

»Wird er wieder auftauchen?«

»Das hoffe ich.«

Otis streicht sich mit der Hand über das Gesicht. Eine Geste, die ihn um Jahre älter wirken lässt. Ich bemerke gerade, dass ich ihm gar kein Getränk angeboten habe, als er sich bereits vom Küchenhocker schiebt und den Kragen seines Trenchcoats richtet.

»Ich gehe jetzt lieber, bevor du mir noch Einzelheiten erzählst und ich dich festnehmen muss.«

»Du vertraust mir doch, oder?«, will ich von Otis wissen.

Er dreht sich kurz zu mir, um mich am Kinn zu berühren. »Natürlich«, seufzt er und zwinkert mir aufmunternd zu. »Du weißt, ich würde dich sogar adoptieren, wenn deinen Eltern etwas zustoßen sollte.«

»Sehr beruhigend«, bemerke ich und male mit dem Finger Kreise auf den Tresen.

»Na dann«, verabschiedet sich Otis.

Ich folge ihm zur Haustür, jedoch nicht ohne mir vorher Coleman wieder unter den Arm zu klemmen und meine Tasche in die Küchenecke zu werfen.

In der halb geöffneten Tür bleibt Otis stehen. »Was macht dein Vorrat an Eisenhut?«, will er von mir wissen. »Du weißt, es sind nur noch acht Tage.«

Ich vergesse oftmals, dass Otis auch diesen Gendefekt hat, der mir schon so viele Schwierigkeiten bereitet hat. Einfach weil er damit so viel besser klarzukommen scheint, als ich es tue.

»Kolumbianische Drogenbosse wären neidisch, wenn sie so viel Kokain hätten wie ich Eisenhut«, antworte ich und damit ist alles gesagt.

»Gut«, spricht Otis, verzieht jedoch kurz das Gesicht, als ich die Drogenbosse erwähne. »Melde dich, wenn du was brauchst.«

»Mache ich.«

»Und besuch deine Eltern, wenn du die Stadt wieder verlassen darfst.«

»Ja«, presse ich voller Widerwillen hervor, während Otis Colemans Kopf tätschelt.

»Ein wirklich kluges Schwein«, bemerkt der Mittsechziger, während Coleman sich schüttelt, um seiner Hand zu entkommen.

»Hm«, mache ich nur, während Otis das Schweinchen weiterhin mustert, dann auf seinen Absätzen kehrtmacht und mit erhobener Hand zu seinem Wagen läuft, welcher direkt hinter Jimmy geparkt ist.

»Wir sehen uns an Thanksgiving!«, ruft er mir über seine Schulter zu.

Ich denke bereits jetzt mit Grauen an das jährliche Familienessen. Auf welche Katastrophe wir wohl in diesem Jahr zusteuern? Eine brennende Küche? Eine Schlägerei im Vorgarten? Hitzige Dispute beim Familienmonopoly? Ich bin gespannt.

Vielleicht kann ich ja doch noch spontan das Land verlassen, denn meine Reisesperre bedeutet nur eins: Das Essen findet bei uns statt …

Ich winke Otis' Wagen hinterher, als er das Fahrzeug in Bewegung setzt und aus meinem Sichtfeld steuert. Danach schließe ich die Tür und freue mich auf einen ruhigen und erholsamen Tag auf der Couch, als der Baulärm wieder aus dem Dachgeschoss erklingt und mir einen Strich durch die Rechnung macht.

Ich seufze leidend und sehe Coleman in die kleinen glänzenden Schweinchenaugen. »Dann kümmern wir uns mal um Ihr Problem.«

Quiek.

Kapitel 11

Hey«, grüßt Puck, als ich nach meinem kleinen Ausflug wieder in unser Wohnzimmer trete und meine Tasche lustlos von meiner Schulter gleiten lasse.

»Hey«, gebe ich zurück. Mein Blick schweift über die Szenerie, die sich mir bietet.

Quiek, grüßt auch Coleman, der mit Puck auf dem Fußboden über einem großen Blatt Papier brütet.

»Wie war es in der Bibliothek?«

»Wenig hilfreich«, antworte ich und wundere mich über die Buchstaben des Alphabets, welche Puck in Kreisform auf das Papier zeichnet. »Ich habe mich stundenlang durch Hunderte Bücher gelesen, aber effektiv nur herausgefunden, wie man einen verunglückten Liebeszauber rückgängig macht.«

»Praktisch.« Puck malt nun zwei kleine Kreise rechts und links neben das Alphabet, in welche er einmal ›Ja‹ und einmal ›Nein‹ schreibt.

»Eher nicht«, antworte ich. »Langsam beginne ich, zu glauben, dass es eine geheime Abteilung gibt, zu der Normalsterbliche keinen Zutritt haben. Dort werden bestimmt die Bücher mit den richtig fiesen Flüchen aufbewahrt.«

»Wie bei *Harry Potter*«, ergänzt Puck, setzt sich zurück auf seine Fersen und legt den dunklen Filzstift zur Seite.

»Ja, genau, wie bei *Harry Potter*. Was macht ihr hier eigentlich?«

»Nach was sieht es denn aus?«, fragt mein Mitbewohner und sieht mich entrüstet an, wobei er mit sich selbst ziemlich zufrieden wirkt.

»Nach einer Séance«, vermute ich, wobei mir jedoch nicht in den Sinn kommen will, welcher Dämon oder Poltergeist uns hier weiterhelfen könnte.

»Nein«, erwidert Puck, erhebt sich und wischt sich die Hände an seinem Shirt ab. »Stell Robert eine Frage.«

Ich sehe die beiden mit blankem Gesichtsausdruck an, während sie auffordernd zu mir emporblicken.

Also schön …

»Sind Sie gerade ein Minischwein?«

In Coleman kommt Bewegung und er hüpft aufgeregt immer wieder mit den Vorderklauen auf den Kreis mit dem Schriftzug ›Ja‹.

»Stell ihm noch eine Frage«, fordert Puck und klatscht dabei in die Hände.

»Haben Sie vor, ein Minischwein zu bleiben?«

Coleman macht sofort eine 180-Grad-Drehung, rast über das Alphabet und trampelt nun auf ›Nein‹ herum.

Wahnsinn.

»Toll, oder?«, möchte Puck Bestätigung und ich schleppe mich zum Sofa, lasse mich in die weichen Kissen fallen.

»Absolut«, gebe ich mein Bestes. »Und so revolutionär.«

Puck bemerkt meinen sarkastischen Unterton. »Hey! Nur weil du keinen Erfolg hattest, musst du deine schlechte Laune nicht an uns auslassen.«

Ich hebe meinen Kopf über die Lehne des Sofas und drehe mich zu den beiden um, welche schmollende Gesichter zur Schau tragen.

Das heißt, Puck schmollt. Bei Colemans Ausdruck im kleinen Schweinchengesicht bin ich mir nicht sicher, ob er einfach nur Blähungen hat.

»Tut mir leid«, entschuldige ich mich artig. »Meine Augen tun weh und ich habe Kopfschmerzen.«

»Dann hast du bestimmt einen Gehirntumor«, wirft Puck emotionslos ein.

Ich tue so, als hätte ich ihn nicht gehört. »Ich bin natürlich sehr froh, dass ihr euch über unser weiteres Zusammenleben solche Gedanken macht.«

Puck scheint besänftigt, denn er lockert seine vor der Brust verschränkten Arme und sieht mich verzeihend an. »Gut«, nickt er. »Dann stell Robert jetzt eine Frage, die er nicht mit Ja oder Nein beantworten kann.«

»Wie ist die Wurzel aus dreihundertsiebenundachtzig?«, frage ich, ohne zu zögern, und Pucks Miene verfinstert sich augenblicklich aufs Neue.

Coleman schnaubt verächtlich, dreht sich um und wackelt mit klappernden Klauen in die Küche, um durch die Katzenklappe nach draußen in den Garten zu verschwinden.

»Super, jetzt ist er beleidigt und pinkelt in unsere Petunien. Wenn nicht sogar noch Schlimmeres. Wenn sie deswegen eingehen, ist es deine Schuld.«

Na und. Mir egal.

»Dann kaufe ich eben neue. Oder wir reißen die Gewächse gleich ganz raus und besorgen uns endlich einen tollen Pool.«

Puck zieht scharf die Luft ein, weil ich nun in Erwägung ziehe, in seinem Garten eine derartige Baumaßnahme durchzuführen.

»Du Ignorantin«, straft er mich und wackelt ebenfalls von dannen.

»Mir egal«, nuschele ich und lasse mich, mit der Welt fertig, schwerfällig zur Seite fallen.

Wenig später gleite ich in einen traumlosen Schlaf und werde erst wieder wach, als Puck seinen allabendlichen Actionfilm genießt.

»Ich gehe ins Bett«, lasse ich ihn wissen und wanke schlaftrunken durch das Wohnzimmer. Die Lautstärke des Fernsehers ist so aufdringlich, dass ich meine eigene Stimme kaum hören kann.

Ich erhalte keine Antwort – eigentlich brauche ich auch keine – und schlurfe wie ein Zombie die Treppe empor, nur um Coleman erneut in meinem Bett vorzufinden.

»Och kommen Sie schon!«, rufe ich aus und betrachte das schnarchende Etwas, welches zusammengerollt auf meinem

Kopfkissen liegt. »Sie können nicht in meinem Bett schlafen. Runter jetzt!«

Ich versuche, den schlafenden Coleman, der sofort wach ist, kaum dass ich ihn berühre, von der Bettkante zu schieben. Allerdings rechne ich nicht mit seinen katzenartigen Reflexen und schreie auf, als er mich in die Hand beißt.

»Ich kaufe Ihnen ein ganz tolles Hundekörbchen, versprochen«, versuche ich es auf diese Art, doch Coleman weicht nicht von der Stelle. Resigniert gebe ich mich geschlagen. »Also schön«, stimme ich der neuen Schlafsituation zu. »Aber wehe, Sie pupsen mir ins Gesicht.«

Ich husche unter meine dicke Winterbettdecke und bette meinen Kopf ganz nah an seine Schweineschnauze.

Coleman grunzt zufrieden.

»Mein Name ist Tess Carlisle und ich würde gern mit Coral sprechen, Mr. Moore.«

Ich mache mir noch nicht einmal mehr die Mühe, mir einen falschen Namen auszudenken, als ich erneut das Mammutprojekt Teufelsliste angehe.

Ich höre meinem Gesprächspartner kaum noch zu, als er wie zu erwarten verkündet, dass er keinen Coral kennt.

Lustlos beende ich das hundertste Telefonat des heutigen Tages und sehe zu Coleman, der schmollend in einem Hundekörbchen in der Ecke meines Büros sitzt und seinem Wassernapf missbilligende Blicke zuwirft. Mit einem Bleistift streiche ich die zuletzt gewählte Nummer durch und wähle bereits die nächste.

»Hallo, Mrs. Moore«, höre ich mich sagen, als sich eine Frauenstimme am anderen Ende meldet. »Ist Coral zu sprechen?«

»Im Moment nicht, nein«, sagt die Dame, die so klingt, als hätte sie ein Reibeisen verschluckt.

Ich werde hellhörig, setze mich sofort aufrecht hin und höre auf, auf meiner Unterlage herumzukritzeln. »Wann kann ich ihn denn sprechen?«, will ich wissen und muss mich zusammenreißen, damit meine Stimme sich vor lauter Aufregung nicht überschlägt.

»Ihn?«, fragt meine Gesprächspartnerin verwirrt. »Coral ist meine Tochter. Wer ist denn da?«

Genervt unterbreche ich die Verbindung und streiche auch diese Nummer durch, während Coleman dazu übergegangen ist, mich kritisch zu beäugen.

»Sehen Sie mich nicht so an«, fordere ich und lümmele mich wieder auf meinen Tisch. »Ich kann auch nichts dafür, dass wir Ihren Fluch noch nicht brechen konnten. Ich gebe mir wirklich alle Mühe, aber irgendwann muss ich auch für die Agentur etwas erledigen.«

Coleman dreht mir seinen Hintern zu, reckt sein Ringelschwänzchen noch einmal in die Höhe und macht es sich schließlich im Hundekörbchen bequem.

Ich seufze, weil mir die Situation selbst nicht gefällt. Coleman ist jetzt schon fast eine Woche ein Schwein, von Chris und seinen Anhängern fehlt jede Spur und es verschwinden immer mehr Wirtschaftsbosse aus dem Südosten unseres Landes. Sehr verdächtig.

In jeder freien Minute durchsuche ich das Internet nach Informationen, besuche Foren, Hexenzirkel und war sogar schon auf einem Fachtreffen für Naturheilkunde. Nichts hat uns bei dem Unterfangen, Coleman wieder zurückzuverwandeln, weitergebracht. Nicht einmal die Segnung mit Weihwasser in der St. Joseph Church.

Vielleicht sollten wir unser Glück einmal bei einem Satanistentreffen versuchen. Obwohl sich bei diesem Gedanken ein ganz unschönes Bild in meinem Kopf zusammenbraut. Und dieses Bild beinhaltet Schweineblut, Opferdolche und eine Jungfrau. Vielleicht doch keine so gute Idee.

»Sheldon wäre auch eine Option«, überlege ich laut. Aber mir graut es bereits jetzt bei dem Gedanken, sein Geschäft betreten zu müssen, also schiebe ich dieses Vorhaben noch ein bisschen vor mir her. Bis zum Sankt-Nimmerleins-Tag oder so.

Plötzlich erhalte ich einen Rückruf, wie ich auf dem Display des Festnetztelefons feststelle, und bin froh, dass meine Überlegungen unterbrochen werden. Ich melde mich mit einem schlichten »Ja« und erkenne die Nummer im Display als eine von denen, die ich bei meiner heutigen Anrufaktion nicht erreichen konnte.

»Sie hatten bei mir angerufen. Hier ist Virginia Moore. Wer spricht da?«

»Mrs. Moore, danke für den Rückruf. Mein Name ist Tess Carlisle. Ich bin auf der Suche nach Coral. Können Sie mir sagen, wie ich ihn erreichen kann?«

»Coral?«, fragt Mrs. Moore, welche am Telefon klingt, als würde ihr Alter bereits weit jenseits der neunzig schrammen. »Der hat sich schon ewig nicht mehr hier blicken lassen.«

Sofort fällt mir der Stift aus der Hand und ich beginne, zu stottern. »S-S-Sie kennen Coral?«

»Natürlich«, erwidert die alte Dame. »Er ist doch mein Urenkel. Ich sehe noch heute vor mir, wie er früher mit den anderen Kindern aus der Straße über die Koppel hinter dem Stall galoppiert ist.«

»Können Sie mir sagen, wo ich ihn finden kann? Es wäre sehr wichtig.«

»Seit dem Tod seines Cousins hat er sich so verändert. Völlig zurückgezogen. Ich weiß nicht, wo er jetzt untergekommen ist.«

»Eine Telefonnummer würde mir schon reichen«, sage ich und hoffe das Beste.

»Tut mir leid«, meint die Dame, doch dann scheint ihr noch etwas einzufallen. »Oh, da wäre doch etwas. Meine Nachbarin meinte neulich, er würde sich immer im Warehouse District rumtreiben. Sie sieht ihn dort immer, wenn sie an der Julia Station in die Straßenbahn steigt.«

Eifrig notiere ich mir den Halt der Straßenbahnlinie und bin dankbar für diesen Hinweis, der mehr ist, als ich heute noch zu hoffen gewagt hatte. »Das hilft mir wirklich weiter. Haben Sie vielen Dank!«

»Sehr gern«, sagt die Frau ehrlich glücklich. »Wenn Sie ihn sehen, sagen Sie ihm doch bitte, dass er sich wieder einmal melden soll. Wir vermissen ihn alle wirklich sehr.«

Ich muss schlucken, als ich das hoffnungsvolle Flehen in Mrs. Moores Stimme höre. »Wird gemacht«, verspreche ich. »Alles Gute für Sie.«

Ich lege schnell auf, bevor meine Stimme bricht, und blinzele ein paarmal schnell hintereinander, um meine Augen davor zu bewahren, überzulaufen. Ich hasse Coral dafür, dass er seiner armen alten Urgroßmutter solchen Herzschmerz verursacht.

Schnell packe ich mein Zeug zusammen und stürme zu Fin in den Empfangsraum, welche so sehr erschrickt, dass sie fast ihre heiße Schokolade verschüttet.

»Ich muss jemanden observieren«, lasse ich sie wissen, als ich durch das Zimmer fege und bereits an der Eingangstür der Agentur bin. »Nimmst du Coleman mit nach Hause? Bis morgen!«

»Äääahhh«, höre ich sie nur noch machen und bin bereits auf dem Weg nach unten.

Ich fahre auf den Parkplatz des Riverwalk Outlets und parke, ganz nah an der Ecke Julia Street und Convention Center Boulevard, vorwärts in eine freie Parklücke ein. Ich stelle den Motor ab, lehne mich zurück und lasse meinen Blick über das Areal schweifen. Der Parkplatz ist nicht einmal zur Hälfte gefüllt, die Läden werden bald schließen und aus diesem Grund wird die ser Bereich rund um das Convention Center an einem Donnerstagabend bald sehr überschaubar sein.

Meine Finger wandern zu der Tüte voller Fast Food auf dem Beifahrersitz, greifen sich ein paar Stangen Chicken Fries, bevor sie auch ein Chicken-Parmesan-Sandwich zu fassen bekommen und ich das ganze ungesunde Zeug mit einem Strawberry-Banana-Smoothie hinunterspüle.

Eine halbe Stunde später ist mein Essen alle und ich langweile mich bereits jetzt zu Tode. Nicht einmal die Klassiker des Rock'n' Oldies Radios können mich jetzt noch motivieren. Also beschränke ich mich darauf, jeden Passanten auf der Julia Street genau zu beäugen, während ich versuche, dabei nicht einzuschlafen.

Mein Blick auf den Convention Center Boulevard ist ebenfalls fabelhaft, weswegen mir nicht entgeht, dass eine Menge Raser und Verkehrslichtanlagenmissachter unterwegs sind.

Ich schnalze missbilligend mit der Zunge, als ein es eilig habender Vampir bei Rot über den Fußgängerübergang marschiert, die wenigen Meter bis zum Eingang des Convention Centers überbrückt und schließlich im Inneren des spärlich beleuchteten Gebäudes verschwindet. Während ich mich wundere, was am heutigen Tag um diese Uhrzeit für ein Kongress stattfindet, finde ich es auch erstaunlich, dass das Convention Center einen monströsen Umfang von beinahe dreihunderttausend Quadratmetern hat, fast elf Blöcke umfasst und die Vorderseite des Hauptgebäudes über eine halbe Meile lang ist.

Noch während ich dies denke, folgt dem Vampir ein junges Pärchen, dessen Spezies ich nur erahnen kann, und ich setze mich aufrecht hin.

Was wollen die alle da drin? Immerhin ist es bereits nach Mitternacht.

Ich werde das Gefühl nicht los, dass hier gerade irgendetwas am Laufen ist. Und wenn mich mein Instinkt nicht täuscht, bin ich genau an Ort und Stelle, wo Coral von Mrs. Moores Nachbarin immer gesehen wird.

Ich warte noch weitere zehn Minuten, in denen eine Handvoll weitere zwielichtig aussehende Gestalten einfach so durch den Haupteingang des Centers marschieren, bevor ich voller Tatendrang aussteige, meine Lederjacke schließe und schnellen Schrittes – bei Grün! – über die Julia Street tippele, um in den Empfangsbereich des Convention Centers zu gelangen.

Als sich die Glastür mit einem dumpfen Laut hinter mir schließt, muss ich mich im Halbdunkel erst einmal zurechtfinden. Überall leuchten diese ulkigen Notausgangsschilder und ich kann in den verzweigten Gängen der Kongresshallen Stimmen hören.

Ich folge der dürftigen Notbeleuchtung, passiere Durchgänge, überbrücke einiges an Höhenmetern, indem ich Treppenabsätze überwinde, und finde mich schließlich vor einer offen stehenden Stahltür im dritten Stock wieder, welche sich als eine der vier Zugänge zum Theater erweist.

Ein Schild neben der Tür erklärt, dass im Inneren über viertausend Zuschauer Platz haben, um welcher Produktion auch immer lauschen zu können. Ich war schon einmal hier, als ich mit Puck bei einem Konzert seiner Lieblingsband war, wie mir gerade einfällt.

Vorsichtig spähe ich durch die Tür und ziehe meinen Kopf schnell wieder zurück. Im unteren Bereich der halbkreisförmigen und von Bestuhlung freigeräumten Bühne kann ich mehrere Gestalten erahnen, welche sich offensichtlich zum mitternächtlichen Stelldichein getroffen haben.

Schnell husche ich durch die Tür und gehe hinter der letzten Stuhlreihe in Deckung. Die Entfernung zu den vorderen Reihen ist leider so groß, dass nur kaum wahrnehmbares Gemurmel zu meinem Versteck empordringt, aber einer Sache bin ich mir trotz der Entfernung bereits gewiss: Da unten ist mindestens ein Zentaur anwesend.

Coral?

Ich verfluche mich dafür, dass ich meine Tasche nicht bei mir habe, oder wenigstens mein Telefon, denn dann könnte ich Otis jetzt fix eine Nachricht schicken, dass er auf schnellstem Weg die Kavallerie vorbeischicken soll.

Ach, was soll's.

Gerade will ich vorsichtig näher schleichen, als hinter mir Stimmen laut werden. Ich werfe mich schnell über die Stuhllehnen vor mir und drücke mich flach auf den Theaterboden zwischen den beiden Stuhlreihen, als zwei Personen durch die Tür treten. Ich kann ihre Beine unter den Sitzreihen hindurch die Treppe zur Bühne hinabschreiten sehen.

»Wenn Gemma den Zauber richtig ausgeführt hätte …«, greift gerade eine weibliche Stimme eine Unterhaltung wieder auf, wird jedoch von einer weiteren Dame unterbrochen.

»Sie hat ihn richtig ausgeführt. Irgendetwas hat ihn verunreinigt. Vielleicht die hohe Luftfeuchtigkeit, die in den Kellern herrscht.«

»Ein bisschen Kondenswasser hat nicht so eine Wirkung. Der Bastard sollte in Flammen aufgehen und sich nicht einfach völlig schmerzlos in Luft auflösen.«

Ich presse mich so nah an den dreckigen Theaterboden, dass ich den Dreck an den Schuhen der letzten Besucher förmlich fühlen kann. Gemächlich ziehen die beiden Neuankömmlinge an meiner Reihe vorbei und ich wage wieder, zu atmen.

»Dann lag es vielleicht an ihr. Vielleicht ist sie ja …«

»Warte mal«, wird nun die zweite Rednerin unterbrochen und ein vorsichtiger Blick, den ich ihnen nachwerfe, zeigt mir, dass es sich bei den Herrschaften um Vampire handelt.

Moment …

»Hörst du das?«

Beide Damen bleiben zwei Reihen weiter unten stehen und mir gefriert das Blut in den Adern, als sie sich wieder in meine Richtung wenden.

Scheiße.

»Da atmet doch jemand!«

Wie von der Tarantel gestochen springe ich auf beide Beine, erhebe mich so schnell, dass mir kurz schwarz vor Augen wird. »Gefunden!«, rufe ich triumphierend, halte eine nicht vorhandene Kontaktlinse in die Höhe und tue so, als ob ich die Anwesenden jetzt erst bemerken würde. »Oh, ist es schon so spät? Da habe ich ja ewig gesucht. Mein Mann wird schon auf mich warten. Können Sie mir sagen, wie wir am schnellsten auf die Interstate 10 kommen?«

Während meiner Plapperei schlüpfe ich schnell auf die Treppe und steuere, bereits rückwärtsgehend, den verheißungsvoll offen stehenden Ausgang des Theaters an.

»Nein? Nun gut. Einen schönen Abend wünsche ich noch.«

Ich drehe mich um und bemühe mich, nicht zu rennen, als ich einen Luftzug hinter mir spüre. Reflexartig wirbele ich herum, bin jedoch gegen die Vampirschnelligkeit völlig machtlos und kann nur wie in Zeitlupe zusehen, wie mir eine blonde Gestalt der Nacht mit beiden Handflächen gleichzeitig auf die Ohren schlägt.

Pressluft strömt in meine Gehörgänge und ich glaube, zu spüren, wie meine Trommelfälle platzen. Völlig orientierungslos taumele ich rückwärts, da auch mein Gleichgewichtsorgan etwas abbekommen hat.

Ich weiß nicht, wo oben und unten ist, fühle einen Widerstand im Rücken und verliere das Bewusstsein, als Schmerz in meinem Gesicht explodiert, als der Ellbogen des Vampirs auf meine Nase trifft.

Ich erwache mit schmerzverzerrtem Gesicht und hoffe, dass ich nicht kopfüber von einer Decke baumele, mir gleich einen Fuß absägen muss oder Ähnliches.

Ich hebe den Kopf und erkenne, dass ich im vorderen freien Bereich des Theaters liege, während die ein Dutzend anderen Anwesenden im Kreis um mich herumstehen. Meine Nase blutet und meine Ohren dröhnen, aber nicht so schlimm, wie ich es nach diesem Schlag erwartet hätte. Meine Trommelfelle scheinen noch intakt zu sein.

Ich sehe mich um und erkenne fast nur unbekannte Gesichter. Der Zentaur in der Runde ist nicht Coral, wie ich enttäuscht feststelle, als sich unsere Blicke treffen. Doch als mein Blick ein paar Personen weiter rutscht, schnaube ich abfällig.

»Du hättest es einfach dabei belassen sollen«, meint Chris und ich erhebe mich auf wackelige Beine. »Jetzt musst du leider sterben. Zu schade um dein hübsches Gesicht.«

»Was soll das?«, frage ich und gehe ein paar Schritte auf ihn zu, wobei ich mit den Armen eine allumfassende Geste beschreibe. »Habt ihr mit dem Verschwinden der Wirtschaftsbosse zu tun?«

Chris antwortet nicht sofort, sondern lächelt nur selbstgefällig, während seine Gefolgsleute stumme Zuschauer sind. »Die Welt wird schon bald eine bessere sein, wenn wir sie … gesäubert haben«, erklärt er schließlich. Ich zweifele ernsthaft an seinem Verstand. »Keine Kriege, kein Leid, Elend oder Kummer mehr. Das wünschen wir uns.«

Ich halte meinen Gesichtsausdruck neutral und gehe einen weiteren Schritt auf ihn zu. »Weltfrieden«, sage ich. »Das ist wirklich sehr löblich. Aber zu welchem Preis? Jeder von euch Verschleppte hat Familie und Freunde, die ihn vermissen. Der Kreislauf, den ihr so sehr zu durchbrechen versucht, wird auf diese Art nie enden. Chris, bitte. Lasst es einfach gut sein.«

»Bleib stehen!«, donnert seine Stimme durch die Halle und ich gehorche. Der Ausdruck in seinem Gesicht ist ernst, als er fortfährt. »Das könnte sonst wehtun.«

Seine Finger deuten in die Leere zwischen uns, aber ich glaube, zu begreifen, was er mir sagen will. Vorsichtig strecke ich meine Hand aus und nur wenige Zentimeter vor mir stößt sie auf ein unsichtbares Hindernis. Es fühlt sich an, als würde meine Handfläche gegen kaltes Glas drücken. Meine Finger kribbeln, je länger ich die Barriere berühre. Ich bin also gefangen in einem undurchdringlichen Schutzkreis.

Toll!

»Lieb von dir, dass du dich freiwillig opferst«, säuselt Chris, während ich die Hände abwartend in die Hosentaschen stecke. »Regina hätte es sonst getan.« Er zeigt auf eine schwarzhaarige Frau neben ihm. »Aber natürlich sind wir alle froh, wenn wir sie noch eine Weile bei uns haben. Richtig, Regina?«

Regina nickt und wie auf ein Zeichen fassen sich alle an den Händen.

»Mach dich bereit, Cupcake. Das wird ein Riesenspaß!«

»Wartet«, rufe ich und werde nun langsam wirklich panisch. »Wartet!«

Mein Herz pocht wie wild in meiner Brust, als ich versuche, zu begreifen, was hier soeben passiert. Ein Sprechgesang erhebt sich, noch während ich meine Gedanken ordne.

»*Ave, diabolus, morituri te salutant.*«

Opferung? Latein? Diabolus?

Ach du Heiland … Die wollen doch nicht etwa …

»*Te desideramus socium.*«

»Aufhören!«, versuche ich, gegen den Gesang anzukommen, und drehe mich dabei wild im Kreis, taste mit den Händen an der Barriere entlang, die mich daran hindert, wild schreiend davonzulaufen. »Ihr seid doch wahnsinnig!«

Andererseits … In wie vielen Fällen wurde berichtet, dass eine Teufelsbeschwörung tatsächlich funktioniert hat? Mir fällt nicht eine einzige ein, aber ich bin mir gerade nicht so sicher, ob das ein gutes oder ein schlechtes Zeichen für mich ist.

»*Surge ex flammis.*«

Ich riskiere einen Blick in das Zentrum des Kreises und nehme geschockt wahr, dass sich die Lichtverhältnisse geändert haben. Ein tiefes Gelb erhellt jetzt einen Großteil meines Gefängnisses und ein merkwürdiges Knistern liegt in der Luft.

»*Appare.*«

Ich fürchte, den Verstand zu verlieren, als sich wie aus dem Nichts Rauchschwaden materialisieren und über den Boden ziehen. Ängstlich drücke ich meinen Rücken mit aller Kraft gegen das Schutzfeld und bete, dass ich hier wieder lebend herauskomme.

»*Appare*«, wird unterdessen die unheimliche Beschwörung der geisteskranken Idioten immer lauter und sie beginnen, ihre Hände in die Lüfte zu heben. »*Appare! Appare! Appare!*«

Ein aufkommender Wind erfasst den immer dichter werdenden Rauch und wirbelt ihn in Kreisen durch das Innere des abgeschirmten Bereiches. Meine Haare fliegen wild umher und ich schließe schützend die Augen, als der Wind wirbelsturmähnliche Ausmaße annimmt. Die lateinischen Rufe erreichen ihren Höhepunkt und ich höre mich über all den Lärm hinweg angsterfüllt schreien.

Dann ist es plötzlich still, Gesang und Wind sind verebbt, und ich lehne immer noch an der unsichtbaren Wand. In Erwartung unsagbarer Pein wage ich kaum, zu atmen, geschweige denn, mich zu bewegen.

Ich kann nur ahnen, was mir gleich bevorsteht. Versklavung bis ans Ende aller Zeiten, Gefangene des Fegefeuers, nur eine weitere malträtierte Seele in der Unendlichkeit der Unterwelt.

Ich warte auf das Ende, aber es kommt nicht.

Prüfend öffne ich die Augen. Der Rauch hat sich gelegt. Leichter Schwefelgeruch weht zu mir herüber. Inmitten des sich auflösenden Rauches steht wider Erwarten kein höllischer Dämon und schon gar nicht der behornte Höllenmeister.

Seelenruhig und mit einer blassen Hand den letzten Rauch wegwedelnd, steht ein auf den ersten Blick völlig unscheinbar wirkender Mann im Zentrum des Geschehens.

Meine anfängliche Todesangst ist plötzlich wie weggeblasen. Mit offenem Mund beobachte ich, wie er sich umschaut. Sein stechender Blick gleitet in der Halle umher, während sein kurzes blondes Haar irgendwie lustig von seinem Kopf absteht und ihm somit einen leicht wirren Ausdruck verleiht. Er reibt sich die Hände und wischt sie dann an seinem grauen Flanellhemd ab, während er sich weiter im Kreis dreht.

Ich werfe einen Blick auf die Beschwörer hinter der Barriere und sehe alle ehrfürchtig erstarrt auf den Neuankömmling in seiner hellen Slim-Jeans blicken.

Dieser beendet seine Erkundung der Gegebenheiten gerade und sein Blick bleibt wie beiläufig auf mir liegen. Das Grün seiner Augen ist so intensiv, dass ich es auch auf die Distanz mehrerer Meter zwischen uns deutlich erkennen kann.

Sein Ausdruck bleibt neutral, während er mich mustert. Ich vergesse kurz, zu atmen, dann stiehlt sich ein Lächeln auf sein Gesicht.

»Oh, hallo«, sagt er freundlich und seine Stimme ist angenehm tief.

»H-Hi«, gebe ich zaghaft zurück, da mir alles andere unhöflich erscheint.

»Hast du mich gerufen?«, will er weiter wissen und ich bemerke erst jetzt das Katana, welches in einem Gurt über seinem Rücken hängt. Mir schwant nichts Gutes.

Vehement schüttele ich den Kopf, wobei mir sofort wieder schwindelig wird.

»Nein, das waren wir«, höre ich Chris' Stimme hinter mir.

»Ihr?«, fragt der Schwertträger spöttisch und zieht sogar die Augenbrauen in die Höhe. »Wer seid ihr Flitzpiepen überhaupt?«

»Wir brauchen Euren Beistand, oh Fürst der Unterwelt, Sohn der Verdammnis. Bitte helft uns, die Unwürdigen von dieser Welt zu tilgen, auf dass sie ewiglich im Höllenfeuer vergehen.«

Er hat den Verstand verloren.

Mein Blick wandert langsam in seine Richtung.

Er hat eindeutig den Verstand verloren.

Stille grüßt seine Worte, während das Gesagte immer noch und fast greifbar im Raum schwebt. Auf einmal lacht der Fremde so unvermittelt und schallend auf, dass nicht nur ich erschrocken zusammenzucke. Nachdem er sich wieder etwas beruhigt hat und bemerkt, dass niemand sonst darüber lacht, wird er ebenfalls ganz ernst, schaut überlegend in die Runde und wischt sich eine Lachträne aus dem Augenwinkel.

»Ihr meint das wirklich ernst, oder? Ich soll euch helfen, arme Seelen zu meucheln, damit ihr ein besseres Leben auf Erden habt?«

Einige Zuhörer nicken eifrig, während Chris nur kurz den Kopf neigt.

»Ihr wollt einen Teufel? Den kann ich euch geben. Halt das mal.«

Ehe ich mich versehe, steht er neben mir, streift sein Katana in einer fließenden Bewegung ab und drückt es mir in die noch immer zitternden Hände. Dann geht alles sehr schnell.

Explosionsartig ändert er seine Gestalt und eine Feuersbrunst wütet in der gesamten Halle. Menschen schreien, Vampire fauchen, Zentauren laufen panisch davon. Meine Augen tränen, als die Hitze über mir zusammenbricht, und ich glaube, zu verbrennen.

Ich erhasche einen kurzen Blick auf die grauenvollste Kreatur, die ich in meinem ganzen Leben je gesehen habe.

Sie ist groß, zornig, mit leuchtenden roten Augen, riesigen schwarzen Krallen und großen gebogenen Hörnern auf der kahlen Stirn.

Ihr Brüllen geht mir durch Mark und Bein und das peitschende Schlagen ihres Schweifs lässt mich zitternd in die Knie gehen. Faulige spitze Zähne geifern nach Blutopfern und als die Teufelsgestalt die arme Regina zu fassen bekommt, wende ich den Blick ab und warte nur noch das Unvermeidbare ab.

Sekunden später ist bereits alles vorbei. Mit einem Mal hat eine wundervolle Stille von dem Theater Besitz ergriffen und ich reiße die nassen Augen auf.

Wir sind allein, die Teufelsgestalt und ich sind komplett allein. Als sie mein entsetztes Gesicht bemerkt, wird ihr böser Blick plötzlich sonderbar weich.

»Oh, entschuldige«, sagt das Wesen mit dröhnender Stimme und verliert plötzlich an Umfang und Größe. Der Teufel schrumpft so lange, bis wieder der Mann vom Anfang vor mir steht und sich die letzten Flammen auf dem Ärmel ausklopft. »Besser?«

Hastig sehe ich mich um. Das Theater müsste in Trümmern liegen, Leichen müssten den Boden säumen, Blut und Brandflecken an den Wänden haften, doch ich sehe nichts dergleichen.

War das alles nur Einbildung? Ist der Teufel ein Meister der psychischen Manipulation?

»Wo sind alle hin?«, will ich wissen und bekomme kaum mit, wie mich jemand an der Hand packt und auf die Beine zieht.

»Ach die, die sind alle tot.«

Erschrocken reiße ich die Augen auf.

Der Teufel, der nur knapp einen Kopf größer ist als ich, lacht kurz auf. »Kleiner Spaß. Ich habe sie in die nächste Arrestzelle befördert. Der Polizeichef wird begeistert sein.«

»Du hast *was*?«, will ich wissen und drücke mich wieder gegen die immer noch bestehende Barriere, während ich mich an das Katana klammere.

»Sie sind alle weggesperrt und werden niemandem mehr etwas zuleide tun. Alle Entführten sind übrigens auch wieder wohlbehalten aufgetaucht.«

»Moment.« Ich reibe mir mit Mittelfinger und Daumen die Stelle zwischen meinen Augenbrauen. »Ich komme irgendwie nicht mehr ganz mit.«

»Danke.« Der Teufel nimmt sein Katana wieder an sich.

»Du bist der Teufel. Solltest du nicht böse sein?«

»Der Teufel ist nicht böse. Er bestraft nur die, die Böses tun. Das ist ein Unterschied.«

Ich kann mich nicht davon abhalten, zustimmend zu nicken, und beobachte gleichzeitig, wie er mir gefährlich nahe kommt.

»Übrigens«, beginnt er dann und plötzlich taucht ein Stofftaschentuch zwischen uns auf, »du hast da was.«

»Danke«, murmele ich baff und drücke mir das gereichte Taschentuch an die blutverschmierte Nase.

Ich beobachte, wie sein ausgestreckter Zeigefinger auf mein Gesicht zusteuert, doch irgendwie stimmt der Winkel nicht und er tippt etwas neben meinem Kopf an. Mit einem geräuschlosen Aufbäumen fällt die Barriere aufgrund seiner Berührung in sich zusammen. Ohne Rückenhalt und wild mit den Armen wedelnd, lande ich unsanft auf meinem Hintern, während sich der Teufel in Bewegung setzt und an mir vorbeizieht.

»Na gut«, höre ich seine Stimme hinter mir. »Jetzt, wo ich schon einmal da bin, kann ich auch gleich schauen, ob alles bereit ist.«

Irgendwie macht mich diese Aussage hellhörig. »Bereit für was?«, will ich daher wissen und drehe mich zu ihm um.

»Das Ende der Welt, Schätzchen. Das Ende der Welt.«

Kapitel 12

Ich sitze vor dem Convention Center im Auto, habe den Kopf auf das Lenkrad gestützt und frage mich, an welcher Stelle mein Leben so seltsam geworden ist.

Bin ich irgendwo falsch abgebogen?

»Kannst du mir das mit dem Ende der Welt noch einmal erklären?«, frage ich und löse dabei aus Versehen die Hupe aus, was mich hochschrecken lässt.

Ich sehe nach rechts auf den Beifahrersitz, wo mein aktueller Mitfahrer gerade wissbegierig im Handschuhfach wühlt. Sein Katana lugt jetzt zwischen seinen Beinen hervor und stößt fast an den Dachhimmel.

»War das so schwer zu verstehen? Die Welt wird untergehen«, erklärt er und zieht meine neongelbe Warnweste auf seinen Schoß. »Denn ich bringe Unheil über dieses Volk. Auf meine Worte haben sie nicht gehört und mein Gebot … Sie haben es verschmäht. Wachet auf, die ihr im Staube lieget. Die Toten werden unter den Lebenden wandeln und sie in Verdammnis stürzen. Denn wenn in der Hölle kein Platz mehr ist …«

»Schöne Predigt«, unterbreche ich leider nicht schnell genug, während der Teufel sich die Weste über die Schultern wirft.

»Was ist das? Eine Art ritueller Umhang?«

»Nein«, erwidere ich leicht genervt, verfrachte die Weste zurück an ihren Platz und ramme das Handschuhfach zu. Dann sehe ich den Teufel an, der völlig unschuldig aus der Wäsche blickt. »Jetzt bitte noch einmal ganz von vorn. Von welcher Jahreszahl sprechen wir? Wann wird denn die Zombie-Apokalypse über uns hereinbrechen?«

Der Teufel lacht auf und zeigt mit dem Finger auf mich. »Das ist wirklich lustig. Und um auf deine Frage zurückzukommen … Ich schätze mal, wir sprechen hier von etwa dreitausend Jahren, plus minus ein paar hundert.«

Jetzt lache ich. Ich hatte mir schon Sorgen gemacht, dass es morgen beginnt und ich Puck beibringen muss, dass wir Vorräte hamstern müssen.

»Alles klar«, nicke ich erleichtert und starte den Motor. »Wo darf ich dich rauslassen?«

»Irgendwo.« Der Fürst der Finsternis zuckt mit den Schultern, während wir vom Parkplatz holpern und ich auf den Convention Center Boulevard in Richtung Norden fahre.

Kurz frage ich mich, ob es wirklich eine so gute Idee ist, den Teufel auf die Welt loszulassen, aber was soll ich sonst tun? Es ist mir lieber, er ist irgendwo da draußen als bei mir auf dem Beifahrersitz.

Wir kreuzen die Poydras Street, als ich ihn frage, ob ich ›da unten‹ vielleicht auch eine Karteikarte habe. Rein interessehalber.

»Oh ja«, bestätigt er und sieht aus dem Fenster. »Und deine Weste ist nicht so rein, wie du vielleicht denken magst, Liebes.«

»Das würde ich niemals denken«, stelle ich schnell klar.

Er sieht mit offenem Mund lächelnd zu mir herüber. »Böses Mädchen«, zwinkert er mir schließlich zu und ich merke, dass meine Wangen zu glühen beginnen.

Ich bin froh, dass wir gerade auf die Canal Street abbiegen und ich ihn an der Straßenbahnhaltestelle vor dem Einkaufszentrum aussteigen lassen kann. Inwieweit ihn irgendein öffentliches Verkehrsmittel mit seinem japanischen Langschwert mitnimmt, ist zwar fraglich, aber ganz und gar nicht mein Problem.

»Eine Sache noch«, halte ich ihn zurück, als er bereits unaufgefordert aussteigt und sich auf dem schmalen Platz umsieht. »Du wirst doch nichts Blödes anstellen, oder?«

Er überlegt einen Moment und ich beuge mich weit auf den Beifahrersitz hinüber, um sein Mienenspiel erkennen zu können.

»Zum Beispiel?«, will er dann wissen und schultert sein Schwert.

»Keine Ahnung«, beginne ich. »Hamstern den Kopf abbeißen oder dich in einen Pudel verwandeln und einem Wissenschaftler und Akademiker Lebensglück bescheren, sodass du schließlich an seine Seele kommst. So was in der Art.«

»Ach so«, begreift mein Gesprächspartner und überlegt noch einmal kurz. »Nein, ich denke nicht.«

»Gut«, nicke ich zufrieden. »Dann noch viel Spaß bei … was auch immer.«

»Danke.«

Der Teufel schlägt die Beifahrertür zu und ich setze das Fahrzeug langsam in Bewegung. Im Schritttempo rolle ich die Canal Street entlang und sehe immer wieder in den Rückspiegel.

Die Silhouette des Teufels steht erst unschlüssig am Gleis der Bahn, dann geht er in das gläserne Wartehäuschen und setzt sich auf einen der unbequemen Stühle. Mein Blick fliegt zurück auf die Straße und ich beginne, auf meiner Unterlippe zu kauen.

»Weiterfahren«, sage ich mir selbst. »Immer schön weiterfahren.«

Ich passiere ein paar betrunkene Jugendliche, die lautstark grölen und sich dem Wartehäuschen nähern. Einer tut bereits so, als würde er ein zweihändiges Schwert schwingen.

»Ach, scheiß doch der Teufel drauf«, brumme ich laut und, wie mir erst später bewusst wird, völlig unangebracht. Dann prügele ich den Rückwärtsgang in die Gangschaltung meines Fahrzeugs und setze mit heulendem Motor zurück, vorbei an den Jugendlichen, und komme schließlich abrupt direkt vor der Haltestelle zum Stehen. Nach Herunterlassen des Fensters sehe ich zu dem verdutzt wirkenden einzigen wartenden Fahrgast der Nachtlinie.

»Steig ein«, rufe ich ihm zu.

Bevor ich es mir anders überlege.

Er zögert, setzt sich dann jedoch in Bewegung, ohne eine Frage zu stellen, und platziert sich wieder auf dem Beifahrersitz. Sein

Katana findet diesmal einen Platz auf dem Rücksitz und bevor ich das Fahrzeug wieder in Bewegung setze, warte ich, bis er sich ordnungsgemäß angeschnallt hat.

»Ich wollte doch die Bahn …«, beginnt er und gestikuliert in Richtung der Station hinter uns, während wir die Jugendlichen, die obszöne Gesten in unsere Richtung machen, erneut passieren.

»Ach, halt den Mund«, erwidere ich mutig und frage mich, was um Himmels willen ich jetzt mit dem Teufel anstellen soll.

»Also noch einmal«, erkläre ich flüsternd, während wir noch auf der Veranda stehen. »Kein Wort zu Puck über deine Herkunft, geschweige denn deinen Namen, dein Alter, deine Vorlieben, dein … Am besten sagst du gar nichts und ich überlege mir etwas.«

»Geht klar«, flüstert er zurück und ich bin froh, dass sein Schwert noch im Auto liegt.

»Alles klar«, spreche ich mir selbst Mut zu und atme tief durch. »Na dann los.«

Ich stoße die Haustür auf und sehe Puck auf seinem Stammplatz im Wohnzimmer, eine romantische Komödie schauend. Sein Blick erfasst uns sofort und ich sehe auch Coleman, der von Fin offenbar hierher gebracht wurde. Wie lieb von ihr.

»Wer ist das denn schon wieder?«, fragt der Wichtel, während das Schweinchen quiekt.

Eine haarsträubende Geschichte über entfernte Cousins und zufällige Begegnungen im Schwimmkurs liegt mir auf der Zunge, doch als ich in Pucks riesige fragende Augen blicke, stürzt mein ganzes Lügengeflecht in sich zusammen, noch bevor es das Licht der Welt erblickt hat.

»Das ist der Teufel! Chris und seine Anhänger haben ihn herbeigerufen, sodass er für sie unanständige Sachen macht, aber jetzt sitzen alle im Gefängnis und ich wusste nicht, wohin mit ihm, also habe ich …«

»An den kann ich mich noch gut erinnern«, sinniert Puck, ohne auf meine Erklärung einzugehen. »Der Teufel wurde früher im Kaspertheater immer gehörig verkloppt. Was für eine Witzfigur.«

»Hast du mir überhaupt richtig zugehört?«, frage ich und sogar Coleman scheint die Stirn in Falten zu legen.

»Hast *du dir* richtig zugehört?«, fragt Puck, während der Teufel neugierig das Festnetztelefon beäugt und eifrig auf ein paar Tasten drückt. »Das ist nicht der Teufel. Hat er dir das eingeredet? Hast du ihr das eingeredet?«

Puck wendet sich nun direkt an unseren unerwarteten Besucher, welcher nur unschuldig die Hände hebt, nachdem er gerade die Ansage unseres Anrufbeantworters gelöscht hat.

»Ich habe nie etwas dergleichen gesagt.«

Mir klappt der Mund auf.

»Du bist immer so leichtgläubig, T. C.«, jammert Puck und versucht, seinem Film zu folgen. »Da setzt man dir irgendeinen x-beliebigen Kerl vor die Nase und du siehst sofort das personifizierte Böse in ihm.«

Der Teufel ist nicht böse.

»Aber … aber … aber … Moment mal«, stottere ich. »Du hast doch … Du wurdest doch … Die haben dich doch … Wer zum Geier bist du?«

Der nun doch nicht Teufel kratzt sich verlegen am Kopf, während der Fernseher zeigt, wie sich Jennifer Aniston nur mit Hindernissen von ihrem filmischen Lebenspartner Vince Vaughn trennen kann.

»Der Teufel ist mehr oder weniger … mein Vater.«

»Wie kann man denn mehr oder weniger jemandes Sohn sein?«, fragt Puck mehr sich selbst, während mir alles zu viel wird und ich mich neben Coleman auf das Sofa setze.

»Und wieso bist du überhaupt im Beschwörungskreis aufgetaucht?«, will ich wissen, während Puck fragend auf meine blutverschmierte Nase zeigt.

Unser Gast scheint meine Frage irgendwie lustig zu finden, denn er kichert leise in sich hinein. »Immer wenn jemand versucht, meinen … den Teufel zu beschwören, schaue ich ab und an mal vorbei, um zu sehen, welche armen Idioten denken, dass sie tatsächlich den obersten aller Dämonen rufen können«, erklärt er uns dann.

»Aha«, lasse ich leise verlauten und lege meinen Kopf gegen die bequeme Rückenlehne, weil mir die Augen zuzufallen drohen.

»Du blutest«, weist Puck mich hin.

»Schon mehrere Tage«, kontere ich. »Aus meiner Vagina.«

»Bäh!«

»Erzähl Puck doch mal vom Ende der Welt«, schlage ich vor und ignoriere den angeekelten Ausruf des Wichtels.

»Oh, nicht doch«, wiegelt Puck sofort ab. »Wann ist es so weit? Morgen? Ich will meine Rubbellose doch noch abgeben.«

»Du hast noch dreitausend Jahre Zeit«, winke ich ab und gähne.

»Bis dahin kannst du noch viele Rubbellose kaufen«, ergänzt unser Gast.

Puck lacht triumphierend und hält ihm seine Handfläche für ein High Five entgegen, welches jedoch ignoriert wird. »Das üben wir noch«, meint mein Vermieter. »Hast du auch einen Namen, Kumpel?«

»Cryladradanialitek«, erklärt er uns und in meinen noch rauschenden Ohren klingt das irgendwie nach einer Krankheit.

Gesundheit.

»Cry-was?«, fragt Puck.

Der Wichtel entschließt sich dazu, den Fernseher auf stumm zu stellen, und bittet den Sohn des Teufels, Platz zu nehmen.

»Cryladradanialitek«, wiederholt dieser und kommt Pucks Aufforderung direkt nach, indem er sich neben mich und Coleman quetscht.

Coleman verzieht sich sofort an das andere Ende des Sofas und schaut skeptisch dreinblickend zu uns herüber.

»Interessant.« Cry-Dingens sieht zu Coleman hinüber. »Ist das ein verunglückter Fluch oder ist er gern ein Schwein?«

Ich bin sofort hellwach und richte mich kerzengerade auf. Auch Coleman wagt sich nach dieser Frage wieder etwas näher in unsere Richtung. Und er zittert auch nicht mehr wie Espenlaub.

»Kannst du das rückgängig machen?«

»Das erfordert Höllenmagie«, wird uns erklärt. »Auf die kann ich hier leider nicht zugreifen.«

»Das heißt also, wir müssten in die Hölle hinabfahren«, schlussfolgere ich.

»So ist es.«

»Ist schon mal jemand von da zurückgekehrt?«, fragt Puck und greift eifrig in die neben sich drapierte Chipstüte.

»Wenn man weiß, wie, ist es kein Problem«, erklärt Crylo… Cryli… des Teufels Sohn.

»Du weißt doch, wie das geht«, weise ich ihn hin und rücke ihm auf die Pelle.

»Ja, aber da will ich so schnell nicht mehr hin. Oh, Schaumküsse.«

Ich stutze und sehe zu Puck, der nur mit den Schultern zuckt, während unser Gast sich über die Süßigkeiten auf dem Sofatisch hermacht.

»Wieso denn nicht? Das ist doch dein Zuhause.«

Mit sich selbst zufrieden, lehnt er sich gemütlich zurück und schlägt die Beine übereinander. »Vielleicht gefällt es mir hier aber viel besser. Ihr Menschen, Wichtel und … Mischwesen seid so lustig, während ihr versucht, euren kurzen Leben einen Sinn zu geben.«

»Hm«, mache ich und wende mich an Coleman. »Keine Sorge, uns fällt schon noch etwas ein.«

Coleman schnauft angesäuert, springt vom Sofa und begibt sich in Richtung Treppe, um sich ächzend die Stufen nach oben zu quälen und in mein Bett zu schleichen.

Ich seufze leise.

»Und nun?«, will Puck wissen, während sein Film komplett vergessen ist. »Was hast du vor? Brauchst du eine Bleibe? Von was willst du leben?«

Ich runzele die Stirn. Ich denke nicht, dass ein Dämon sich über solche Sachen Gedanken machen muss, sage aber nichts.

»Ich weiß nicht«, antwortet besagter Dämon gerade und greift in seine Hosentasche, wo er einen dicken Batzen grüner Scheine quasi aus dem Nichts hervorholt. »Ich dachte, ich miete mir vielleicht ein Zimmer und …«

Pucks Augen quellen fast über, als er den Höllenspross unterbricht. »Ich lasse gerade Wohnungen auf dem Dachboden ausbauen. In ein paar Tagen ist alles fertig. Ein Gästebett steht schon bereit. Über den Preis können wir ja noch einmal verhandeln. Wenn du hier wohnen willst, sag einfach Bescheid.«

Entsetzt über Pucks Angebot, sehe ich den Wichtel mit großen Augen an. »In ein paar Tagen ist alles fertig?«, wiederhole ich seine Worte.

»Die Bauarbeiter haben gute Arbeit geleistet, während du eingekerkert warst«, meint er schulterzuckend und bekommt viele, viele, viiiele Geldscheine in die gierigen Hände gelegt.

Meine Befürchtung, dass diese sich bei Gelegenheit in Asche auflösen, behalte ich getrost für mich.

»Abgemacht«, sagt Crydada… ich geb's auf … und schüttelt vorsichtig die kleine Hand seines neuen Vermieters.

»Werde ich vielleicht auch gefragt?«, starte ich einen letzten Versuch, das Unvermeidliche vielleicht doch noch abzuwenden.

»Nein!«, entgegnet Puck harsch und ich ergebe mich meinem Schicksal. »Stell dir doch mal vor, was das für Vorteile hat.«

Ja, und besonders lustig wird es, wenn sein Dad sich dazu entschließen sollte, ihm mal einen Besuch abzustatten.

Ich schließe die Augen und denke, was für ein illustrer Haufen wir doch sind. Ein Wichtel, ein Schwein, das eigentlich gar keins ist, der Sohn des Teufels und … na ja … ich eben.

Als ich am nächsten Morgen in die Küche trete, dringt schallendes Gelächter an mein Ohr, unterlegt durch freudiges Quieken.

»Was ist denn hier los?«, frage ich verschlafen und beobachte die drei Männer, die am – beziehungsweise in Colemans Fall: auf – dem Küchentresen stehen und die morgendliche Ausgabe der *The Times Picayune* studieren, während sie an einem Getränk schlürfen.

»Nichts«, antwortet Puck viel zu schnell. »Wir haben nur über einen dreckigen Witz gelacht.«

»Aha«, mache ich und wundere mich, warum es hier nach einem koffeinhaltigen Heißgetränk riecht.

»Wusstest du, dass Danial noch nie auf einem Konzert war?«

»Danial?«, will ich wissen und gehe gar nicht erst auf Pucks Frage ein.

»Ja«, nickt dieser mit Nachdruck und sieht mich an, als wäre ich mit der Muffe gepufft.

Sogar Coleman rollt mit den Augen.

»Ist das ein Spitzname für Crydada… Tatra… Kacka… Danial ist super! Viel leichter zu merken.« Ich klopfe auf Danials Schulter. »Ist das Kaffee?!«

»Ja«, bestätigt Danial, welcher heute ein dunkles Shirt über einer hellen Leinenhose trägt, und nippt bestätigend an seiner Spongebob-Schwammkopf-Tasse.

»Wo habt ihr den her?«, frage ich weiter, weil auch Puck und Coleman begierig Koffein zu sich nehmen, was bei Coleman jedoch sehr ulkig aussieht, denn er benutzt einen Strohhalm.

»Wir haben eine Maschine.« Puck deutet hinter sich und sieht mich dabei an, als wäre ich nicht ganz dicht.

»Die war doch kaputt«, werfe ich ein und alle verfallen in dämliches Grinsen.

»Danial hat sie repariert«, erklärt mir Puck und mein Kopf schießt zu unserem neuen Untermieter, der eine Hand erhoben hält und mit den Fingern wackelt.

»Magische Hände«, verkündet er.

Ich denke ganz kurz an etwas Unanständiges, bevor ich mich räuspere und mir Colemans Tasse greife. Dieser quiekt ganz aufgeregt, als ich den Strohhalm entferne und vor seine Nase werfe. Ich bin mir wirklich nicht sicher, ob so viel Koffein gut für ein derart kleines Schweinchen ist.

»Der ist gut«, staune ich, nachdem ich einen Schluck genommen habe. »Hast du sonst noch etwas damit gemacht?«

»Betriebsgeheimnis«, meint Danial kryptisch und grinst in seine Tasse.

»Okay«, wispere ich und gebe Coleman seine Tasse zurück, stecke sogar den Strohhalm wieder hinein und wende mich zum Gehen. »Ich hau ab.«

»Es sei dir gestattet«, verkündet Puck geschwollen. »Und keine Sorge, wir wollen weder deine Seele noch dein Erstgeborenes.«

Der Wichtel lacht laut und hält seine Hand erneut zu einem High Five erhoben. Diesmal schlägt Danial ein und ich wundere mich wirklich sehr, ob hier vielleicht irgendwelche Drogen im Umlauf sind. Schnell suche ich das Weite.

In der Agentur begrüßt Fin mich freundlich und sieht mich auffordernd mit großen Katzenaugen an.

»Was ist?«, frage ich vielleicht einen Tick zu unhöflich.

»Alles in Ordnung?«, will meine Assistentin wissen und hört sogar auf, an ihrer getrockneten Katzenminze zu knabbern.

»Ja«, bestätige ich schnell und will eilig in meinem Büro verschwinden, doch Fin löchert mich weiter.

»Keine besonderen Vorkommnisse?«

Skeptisch dreinblickend bleibe ich stehen. »Hat Puck angerufen?«, will ich wissen.

»Ja«, bestätigt das Katzenmädchen meine Vermutung und geht nun dazu über, Salzstangen zu kauen und über ihre Tastatur zu krümeln. »Er hat mir aufgetragen, auf dich aufzupassen.«

»Aha«, brumme ich und bemerke, dass mir das in letzter Zeit öfter passiert.

»Er sagt, wenn du noch mehr Fremde mit nach Hause bringst, habt ihr bald ein Platzproblem.«

»Ich habe nicht vor, noch mehr Fremde …«, beginne ich genervt und unterbreche mich dann selbst. »Mist. Ich wollte doch bei Sheldon vorbeischauen.«

»Du willst da freiwillig rein? Warum?«

Vor lauter Staunen und Entsetzen fällt Fin eine Salzstange aus dem geöffneten Mund.

»Wegen Coleman«, erkläre ich und begebe mich langsam wieder auf den Weg in Richtung Treppenhaus. »Ich habe Angst, dass er sich irgendwann von der Teppichkante stürzt, wenn er noch lange ein Schwein bleibt.«

»Hm.« Fin nimmt gelangweilt ihre Arbeit wieder auf. »Und deshalb willst du dich gleich in die Höhle des Löwen begeben? Eine Teppichkante ist jetzt nicht *so* hoch.«

»Fihin!«, ermahne ich sie und öffne die Tür.

»Jaja«, tut sie es ab und grinst mich frech an. »Ich weiß schon, was du meinst.«

Ich werfe ihr noch einen Blick zu, dann mache ich mich todesmutig auf den Weg nach unten und schaue vorsichtig in das kaum angemessen beleuchtete Dunkel von Sheldons Räumlichkeiten.

Ich spreche mir Mut zu und setze langsam einen Fuß über die knarzende Türschwelle. Sofort brennt mir penetrant duftender Rauch in den Augen und ich muss angestrengt blinzeln, um etwas erkennen zu können. Offensichtlich haben sich ein paar Touristen hierher verirrt, schlendern neugierig durch den Laden und kichern über die rituellen Masken, welche hier und da von der Decke baumeln.

Ich kann Sheldon nirgendwo sehen, also stelle ich mich an den Tresen, was mir das Klügste zu sein scheint, wenn man auf einen Verkäufer wartet.

Mein Blick huscht über die Regale, wobei er nur so lange wie nötig an den einzelnen Utensilien des Shops hängen bleibt. Nicht, dass die bösen Geister noch durch reinen Blickkontakt in mich eindringen oder so.

Dabei erspähe ich allerhand Kerzen, Öle, Kräutermischungen, fertig gepackte Boxen für diverse Rituale oder eben Voodoo-Puppen. Bücher stehen neben in Glasbehältern aufbewahrten leuchtenden Zauberutensilien und afrikanischer und haitianischer Kunst, während Sheldon auf einer einfachen Pappe neben der uralten Registrierkasse auch spirituelle Beratungen anbietet. Ich sehe Schmuck, Gegenstände, mit denen ich nichts anfangen kann, und bin sehr erstaunt darüber, dass ich sogar weiß, was diese komischen Orisha-Kerzen sind – Glaskerzen für besonders starke …

»Wah!«, erschrecke ich, als Sheldons wippende Dreadlocks plötzlich hinter dem Tresen auftauchen und der Besitzer des Ladens eine ausgestopfte Kröte neben die Kasse knallt.

»Tag auch«, grüßt er in seiner typisch verträumten Sheldonmanier und sieht mich mit geröteten Augen an.

»Ich bin schon wieder nicht barfuß, ich weiß«, sage ich schnell, bevor er mir wieder vorschlägt, was ich gegen meine dunkle Aura tun kann.

»Kein Problem«, haucht er und wirft sich theatralisch eine Dreadlock über die Schulter. »Bei Ihrer Aura würde mittlerweile auch *das* nicht mehr viel helfen.« Sehr beruhigend. »Aber ich habe hier einen passenden Reinigungszauber …«

»Nein danke«, wiegele ich schnell ab, bevor er mir einen hervorgezauberten Glaskolben mit dunkler Flüssigkeit unter die Nase halten kann. »Ich bin eigentlich wegen einer anderen Angelegenheit hier.«

Sheldons Augen erhellen sich in einem Moment der Klarheit. »Oh, Sie sind wegen der Voodoo-Puppen hier. Kaufe drei für zwei«, schlussfolgert er und ich muss erneut vehement verneinen, während ich mich wundere, weshalb Sheldons Tattoo auf seinem rechten Oberarm – oder war es doch der linke? – nun komplett verschwunden ist.

»Auch deswegen bin ich nicht hier«, sage ich schlicht und schaue mich im Laden um, ob auch ja niemand in Hörweite ist.

»Zeig ihr die haitianischen Cha Chas, die Cha Chas!«, erklingt eine Stimme, deren Herkunft ich nicht deuten kann.

Ich sehe Sheldon mit großen Augen an. Er kann es nicht gewesen sein. Die Stimme war weiblich. Und sie klang alt. Sehr alt.

»Haben Sie Interesse an unseren Cha Chas?«, fragt Sheldon, dem die Stimme aus dem Nichts keinerlei Sorgen zu machen scheint.

»Nein?«, sage ich vorsichtig, aber es klingt wie eine Frage.

»Vielleicht will Sie einen Traumfänger«, sagt die Frauenstimme erneut. Ich bin mir ziemlich sicher, dass ich sie mir nicht einbilde.

»Ich möchte auch keinen Traumfänger«, entgegne ich eilig, während die immer noch kichernden Touristen unterdessen den Laden verlassen.

»Frag sie noch mal, ob …«

»Still jetzt!«, ruft Sheldon, dreht den Kopf zur Seite und schimpft mit seiner eigenen Schulter, was ich nur auf das äußerste verwirrt stumm beobachten kann. »Du vergraulst uns ständig die Kunden. Halt dich einfach mal zurück.«

Fassungslos beobachte ich, wie die unter die Haut gestochene Tinte über Sheldons Schulter gewandert kommt, das zweidimensionale Bild der Hexe sich auf Höhe seines Schlüsselbeins niederlässt und mich an…blinzelt.

Ein wenig neben mir stehend, zeige ich unhöflich auf das wandernde Kunstwerk unter Sheldons Haut und glaube, die Antwort auf seine vermeintlichen Selbstgespräche gefunden zu haben. »Das ist ein Tattoo«, äußere ich hochintelligent und blinzele mittlerweile fast so oft, wie ein Kolibri in der Minute mit den Flügeln schlägt.

»Ja«, bestätigt Sheldon, während die Hexe mit der Zunge schnalzt und die Augen verdreht.

»Es spricht«, merke ich an, als ob Sheldon dies noch nicht bemerkt hätte.

»Ja«, sagt er erneut emotionslos und als wäre dies eine völlig alltägliche Tatsache.

Ich muss mich aufgrund dieser Erkenntnis kurz sammeln, starre auf die zurückstarrende Körperkunst und sehe Sheldon noch immer nicht in die Augen, als ich bereits leicht stotternd anfange, mein Anliegen vorzutragen.

»I-Ich brauche Hilfe bei einem verunglückten Fluch.« Endlich schaffe ich es, meinen Blick von der Hexe loszueisen, die mich auf eine gruselige Art anfunkelt und plötzlich verdächtig ruhig ist. »Nehmen wir einmal an, ein Bekannter wurde in ein Tier verwandelt …«

»Welches Tier?«, unterbricht Sheldon mich.

»Ein Schwein«, antworte ich und will meine Erzählung bereits wieder aufnehmen, als er mich durch eine weitere Frage davon abhält.

»Was für ein Schwein?«

»Ist das wirklich wichtig?«

»Pustelschwein? Pinselohrschwein? Warzenschwein? Bartschwein? Wildschwein?«

»Buschschwein?«, wirft nun auch die Hexe ein und ich bin vollends überfordert, während mein Blick zwischen ihr und Sheldon hin und her gleitet.

»Hausschwein«, nehme ich einfach einmal an. »Minihausschwein wahrscheinlich, denn er ist so was von klein.«

»*Sus scrofa domesticus*«, erläutert Sheldon mir den wissenschaftlichen Namen, wie ich annehme, und deutet mir, fortzufahren.

»Er ist also jetzt ein Minischwein. Und natürlich möchte er das nicht sein. Kann man da irgendetwas machen?«

»Hm«, machen Sheldon und die Hexe gleichzeitig, während sich beide das Kinn reiben.

»Was für eine Art Zauber war es?«, will Sheldon wissen.

»Ich weiß nicht genau. Er war in einer Phiole aufbewahrt. Er wurde wohl durch etwas verunreinigt und hat seine eigentliche Wirkung dadurch verfehlt.«

»Aha«, macht die Hexe und schiebt sich mit erhobenem Finger in Richtung Sheldons Brustbein. »Durch was wurde es verunreinigt?«

»Ein Haar, nehme ich an«, sage ich wahrheitsgemäß und erinnere mich daran, wie die geöffnete Phiole an meinem Kopf vorbeisegelte.

»Gab es bereits einen Vorfluch?«

»Ja!«, rufe ich aufgeregt, weil ich glaube, dass wir der Lösung endlich näher kommen.

»Aaahhh«, raunen beide erneut gemeinsam, während ich vor Anspannung fast über den Tresen springe.

»Was? Was ist?«

»Da kann man leider gar nichts machen«, holt Sheldon mich auf den Boden der Tatsachen zurück und sogar die Hexe schüttelt betrübt den Kopf. Enttäuscht lasse ich die Schultern hängen. »Um diese Art der verflochtenen Flüche zu brechen, muss man eine Station tiefer gehen, wenn Sie verstehen.«

Was soll ich denn im Keller?, denke ich, weil meine Synapsen scheinbar bei dem letzten Schlag auf den Kopf etwas abbekommen haben. Doch dann begreife ich.

»Oh«, sage ich gefrustet. »Und einen Fahrschein in die Hölle kann ich hier nicht zufällig käuflich erwerben?« Ich lache gespielt, ernte jedoch nur ernste Gesichter und habe mich schnell wieder im Griff.

»Ich wüsste nicht, weshalb da jemand freiwillig hinwill«, grübelt Sheldon und driftet gedanklich bereits wieder ganz weit weg. Das zumindest sagen sein unsteter Blick und die Weitung seiner Pupillen.

»Ich auch nicht so richtig«, murmele ich mehr zu mir selbst, habe jedoch noch eine Idee. »Gibt es nicht vielleicht noch einen Voodoo-Kollegen, der mir weiterhelfen kann?«

Ich sehe zu Sheldon, Sheldon sieht zu mir, nimmt mich jedoch nicht wirklich wahr, auch nicht, als ich mit den Fingern schnippe.

»Schätzchen«, redet nun das Tattoo mit mir, während es in Sheldons Gesicht huscht und dadurch seltsam verschroben aussieht. »Wenn ich du wäre, würde ich es dabei belassen. Es gibt schlimmere Dinge, als ein Schwein zu sein.«

Den Satz muss ich mir merken.

Vielleicht sollte ich aber auch mal die Voodoo-Shops im French Quarter abklappern.

»Danke«, flüstere ich und will gerade gehen, als wieder Bewegung in Sheldon kommt.

»Darf es noch eine Voodoo-Puppe sein?«

»Nein danke.«

»Wir haben gerade ein Angebot: drei zum Preis von zwei.«

»Wirklich nicht.«

»Ich kann Ihnen auch ein Bonusheft …«

»Also schön, her mit den Puppen!«

Vierundneunzig Dollar ärmer und mit einer dünnen Plastiktüte ums Handgelenk, marschiere ich die Treppe wieder nach oben.

Diese Preise sind ja der reine Wucher! Kein Wunder, dass das Geschäft so schleppend zu laufen scheint.

»Da bist du ja wieder!«, ruft eine Blumen gießende Fin, als ich die Agentur wieder betrete. »Ich wollte schon die Kurzwahltaste eins benutzen.«

Sehr witzig.

Ich weiß, dass die Notrufnummer der Polizei darunter gespeichert ist, lasse ihren Witz sonst aber unkommentiert.

»Da«, sage ich zu Fin, nachdem ich eine Voodoo-Puppe in ihrer sargförmigen Verpackung aus der Tüte gekramt und ihr auf den Schreibtisch gestellt habe, direkt neben den Buchsbaum. »Schenke ich dir.«

Fin wirft nur einen kurzen Blick darauf und zieht eine Schnute. »Ein Liebeszauber wäre mir lieber gewesen«, nuschelt sie und ich werde hellhörig.

»Ach«, beginne ich und schiebe mich ganz nah an sie heran. »Für wen denn? Auf wen hast du ein Auge geworfen? Ist er niedlich?«

»Nicht für mich«, sagt sie schnell, schiebt sich wieder hinter ihren Schreibtisch und öffnet ihr E-Mail-Programm, um neu eingegangene Nachrichten zu beantworten.

»Soso«, säusele ich, weil ich ihr nicht ganz glauben mag, und kann mich gerade noch davon abhalten, ihr meinen Ellbogen in die Seite zu piksen.

»Er ist für eine Freundin, die unsterblich in so einen Typen verliebt ist.«

Ich erkenne, dass sie die aufgerufene E-Mail überhaupt nicht liest, weil sie ständig von unten nach oben scrollt und wieder zurück.

»Aber ihre Liebe steht unter keinem guten Stern, weil er jetzt ein Schwein ist und …«

Ich schlage ihr gegen den Oberarm und sie verfällt in lautes Gelächter. Kopfschüttelnd, aber schmunzelnd ziehe ich von dannen und versuche, es mir an meinem eigenen Schreibtisch bequem zu machen.

Erst liebäugele ich mit der Idee, mich an einer Voodoo-Puppe zu probieren, dann stopfe ich den gesamten Beutel jedoch ungeöffnet in meine Umhängetasche und nehme mir eine Fallakte vor. Norbert Fitzgerald, Trickbetrug und mehrere Taschendiebstähle, wohnhaft in …

Mein Blick gleitet immer wieder zu der Drehkartei neben meinem Bildschirm, obwohl ich nicht sagen kann, warum. Gedankenverloren ziehe ich die Aufbewahrung für Adressen und Visitenkarten zu mir heran und schaue, von hinten angefangen, lustlos jeden Buchstaben durch.

Bei B angekommen, fällt mir sogleich Colemans schlichte Visitenkarte auf die zerkratzte Schreibtischplatte.

Ach ja, B wie Blödmann.

Unschlüssig starre ich auf die Mobilfunknummer, welche in feinen Linien auf die edle Karte gedruckt ist. Ich überlege erneut, für was das S in seinem Namen wohl steht, und schon wähle ich die Nummer, klemme mir den Telefonhörer zwischen Ohr und Schulter und lasse mich in meinem Stuhl zurückfallen.

Ich hatte erwartet, dass die Nummer nicht zu erreichen ist, sofort eine Mailbox anspringt oder eine Computerstimme verkündet, dass die gewünschte Nummer nicht mehr existiert. Umso überraschter bin ich, als ein Freizeichen ertönt und jemand das Telefonat sehr schnell entgegennimmt.

»Sir?«, fragt eine raue männliche Stimme am anderen Ende. Ted, wie ich sofort zuzuordnen weiß.

Ich bedecke die Sprechmuschel mit meiner Hand, um zu verhindern, dass Ted mich atmen hört.

»Sir, sind Sie das? Das ist die Notfallnummer. Die hat sonst nur …«

Ich lege sofort auf.

Wieso gibt Coleman mir eine Visitenkarte mit seiner Notfallnummer?

Unschlüssig und mit der Gesamtsituation etwas überfordert, trommele ich mit meinen nicht manikürten Nägeln auf der Tischplatte, während es in meinem Kopf zu dröhnen beginnt.

Hatte ich heute überhaupt schon eine Portion Eisenhut? Ich kann mich nicht erinnern. Welcher Tag ist heute eigentlich?

»Fin!«, rufe ich durch die geschlossene Tür und zucke aufgrund meiner eigenen Lautstärke zusammen. »Machst du mir bitte eine heiße Schokolade?«

»Wird gemacht«, höre ich ihre leise Stimme antworten und fasse einen Entschluss.

Ich hämmere auf die Wahlwiederholung und warte noch nicht einmal ab, bis sich der Halbvampir nach erneuter Annahme des Gesprächs meldet.

»Hi, Teddy.«

Kapitel 13

Mit mir zufrieden, fahre ich die Loyola Avenue in Richtung Süden. Trotz meiner wachsenden Kopfschmerzen trommele ich fröhlich mit den Fingern im Takt eines aktuellen Hits im Radio auf das Lenkrad und summe leicht mit.

An der Ecke Girod Street passiere ich einen am Grünstreifen stehenden Streifenwagen, welcher mir fast augenblicklich mit kurz aufheulender Sirene folgt und auch seinen Lichtbalken aufleuchten lässt.

Meine gute Laune verfliegt nur ein bisschen, da ich mir absolut keiner Schuld bewusst bin. Diesmal bin ich definitiv nicht zu schnell unterwegs.

Ich fahre noch ein paar Meter, setze den Blinker und biege brav auf den Parkplatz des Current Watermarks unweit des Mercedes-Benz Superdomes, wo heute Abend ein Konzert stattzufinden scheint, weil jeder Parkplatz im Umkreis von drei Kilometern besetzt ist. Aber auch das unterschwellige Dröhnen, welches durch die halbe Stadt donnert, könnte ein Indiz für Marilyn Manson sein.

Ich bleibe halb in der Einfahrt des Parkplatzes stehen und der Streifenwagen setzt sich hinter mich, Flucht unmöglich. Also kurbele ich das Fenster auf der Fahrerseite herunter und stelle den Motor ab. Sofort schallt der eingängige Rhythmus von *Sweet Dreams* an meine Ohren, als der Police Officer aus seinem Wagen steigt und seine Taschenlampe mich blendet.

Ich überlege, wann ich zuletzt meine Fahrzeugpapiere gebraucht habe, und sehe mich schon breitbeinig vor der Motorhaube stehen, als eine vertraute Stimme meinen Namen sagt.

»Guten Abend, Ms. Carlisle.«

Ich blinzele ein paarmal, um die Lichtpunkte auf meiner Netzhaut loszuwerden, und sehe zu dem jungen Mann empor, der mich so nett begrüßt.

»Officer Blake, guten Abend«, erwidere ich gut erzogen und lächele neutral.

»Sie wissen, dass Sie mit kaputtem Rücklicht unterwegs sind?«, fragt er und leuchtet das Innere meines Wagens aus, ganz der pflichtbewusste Gesetzeshüter. »Das Nummernschild ist auch nicht beleuchtet.«

»Tatsächlich?«, bin ich ehrlich überrascht. »Das werde ich natürlich schnellstmöglich wieder in Ordnung bringen. Danke für den Hinweis.«

Officer Blake nickt und ich merke, dass er sich nur schwer davon abhalten kann, das Fahrzeug kontrollierend zu umrunden.

»Wie ich rieche, waren Sie schon bei Vince«, bemerkt er schließlich mit einem Schmunzeln.

»Oh, ja«, stoße ich erleichtert aus. »Für diesen Tipp bin ich Ihnen echt etwas schuldig.«

»Vielleicht komme ich sogar darauf zurück«, meint Blake zweideutig und ich muss verwirrt blinzeln. Der Beamte leuchtet auf meinen Rücksitz und pfeift anerkennend. »Ich will lieber gar nicht wissen, was Sie mit dem Schwert vorhaben.«

Schwert?

Überprüfend drehe ich mich im Fahrersitz um und erspähe Danials Katana, welches noch immer auf der Rückbank liegt.

»Oh, ja, das hatte ich schon ganz vergessen. Das gehört einem Freund. Er hat es letztens vergessen.«

Blake hört mir schon gar nicht mehr zu, da er auf die Voodoo-Puppen in meiner Handtasche auf dem Beifahrersitz leuchtet. Sein Blick huscht in mein Gesicht und ich versuche, einen unschuldigen Eindruck zu vermitteln.

»Ich denke, es ist das Beste, wenn Sie jetzt einfach weiterfahren«, sagt er lächelnd. »Bevor ich Sie noch festnehmen muss.«

»Alles klar«, gebe ich schnell zu verstehen. »Aber wollen Sie nicht noch meine Papiere sehen?« Ich frage nur, weil mir tatsächlich eingefallen ist, wo ich sie zuletzt gesehen habe. Irgendwo im hinteren Seitenfach.

»Nein, nein. Ist schon gut.« Blake winkt ab und befestigt die Taschenlampe wieder an seinem Gürtel. »Ich wünsche Ihnen noch einen schönen Abend.«

Der Polizist fasst sich zur Verabschiedung an die Mütze und ich wünsche ihm eine ereignislose Schicht, was er mit einem Kopfnicken quittiert, bevor er wieder in den Streifenwagen steigt und mit erneutem kurzen Aufheulen der Sirene auf die Loyola Avenue einbiegt.

»Jemand zu Hause?«, rufe ich und lehne das Katana gegen das Sofa.

Das Haus ist komplett unbeleuchtet, also nehme ich an, dass ich auf meine Frage keine Antwort erhalten werde. Nicht einmal Chloé ist zu entdecken.

Und wo ist eigentlich Coleman?

In der Küche wartet ein zerknitterter Zettel mit Pucks krakeliger Handschrift auf mich, daneben liegt eine Wochendosis Eisenhut, nett verpackt und mit einer unförmig gebundenen Schleife.

Sind beim Meister des Alternative Metals

Ich hätte wissen müssen, dass es Puck zu Marylin Manson zieht. Dass er jetzt auch noch Danial und Coleman mit in die Sache involviert, ist eine andere Geschichte. Außerdem ist es mir schleierhaft, wie sie Coleman in die Arena schmuggeln wollen. Nicht, dass er noch im Tierheim landet.

»Egal«, sage ich leise und selbst bei diesem gedämpften Geräusch explodieren Blitze in meinem Kopf.

Ich nehme die Packung Eisenhut an mich und schleppe mich nach oben. Da ich weiß, dass es bis morgen stetig schlimmer wird, hilft jetzt nur noch, den kommenden Tag im Tiefschlaf zu verbringen.

Wo ist eigentlich mein Diazepam?

Ich haue mich aufs Ohr und stöhne aufgrund der Schmerzen, die sich in meinem Kopf zusammenbrauen. Ich hasse diese Zeit im Monat.

Mit zusammengekniffenen Augen Eisenhut kauend, versuche ich, mit Akupressur einen Punkt an meiner Hand zu stimulieren, sodass die Pein einigermaßen erträglich wird. Vergeblich.

Ich verschlafe den gesamten kommenden Tag, verkrochen unter meiner Bettdecke, zugedröhnt mit Tabletten und Eisenhut, und werde erst wach, als irgend so ein Trottel an unserer Tür klingelt.

Nach einiger Zeit höre ich außerdem Pucks gedämpfte Stimme rufen, dass wir nichts kaufen wollen und er sich zum Teufel scheren kann.

Es vergehen ein paar weitere Minuten, als die Tür zu meinem Zimmer vorsichtig geöffnet wird.

»T. C.?«, höre ich Puck flüstern und bewege mich unter meiner Decke. Jede Regung ist eine qualvolle Minute mehr in einem

Füllhorn aus Schmerz. Mein gesamter Körper verkrampft und ich habe Mühe, zu sprechen.

»Ja?«, krächze ich.

»Tut mir leid«, flüstert der Wichtel so leise, dass ich ihn kaum verstehen kann. »Ich habe vergessen, die Klingel abzustellen. Kann ich dir etwas Gutes tun?«

Meinem Leben ein Ende bereiten?

»Nein«, ist alles, was ich mich zu sagen imstande fühle. »Danke, Puck.«

Ich verstehe nicht, was er erwidert, aber ich bin immer wieder froh, dass er Verständnis für meine Situation hat. Das hätte nicht jeder Vermieter. Nicht einmal jeder Freund.

»Puck?«, rufe ich, so laut ich wage. »Wie war es auf dem Konzert?«

Vorsichtig ziehe ich die Decke von meinem Kopf und sehe sofort in strahlende Wichtelaugen.

Es war der Wahnsinn, formt sein Mund komplett lautlos und ich muss tatsächlich lächeln, als er die Hände über dem Kopf zusammenschlägt.

»Wie habt ihr Coleman in die Arena bekommen?«, zischt eine Stimme, die irgendwie gar nicht wie meine klingt, es aber ist.

Pucks Gesicht verdunkelt sich fragend und er sieht sich im Zimmer um. »Ich dachte, er wäre bei dir«, sagt er dann, wieder flüsternd. »Wir hatten das Schwein nicht mit.«

Irgendetwas in meinem Inneren zieht sich zusammen, und es liegt nicht daran, dass ich gerade diese Phase im Monat durchmache.

»Wo ist er denn jetzt?«, frage ich und versuche, mich aufzusetzen.

»Keine Ahnung!«, ruft Puck und vergisst vor lauter Aufregung, zu flüstern. Sofort schlägt er die Hände vor dem Mund zusammen, als ich zusammenzucke, und spricht wieder leise. »Er ist nicht da.«

Scheiße. Scheiße. Scheiße. Scheiße!

Ich wette, er ist durch die Katzenklappe abgehauen, als er allein war.

»Schnapp dir Danial und such nach ihm«, bitte ich.

Nicht auszudenken, wenn er von irgendeinem Hinterwäldler gefunden wird und als Spanferkel endet.

Wir hätten ahnen können, dass Coleman irgendwann auf eigene Faust versucht, jemanden zu kontaktieren, wenn unsere Bemühungen, ihn wieder in einen Menschen zu verwandeln, im Nichts verlaufen.

»Danial ist auch nicht da«, murmelt Puck schuldbewusst und seine großen Ohren hängen geknickt nach unten, als ich ihn fragend aus halb geschlossenen Augen ansehe. »Er ist gestern Nacht mit irgend so einem Groupie mitgegangen.«

Himmelherrgott noch mal!

In einer fließenden Bewegung schlage ich die Decke komplett zurück und schwinge die Beine aus dem Bett. Ich bin noch angezogen, wie ich am Rande meines Auffassungsvermögens bemerke.

»Was machst du denn?«, fragt Puck entsetzt, während ich in bequeme Turnschuhe schlüpfe, die am Fußende meines Bettes liegen.

»Ich gehe ihn suchen«, antworte ich, sehe nach draußen und stelle fest, dass es noch eine gute Stunde hell sein wird. »Die Sonne ist noch nicht untergegangen. Ich kann es schaffen.«

Ich stehe taumelnd auf und muss mich am Türrahmen festhalten, um nicht der Länge nach auf den Boden zu fallen.

»Auf keinen beschissenen Fall!«, empört sich Puck und versucht, mich aufzuhalten.

Seine achtzig Zentimeter Körpergröße können mir allerdings nur wenig Widerstand entgegenbringen. Ich schiebe ihn einfach zur Seite und bin froh, dass er mir nicht in die Wade beißt. Das hat beim letzten Mal ganz schön wehgetan.

»Tess, bitte! Du wirst wieder rückfällig werden.«

Wie in Trance begebe ich mich nach unten, Puck immer an meinen Fersen, weiter auf mich einredend, aber ich höre erst wieder wirklich hin, als ich mich in einer unglaublichen Kraftanstrengung hinter Jimmys Lenkrad manövriere.

Puck wirft einen besorgten Blick in den Himmel. »Das ist reiner Selbstmord, wenn du jetzt fährst«, schreit er. »Tu es nicht. Er taucht schon irgendwann wieder auf. Vermutlich will er nur irgendwo eine kleine Schweinefreundin besuchen.«

Puck lacht in einem kläglichen Versuch, witzig zu sein, gespielt auf, doch ich kann die Angst in seiner Stimme hören.

Ich blinzele und denke trotz dröhnender Agonie im gesamten Körper kurz angestrengt nach. Doch es nützt nichts. Ich weiß, dass er nicht einfach nur im Supermarkt Milch holen ist. Coleman kommt von allein nicht wieder. Und wenn ihm etwas zustoßen sollte, würde ich mir für den Rest meines Lebens Vorwürfe machen.

»Ich muss es tun«, entscheide ich und ziehe die Tür hinter mir zu, um nach kurzen Schwierigkeiten den Motor meines Wagens zu starten. Dann kurbele ich das Fenster herunter, sodass ein flehend dreinschauender Puck mit großen wässrigen Augen zu mir ins Innere spähen kann.

»Lass mich wenigstens mitfahren.«

»Nein. Du bleibst hier und wartest auf Danial. Versuch, ihn irgendwie zu erreichen …«

»Wie denn? Der Kerl hat doch kein Telefon!«

»Von mir aus auch Fin, die Polizei, die Nationalgarde, mir egal. Ich fahre nach White Kitchen, um Coleman zu suchen. Wenn ich es nicht rechtzeitig schaffe, müsst ihr mich suchen, okay?«

Puck schluckt angestrengt, sagt jedoch nichts.

»Okay?«

»Ja …«

Adrenalin pumpt durch meinen Körper, als ich den Chef Menteur Highway mit der Nummer neunzig nach Norden presche und den Nationalpark Bayou Savage hinter mir lasse. Ich schenke der Schönheit des Lake Pontchartrain keinerlei Beachtung, sondern habe nur die Uhr im Blick.

Für die Strecke nach White Kitchen benötigt man gute fünfzig Minuten. Ich heize seit Ewigkeiten mit fast achtzig Meilen pro

Stunde über die Hauptverkehrsstraße und erreiche mein Ziel nach bereits fünfunddreißig Minuten.

White Kitchen ist nicht einmal ein richtiger Ort. Der Highway 90 trifft hier an einem Naturreservat auf den Highway 190. Die drei Gebäude, die hier neben einem Parkplatz stehen, dienen als Bootslager, da zahlreiche Touristen von hier Touren durch die Bayous starten.

Ich fahre den Wagen auf den verwinkelten Parkplatz und versuche, so weit wie möglich an ein namenloses Gewässer zu gelangen. Der Wagen schlittert über Kies, als ich ihn zum Stillstand bringe, aussteige, und mich an der Karosserie abstützend, umsehe.

Mein blasses Spiegelbild im Fensterglas jagt mir eine Heidenangst ein, aber ich ignoriere es.

Ich weiß, dass Coleman hier in der Nähe eine Villa besitzt. Irgendwo zwischen tropischen Pflanzen, Sumpfeichen, Wasserläufen und Tümpeln hat er sich ein Refugium geschaffen, welches nur per Boot oder Helikopter zu erreichen ist. Und hier sehe ich mein Problem.

Besorgt nehme ich zur Kenntnis, dass es bereits dunkel wird. Wolken verhängen jedoch den Mond, was mir wieder Hoffnung gibt. Also setze ich mich in Bewegung und steuere einen Steg an, der gute einhundert Meter in die Sumpflandschaft führt, um eventuell von dieser Position im Reservat mehr erkennen zu können und einen besseren Überblick zu haben. Dabei denke ich darüber nach, ob Coleman tatsächlich den Weg hierher genommen hat.

Wie legt ein Schweinchen überhaupt so eine lange Strecke zurück? Mit dem Bus?

Ich hielt meine Idee, nach White Kitchen zu fahren, für eine ziemlich schlüssige Lösung, jetzt bin ich mir jedoch nicht mehr so sicher. Wie konnte ich auch nur ansatzweise denken, die Nadel im Heuhaufen finden zu können?

Auf halbem Weg den Steg entlang, verliert das Adrenalin seine aufputschende Wirkung und ich beginne, auf allen vieren über die Planken zu kriechen.

Irgendwo kurz vor Ende des Pfades gebe ich auf und lehne mich mit dem Rücken an das Holzgeländer. Ich zittere zum Erbarmen und muss mir eingestehen, dass dieses Unterfangen hier irgendwie keine so gute Idee war.

Ein Blick in den Himmel verheißt nichts Gutes und obwohl ich nicht will, fange ich an, zu weinen und zu schluchzen. Hier draußen in den Sümpfen wird es viel schneller dunkel, als ich annahm.

Ich will nicht rückfällig werden, ich will es wirklich nicht.

Nach kurzer Verzweiflung lache ich jedoch in mich hinein. Lieber hier draußen als mitten in der Stadt. Hier laufen mir höchstens ein paar Waschbären über den Weg.

Mein Blick gleitet erneut in den Nachthimmel. Der Mond ist noch wolkenverhangen, doch kämpft sich rasch durch die immer lichter werdende Bewölkung.

Mein Lachen wird bitterer, bis ich dieses Ziehen tief in mir spüre.

Drei Jahre hatte ich es geschafft, drei ganze Jahre.

Es breitet sich in meinem gesamten Körper aus, wird übermächtig und überlagert alles andere.

Ich versuche, dagegen anzukämpfen, doch es ist einfach zwecklos – wie jedes Mal. Ich werfe den Kopf in den Nacken, als gerade der Vollmond in seiner ganzen Pracht direkt über mir steht. Meine Augen verengen sich zu Schlitzen, ein tiefes Grollen dringt aus meiner Kehle.

Es ist so weit.

Ich löse die verkrampften Finger von meiner Körpermitte und lasse los.

Sofort spüre ich ein Reißen in der Brust und lasse mich nach vorn fallen. Ein explodierender Schmerz brennt mir unter der Haut, ich scheine in Flammen zu stehen. Meine Nägel krallen sich in die Planken und hinterlassen tiefe Kratzer. Ich schreie, als es noch schlimmer wird.

Dann wird mir kurz schwarz vor Augen und ich bekomme nicht richtig mit, wie dickes, drahtiges Fell aus jeder Pore meiner Haut dringt, bis mein gesamter Körper von einem dichten dunkelbraunen Deckhaar überzogen ist. Meine Muskeln dehnen sich aus, meine Kleider können meiner plötzlich massigen Gestalt nichts mehr entgegensetzen und beginnen, zu reißen.

Ich winde mich in schlimmster Qual, als Krallen aus meinen Fingern und Zehen wachsen, die so lang sind wie Dolche. Als ich glaube, es nicht mehr ertragen zu können, hört es auf. Jeglicher Schmerz ist mit einem Mal verpufft. Verschwunden, wie eine geplatzte Seifenblase.

Ich öffne die Augen und nehme meine geweiteten Sinne wahr. Ich höre alles, sehe alles und kann mir alles erlauben. Die Welt gehört mir, liegt zu meinen Pfoten, wenn ich nur in die Nacht hinausgehe und das tue, was ich am besten kann: töten.

Meine krallenbewehrten Pfoten stemmen sich in das knarzende Holz und ich richte mich zu meiner vollen Größe auf, werfe den Kopf in den Nacken und heule aus voller Kehle zum hell leuchtenden Vollmond empor. Meine gelben Augen huschen umher, als ich Witterung aufnehme. Aus tausend Gerüchen filtere ich einen einzigen heraus: Mensch.

Ich presche los und noch im Laufen reiße ich mir die nutzlos gewordenen Kleidungsfetzen vom Leib.

Bereits nach wenigen Sekunden bin ich am Anfang des Stegs angekommen, springe in einem großen Satz über das dort parkende Fahrzeug und wende mich in Richtung Bootsverleih.

Irgendwo hinter den schützenden Wänden wittere ich Beute, die es zu zerreißen gilt. Ich kann es kaum erwarten, meine Krallen in warmes Fleisch zu hauen, meine geifernden Zähne in pochende Herzen zu schlagen und …

Ein fremder Geruch lässt mich innehalten. Ich richte mich auf die Hinterläufe auf und recke meine feuchte Nase in den Wind. Eine frische Böe zerrt an meinem Fell, doch ich spüre keine Kälte. Ich rieche … Dunkelheit. Und faule Eier.

»Ich bin hier«, sagt eine scheinbar menschliche Stimme und ich wende mich blitzschnell zu dieser um.

Ich ärgere mich, dass ich nicht schon früher Witterung aufgenommen habe. Meine Lefzen ziehen sich sofort in die Höhe und ich knurre die unscheinbare Gestalt an, die so lässig an der Motorhaube des Fahrzeugs lehnt.

Ich will sie töten, zerfetzen, in Stücke reißen, doch irgendetwas in mir kämpft dagegen an, versucht, mich davon abzuhalten. Ich zögere, laufe wie ein gefangenes Tier in einem Käfig auf und ab und behalte meine Beute dabei stets im Blick. Schließlich bewegt sie sich, stößt sich von der Motorhaube ab und kommt mutig ein paar Schritte auf mich zu.

»Wie ich das sehe, hast du folgende Möglichkeiten«, erklärt die Witzfigur mit den blonden Haaren, als sie ihr Langarmshirt unter der Lederjacke zurechtzupft. »Nummer eins: Du reißt die Menschen im Bootslager und ich muss dich töten. Nummer zwei: Du greifst mich an und ich muss dich töten. Nummer drei: Du versuchst, zu fliehen. Auch dann muss ich dich vermutlich töten. Oder Nummer vier: Du machst schön Sitz und wir warten gemeinsam hier draußen, bis alles vorbei ist.«

Wenn ich eine Stimme hätte, würde ich jetzt vermutlich lachen.

Wer ist dieser mickrige Kerl, der glaubt, mich aufhalten zu können? Ist das ein Stich des Erkennens in meiner Brust?

Ich schüttele meinen massiven Kopf, denn ich kann es kaum erwarten, dass meine Klauen in seinem Fleisch wühlen.

Herausfordernd setze ich meine Vorderläufe zurück auf den Boden, spanne meinen gesamten Körper an und bereite mich auf den Angriff vor. Das wird ein Riesenspaß.

Meine Beute erkennt meine Entscheidung und schnalzt bedauernd mit der Zunge. »Schade«, meint er schlicht.

Ich mache einen Satz auf ihn zu. Kurz bevor ich ihn zu Boden zerre und unter mir zerquetsche, reiße ich mein Maul weit auf, um ihm den Kopf abreißen zu können, doch noch bevor ich ihn berühre, löst er sich einfach in Luft auf. Völlig geräuschlos. Als wäre er nie da gewesen.

So verwirrt, wie ich nur sein kann, wende ich mich suchend in alle Richtungen. Keine zehn Meter entfernt blicke ich erneut auf mein Opfer und werde von purem Instinkt getrieben, als ich sofort erneut zum Angriff übergehe.

»Hör auf damit«, fordert er gelangweilt und mit den Händen in den Hosentaschen. »Bevor ich dir wehtun muss.«

Ich brülle, als ich mir meines Sieges sicher bin und einen Hieb auf seinen Kopf führe. Doch erneut schneiden meine Krallen durch Luft und ich verliere das Gleichgewicht. Nur mit Mühe kann ich einen Sturz verhindern.

Ich werde wütend. Noch nie hat jemand derart mit mir gespielt. Knurrend drehe ich mich um und funkele meinen Feind mit einem Blick an, der andere um den Verstand gebracht hätte.

»Letzte Chance. Sei ein braves Hundchen und gib mir das Pfötchen. Alles wird gut.«

Ich brülle, belle, tobe und scharre mit den Klauen die Asphaltdecke unter mir auf. Dieser Lurch, dieser Wicht, diese kleine Amöbe der Unwürdigkeit wird jetzt sterben. Und zwar durch meine Pranken.

Ich haste zu dem Fahrzeug neben uns, versenke meine Klauen in der Karosserie, welche sogleich ächzend und splitternd nachgibt, und will das bereits völlig verbogene und schrottreife Stück

Stahl durch die Gegend schleudern, als sich in einem Schein aus rotem Licht ein Schwert in den Händen des Blonden materialisiert und irgendetwas in mir danach schreit, jetzt aufzuhören.

»Lass gut sein, Tess«, meint er fast sanft und ich frage mich, was er damit bezwecken will.

Tess? Wer soll das sein? Ich bin die Nacht, ich bin das Verhängnis, ich bin der Tod.

Meine Muskeln spannen sich, als ich mit Leichtigkeit den Wagen durch die nächtliche Luft fliegen lasse, dieser jedoch knarrend und scheppernd sein Ziel verfehlt, weil es bereits nicht mehr da ist.

»Das wird dir morgen früh so gar nicht gefallen.«

Ich schäume vor Wut, als er erneut hinter mir steht und mit dem Kopf schüttelt, während er sein Schwert probehalber durch die Luft gleiten lässt.

»Jetzt hör …«

Quiek?

Mein Kopf fährt herum und sieht ein winziges rosafarbenes Etwas mitten auf dem Highway stehen.

Was ist das? Ein Schwein? Was macht es hier? Und wieso freue ich mich so sehr darüber?

Egal. Es riecht so gut. Ich muss es fressen. Jetzt. Sofort.

»Nein«, donnert die mir bereits so verhasste Stimme, als ich einen Satz auf das zum Erbarmen zitternde Tierchen zu mache. »Tessandra Lani Rebecca Carlisle, nein!«

Ich kann es mir selbst nicht erklären, aber ich will auf die Stimme hören. Will es wirklich, aber mein Trieb ist stärker. Viel stärker.

Ich rase auf das quiekende Geschöpf zu, welches vor lauter Angststarre nicht einmal versucht, zu fliehen, während der Geifer mir bereits in Fäden aus den Lefzen hängt.

Da spüre ich einen kraftvollen Schlag in der Seite, gefolgt von unglaublicher Hitze. Irgendetwas explodiert, dann kommt der Schmerz und ich werde mit infernalischer Wucht von meiner Bahn abgebracht, knalle gegen das schrottreife Gefährt zu meiner Linken und bleibe benommen liegen.

Was hat mich da getroffen? Ein Zug?

Ich rieche versengtes Haar und hebe den Blick, als sich ein Schatten über mich beugt.

»Sssch«, raunt die Gestalt und ich winsele nur schmerzerfüllt vor mich hin. »Ganz ruhig.«

Behutsam streichelt eine warme Hand durch mein Fell und bleibt an meinem Kopf liegen. Eine beruhigende Wärme breitet sich in mir aus.

Trotz des Vollmondes beginnt meine Gestalt, sich zu ändern. Ich habe das Gefühl, zu schrumpfen. Mein Fell löst sich auf, Muskeln und Sehnen verändern sich, ziehen sich zurück. Und irgendwann, als ein raues Stöhnen meinen aufgerissenen Lippen entweicht, hebe ich einen menschlichen Arm und lege meine Hand auf Danials.

»Hey«, sagt dieser leise und blickt einigermaßen besorgt auf mich herab.

»Hey«, gebe ich mit kratziger Stimme zurück. »Hast du gerade einen Feuerball nach mir geworfen?«

Danial lacht aufgrund meiner unterschwelligen Empörung leise in sich hinein, während er mich mit seiner Jacke zudeckt.

Ach richtig, ich bin ja komplett nackt.

»Du hast mir leider keine andere Wahl gelassen.«

»Das tat wirklich weh.«

»Entschuldige, aber es musste sein.«

Ich versuche, zu nicken, aber der Schmerz hält mich letztendlich davon ab.

Mein Blick gleitet in den Nachthimmel. Ich kann kaum glauben, dass ich das erste Mal in meinem Leben den Vollmond erblicke und immer noch … ich bin.

»Sagtest du nicht, du musst mich töten, wenn ich dich angreife?«, will ich von Danial wissen. Mein Blick legt sich auf sein vom Mondschein erhelltes Gesicht.

»Hab geblufft«, gibt er zu und nun lache ich.

»Wie war es bei Marilyn?«, frage ich neugierig.

»Super«, erzählt Danial begeistert. »Ich stehe total auf diesen ganzen irdischen Kram. Bald gehen wir zu AC/DC.«

Mein Lachen wird lauter und ich fühle mich dazu ermutigt, eine kleine Bewegung zu wagen.

»Kannst du aufstehen?«

»Ich kann's ja mal versuchen«, raune ich und mit seiner Hilfe kämpfe ich mich auf wackelige Beine, die quasi sofort unter meinem Gewicht nachgeben.

»Schon gut, ich hab dich«, höre ich Danials Stimme ganz nah an meinem Ohr, als er mich auf seine Arme hebt.

Sofort schlinge ich meine Hände um seinen Nacken und bette meinen Kopf an seine Brust. Ja, das ist gut.

Mein erschöpfter Körper will einfach nur noch schlafen. Ich schließe die Augen und drücke mein Gesicht ganz fest gegen den weichen Stoff von Danials Shirt. Ich rieche verbrannte Erde, Asche, dunklen Rauch …

»Wie konntest du so schnell hier auftauchen?«, frage ich Danial an der Schwelle zum Schlaf, während er mich in seinen Armen zurechtrückt und sich in Bewegung setzt.

»Hab mich hergebeamt«, flüstert er und drückt mich noch fester an sich.

»Wusste gar nicht, dass du ein Crewmitglied der *Enterprise* bist.«

Noch während ich mich frage, ob er überhaupt weiß, was die *Enterprise* ist, spüre ich ein leises Lachen, welches sich in seiner Brust ausbreitet, dann umfängt mich auch schon der ersehnte Schlaf.

Als ich erwache, bin ich nackt. Immer noch. Allerdings liegen mehrere grobe Decken über meinem Körper und eine Schwimmweste dient mir als Kissen.

Ich drehe den Kopf und blicke mich um. Ich liege tatsächlich in einem einfachen Kanu, welches sich vermutlich im Bootslager von White Kitchen befindet, in dem bald die ersten Touristen auftauchen werden. Durch ein kleines Fenster im Flachdach sehe ich, dass es bereits dämmert. Die Nacht ist überstanden.

»Wie geht's denn so?«

Ich sehe an das andere Ende des Kanus. Danial sitzt auf der einzigen Querstrebe des Paddelbootes, Coleman neben ihm. Das Schwein beäugt mich kritisch und wirkt noch immer leicht verstört.

»Erstaunlicherweise gar nicht so schlecht.« Meine Stimme ist immer noch rau und meine Kehle brennt, aber das wäre Jammern auf höchstem Niveau. »Tut mir wirklich leid, dass ich dich fressen wollte.« Der letzte Satz gilt Coleman, nicht Danial. Den wollte ich noch nie fressen.

Ein zaghaftes Quieken ist seine Antwort.

»Wusste ich doch, dass Sie versuchen, auf eigene Faust jemanden zu kontaktieren, der Ihnen vielleicht helfen kann.«

Schuldbewusst sieht Coleman auf den Boden des Kanus und ich richte mich vorsichtig auf, immer darauf bedacht, mich nicht zu entblößen.

»Wie hast du das angestellt?«, frage ich nun Danial, der plötzlich einen Müsliriegel in der Hand hält und ihn mir reicht.

»Ich habe mich wirklich hergebeamt. Puck hat mir gesagt, was passiert ist.«

»Ja, aber … die Sache mit dem Vollmond …«

»Ach das«, sagt er lapidar und winkt ab. »Keine große Sache. Du weißt ja, magische Hände.«

Er wedelt wie ein drittklassiger Magier mit seinen Händen durch die Luft. Bevor er noch Tauben hervorzaubert, stelle ich ihm eine weitere Frage, die sich scheinbar auch Coleman zu stellen scheint, denn seine Augen zucken fragend.

»Und Roberts Fluch …«

»Ist ein Fluch«, bestätigt Danial. »Keine … Krankheit. Tut mir leid, Kumpel.«

Das Schweinchen seufzt hochfrequent und ich mache mich über den Müsliriegel her, den mein knurrender Magen lautstark einfordert, während mein Gehirn versucht, das Gesagte zu verarbeiten.

»Soll ich jemanden anrufen?«, bietet Danial an und zieht ein Smartphone aus seiner Hosentasche. »Ich habe mich den irdischen Gegebenheiten angepasst und so allerhand neumodischen Schnickschnack gekauft. Meine erste Textnachricht überhaupt – die nebenher aussagte, dass du noch lebst – ging an Puck. Cool, oder?«

»Ja«, bestätige ich unbeeindruckt. »Aber wen willst du denn jetzt anrufen?«

Bitte nicht meine Mutter, bitte nicht meine Mutter.

»Jemanden, der uns hier abholt?«, schlägt Danial fragend vor, aber ich kann dieser Aussage keinen richtigen Sinn entnehmen.

»Wieso? Ich bin doch mit dem Auto hier.«

Panische Blicke werden sich zugeworfen, während ich auf dem Riegel kaue und das Papier achtlos in das Kanu fallen lasse.

»Da gibt es eine Sache, die dir nicht gefallen wird«, murmelt Danial abschließend und Coleman stimmt leise quiekend zu.

Ich blinzele, um die Tränen zurückzuhalten, als ich auf den Schrotthaufen unweit des Bootslagers starre, der einmal Jimmy war. Es ist nicht so, dass er nur ein paar Kratzer, Schrammen oder Beulen hätte. Er ist schlicht und ergreifend komplett zerstört.

Danial schaut soeben durch die verbogene Karosserie ins Innere, um zu retten, was noch zu retten ist, hält jedoch nur den selbst gebastelten Anhänger in Form eines angebissenen Apfels in seinen Händen. Ich ziehe die Decke enger um meinen Körper und nehme den Anhänger entgegen.

»Danke«, murmele ich mit einem riesigen Kloß im Hals, während er sein Beileid bekundet und Coleman aufgeregt zwischen unseren Füßen umherläuft. Es wurmt ihn sehr, dass er so nah an seinem Zuhause ist, aber rein gar nichts tun kann, um auch da hinzugelangen.

Ich realisiere plötzlich, dass ich Danial für seine Hilfe noch gar nicht gedankt habe, und sehe ihn mit großen Augen erschrocken an.

Er scheint meinen Blick misszuverstehen und zieht fragend die Brauen in die Höhe. »Was?«

»Vielen Dank, Danial.« Ich halte umständlich eine freie Hand zwischen uns. »Wenn du nicht gewesen wärst, wäre Robert wegen meiner Dummheit vielleicht nicht mehr am Leben, und wer weiß, wer sonst noch alles. Also danke.«

Danial sieht auf meine Hand hinab, lächelt und hebt den Blick wieder, um mich direkt anzusehen. »Sehr gern«, grinst er und schlägt ein, während die ersten Pendler über den Highway brettern.

Händeschüttelnd stehen wir da, als es mich überkommt und ich ihn in eine Umarmung ziehe, die erst ein genervt quiekender Coleman beendet.

»Ist ja gut«, sage ich zu dem Schwein, welches die Arme verschränken würde, wenn es gerade welche hätte.

»Wollen wir jetzt jemanden anrufen?«, dringt Danials Frage an mein Ohr.

»Wieso beamst du uns nicht einfach heim?«

»Das könnte ich tun, aber ich habe mir vorgenommen, hier auf Erden keine Magie zu wirken, um nicht … aufzufallen.«

Ich verenge die Augen zu Schlitzen. »Und was war das gestern Nacht, Mr. Miyagi?«

Mein Vergleich mit Pucks Lieblingscharakter aus Film und Fernsehen hinkt, aber das scheint niemand zu bemerken.

»Ein Notfall.«

Soso.

»Na dann gib mal her«, sage ich und schnappe mir sein teures Mobiltelefon. »Die Nummer des Reviers kann ich auswendig.«

Zu viert stehen wir neben Jimmy, während dieser auf einen Abschleppwagen gezogen wird und dabei verächtlich knarzt.

»Sie sind also einem Waschbären ausgewichen«, notiert Blake in seinen Unfallbericht, während ich mich frage, ob es in ganz New Orleans nur einen einzigen Streifenpolizisten gibt.

»Ja, so war es«, bestätige ich nochmals, während Blake aufsieht und meine Erscheinung mustert.

»Dann hat sich das kaputte Rücklicht ja auch erst einmal erledigt«, scherzt er und notiert im Blindflug weiter Dinge in seinem Formular.

»Hm«, mache ich nur.

»Und warum tragen Sie nur eine Decke?«

Ich wusste, dass die Frage kommt. Und die Antwort ist mir bereits jetzt peinlich. »Ich fahre gern nackt … in die Wälder … mit meinem Freund …«

Ich trete näher an Danial heran, der mich nur verwirrt ansieht, während ich krampfhaft versuche, nicht die Gesichtsfarbe zu wechseln, und eine Hand auf Danials Arm lege, mit dem er Coleman hält.

Blake sieht zwischen uns hin und her, dann huscht sein Blick zu Coleman und er versucht, zu begreifen, was das Schwein mit der Sache zu tun hat.

»Bitte hier unterschreiben«, hält er mir ohne weitere Fragen den Unfallbericht unter die Nase und ich setze mein Signum, bittersüß lächelnd. »Soll ich Sie mit in die Stadt nehmen?«, bietet Officer Blake dann an, nachdem er sich geräuspert hat.

»Ja, bitte.«

Kapitel 14

Wie praktisch, dass wir jetzt einen Werwolfbändiger im Haus haben«, lässt Puck verlauten, während wir alle im Wohnzimmer hocken und Pizza kauen. »Du darfst von mir aus für immer hier wohnen bleiben.«

Für immer ist eine ganz schön lange Zeit.

Ich tippe eine Nachricht an Otis in mein Telefon, in der ich mich beschwere, dass er Officer Blake nach White Kitchen geschickt hat.

»Oder bis zu T. C.s Tod. Oder so lange, bis die Welt untergeht«, fügt der Hausherr hinzu. »Je nachdem, was eher eintritt.«

Ich schüttele abwertend den Kopf über seine Bemerkungen und sollte mich gekränkt fühlen, tue es aber nicht. Ich ziehe meine Beine nach oben und lege mein Kinn auf meine Knie, während ich auf Antwort von meinem Lieblings-Mitwerwolf warte.

Ich dachte, du magst Joseph, kommt diese sogleich auf mein Display geploppt und ich ahne bereits, in welche Richtung Otis denkt. Und ich ahne auch, dass meine Mutter daran nicht ganz unbeteiligt ist. Ich beschließe augenblicklich, es zu ignorieren, und schiebe mein Telefon in die Sofaritze.

»Das Angebot weiß ich sehr zu schätzen«, höre ich Danials Stimme, während Fin von der Toilette wiederkommt und sich neben mich setzt.

»Ich kann immer noch nicht glauben, dass du dich verwandelt hast«, haucht Fin ehrfürchtig und fast ein bisschen ängstlich, so als würde sie Gefahr laufen, dass ich ihr gleich hier und jetzt den Kopf abreiße. »Wie lange ist das nicht mehr passiert?«

»Drei Jahre«, bringt Puck sich ein. »Drei verdammte Jahre! Jeden Monat der gleiche Mist. Direktes Mondlicht vermeiden, ständig Eisenhut futtern, und diese Launen! Als hättest du deine Tage, nur dreitausendmal schlimmer. Da muss erst dieser Kerl hier kommen und dich von deinem Elend befreien.«

»Puck«, sage ich leise, aber bestimmt. »Ich kann von Danial nicht verlangen, dass er jedes Mal seine *magischen Hände* einsetzt.«

»Wieso nicht?«, fragt Danial.

»Ja, wieso nicht?«, fragt auch Puck und klingt, als würde er annehmen, ich sei ernsthaft geisteskrank.

»Das mache ich doch gern«, fügt Danial hinzu und ich sehe ihn dankbar über den Sofatisch hinweg an. Ich kann kaum wagen, mir ein Leben ohne diese ständigen Torturen vorzustellen.

»Wenn ihr *mich* fragt, ist es jetzt an der Zeit für eine Runde Schnaps«, beschließt Puck und wackelt auf der Stelle zur Minibar.

Niemand hat Einwände vorzubringen, also lassen wir es geschehen und ich beobachte Fin dabei, wie sie Coleman immer wieder auf ihren Schoß zieht, der jedoch jedes Mal ärgerlich quiekend und schimpfend das Weite suchen will.

Noch ehe Puck mit dem Alkohol zu uns zurückgekehrt ist, klingelt es an der Tür und ich springe sofort auf. »Ich mache auf«, rufe ich, bevor es sich ein anderer überlegen kann, und hechte über die Sofalehne.

Neugierige Gesichter folgen mir, als ich die Tür öffne und ein grimmig dreinblickender Halbvampir auf unserer Veranda steht.

»Wenn das irgendein Trick ist, Carlisle …«

»Auch schön, dich zu sehen, Ted. Komm doch bitte rein. Muss ja nicht gleich jeder Nachbar sehen, was für Gesindel sich hier herumtreibt.«

»Ich schwöre, ich breche dir alle Knochen.«

Ich lache gespielt freundlich bis über beide Ohren und trete zur Seite, um Colemans Bodyguard Einlass zu gewähren. »Kann's kaum erwarten.«

»Warum bist du nicht in der Hand der Entführer? Wo ist …«

Quiek! Quiek, quiek, quiek, quiek!!!

Coleman konnte sich aus Fins Klammergriff befreien und hüpft nun unablässig an Teds Bein nach oben, der das Schwein jedoch nur mit geschürzten Lippen herablassend betrachtet und versucht, es mit dem Fuß vorsichtig zur Seite zu schieben.

»Möchtest du dich vielleicht setzen?«, biete ich an und deute auf die Sofaanordnung, während Coleman weiter versucht, Teds Aufmerksamkeit zu erlangen.

»Nein, ich würde es gern so schnell wie möglich hinter mich bringen. Mit was für ach so wichtigen Informationen kannst du dienen? Und kann bitte mal jemand das Schwein entfernen, bevor ich es aussauge.«

Coleman verstummt sofort und zieht sich klugerweise zwischen meine Beine zurück. Er weiß, dass mit Ted nicht zu spaßen ist.

»Wer ist das?«, höre ich Puck unverhohlen fragen.

»Das ist Ted Griffin, der Personenschützer von Mr. Coleman«, erklärt Fin flüsternd, während sie Danial die Chipstüte reicht.

Ich wundere mich nicht einmal, dass sie Teds Nachnamen kennt. Soweit ich informiert bin, stalkt sie Coleman auf allen sozialen Netzwerken und auf irgendeiner dieser Plattformen wird Teddy mit Sicherheit auch einmal erwähnt.

»Tess hat ihn angerufen, um … die Sache aufzuklären.«

»Welche Sache?«, will Ted wissen und sein Blick verfinstert sich zunehmend.

Puck und Danial sind indessen dazu übergegangen, sich die Chipstüte zu teilen und die ganze Szene wie ein Theaterstück zu verfolgen.

»Ich weiß wirklich nicht, wie ich es dir in blumigen Worten erklären kann«, beginne ich und sehe zu Coleman zwischen meinen Füßen. Dann bücke ich mich, hebe das erschrocken quiekende Schweinchen hoch und halte es Ted unter die Vampirnase. »Robert S. Coleman ist ein Schwein.«

Stille grüßt meine Worte, nur Pucks schmatzende Kaugeräusche sind zu hören. Dann zuckt ein Nerv in Teds Wange.

»Welchen Teil von ›dann breche ich dir alle Knochen‹ hast du nicht verstanden?«, fragt der Bodyguard bedrohlich ruhig und würdigt Coleman keines Blickes.

Puck kichert.

»Ich weiß, ich weiß«, versuche ich, zu beschwichtigen. »Das klingt jetzt wirklich sehr abgefahren, aber sieh ihn dir doch mal an. Unverkennbar, oder?«

Ich hebe Coleman noch höher, sodass beide auf Augenhöhe zueinander sind. Colemans Ringelschwänzchen wedelt dabei wild vor meinem Gesicht.

»Ich werde jetzt gehen«, sagt Ted und macht sich daran, das Haus zu verlassen. »Ich hätte ahnen können, dass es reine Zeitverschwendung ist, hierherzukommen. Wahrscheinlich steckst du mit denen unter einer Decke.«

»Jetzt warte doch!«, rufe ich panisch und klemme mir Coleman unter den Arm. »Stell ihm eine Frage! Irgendeine, die nur er beantworten kann. Ted, bitte!«

Ich bin gedanklich schon auf der Suche nach Pucks aufgezeichnetem Alphabet, als Ted tatsächlich innehält.

»Bitte«, flehe ich erneut und starre auf sein breites Kreuz. »So etwas Verrücktes würde nicht einmal *ich* mir ausdenken.«

»Das ist wohl wahr«, stimmt Puck mir zu und wird von Fin sofort mit einem scharfen »Sssch!« zum Schweigen gebracht.

»Also schön«, nickt Ted und dreht sich auf dem Absatz wieder zu uns um. Etwas funkelt in seinen Augen. Wahrscheinlich die Vorfreude, mir körperliche Schmerzen zufügen zu können, wenn dieses Treffen hier kein Ergebnis bringt.

Der Halbvampir sieht das Schwein an und seine dunklen Augen bohren sich in Colemans blaue. Ich wende meinen Blick ab, um den beiden wenigstens das Gefühl von etwas Privatsphäre zu geben, höre aber dennoch jedes gesprochene Wort.

»Welches besondere Lied wurde auf Ihrem dreißigsten Geburtstag gespielt?«

Ich nicke zufrieden, sehe zu Coleman, den ich sogleich absetze, und warte darauf, dass er irgendeine Regung zeigt. Doch wider Erwarten steht er einfach nur da.

»Ich hole das Alphabet«, ruft Puck und fliegt förmlich an uns vorbei, während Ted bereits ungeduldig mit dem Fuß wippt.

»Na los, machen Sie irgendwas«, ermutige ich Coleman, während Puck aus der Küche gefegt kommt und das Stück Papier vor dem Schwein ausbreitet. »Welches Lied war es?«

»Ihr habt echt nicht mehr alle Latten am Zaun«, sagt Ted, klingt jetzt jedoch eher traurig als wütend.

»Vielleicht kann er sich nur nicht mehr richtig erinnern. Gab es viel Alkohol an besagtem Tag?«

»Nimm nie wieder Kontakt zu mir auf oder ich mache mein Versprechen wahr, Carlisle.«

»Robert!«, rufe ich panisch, als Ted schon fast wieder zur Tür raus ist.

Auch das Schweinchen scheint Panik zu bekommen, denn es fängt mit einem Mal an, zu quieken. Dies bringt Ted jedoch dazu, zwischen Tür und Angel stehen zu bleiben und fassungslos über seine Schulter zurückzublicken.

Puck bricht sofort in schallendes Gelächter aus, denn er erkennt viel eher als ich, dass das rhythmische Quieken eine Melodie ist.

»*I'm just a sweet transvestite*«, singt der Wichtel unter Colemans Begleitung und kreist wild mit den Hüften.

Der Mund klappt mir auf, als ich das Lied aus der *Rocky Horror Picture Show* erkenne, und Colemans rosafarbene Haut läuft knallrot an. Beschämt verstummt er und lässt das Köpfchen hängen. Sofort ist Ted an seiner Seite und rutscht auf Knien vor seinem Arbeitgeber herum.

»Bei Draculas Bräuten! Sir? Wie geht es Ihnen? Was hat man Ihnen … Was hast du ihm angetan?«

Der letzte Satz gilt mir. Ted richtet sich bedrohlich vor mir auf und ich weiche reflexartig zurück, obwohl ich mir wirklich keiner Schuld bewusst bin. Sofort ist Puck zwischen uns und versucht, Ted auf Abstand zu halten, was bei seiner geringen Körpergröße eher lustig aussieht.

»Immer langsam, Großer«, ruft mein Vermieter aus. »T. C. hat deinem superreichen Schnösel den gepuderten Hintern gerettet.«

Ich nehme zur Kenntnis, dass Coleman zustimmend nickt, was von Ted jedoch unbemerkt bleibt, da er mich immer noch mit Blicken zu häuten versucht. Ich denke nicht, dass wir in diesem Leben noch Freunde werden.

»Wieso ist er dann ein Schwein?«, flüstert Ted und sein Atem streift meine Haut.

»Kleiner Unfall während unserer Flucht«, sage ich nur. »Die Sache ist, wir müssen in die Hölle, um das wieder geradezubiegen.«

Jetzt lacht Ted, bringt wieder etwas Abstand zwischen uns und tritt dabei fast auf Coleman. »Du solltest Komiker werden«, schlägt er kopfschüttelnd vor.

»Das ist kein Witz. Danial, jetzt sag doch auch mal was!«

Der Angesprochene hebt nur abwehrend die Hände voller Kartoffelchipskrümel und zuckt mit den Schultern. »Ich halte mich aus allen irdischen Belangen raus«, meint er dann wenig hilfreich.

Ich muss mit ansehen, wie Ted Coleman derart ruckartig hochhebt, dass dieser sich fast übergeben muss.

»Wir gehen jetzt«, teilt der Bodyguard uns mit. »Mr. Coleman wird die beste Hilfe erhalten, die er bekommen kann. Und wenn ich einen von euch Dilettanten auch nur ansatzweise in der Nähe von ihm sehe, werde ich euch erschießen. Verstanden?«

Eingeschüchtert sehen wir alle Ted nur an.

»Verstanden?!«, brüllt er und ich nicke eifrig.

Coleman wirft mir noch einen Blick zu und ich hebe kurz verabschiedend die Hand. Dann knallt die Tür scheppernd hinter den beiden ins Schloss und Stille kehrt wieder im Wohnzimmer ein.

»Hattest du es dir so in etwa vorgestellt, als du den großen bösen Vampir hierher bestellt hast?«, fragt Puck und sieht mich schon wieder so an, als würde er an meinem Verstand zweifeln.

Halbvampir.

»Egal«, winkt Puck letztendlich doch noch ab und klopft mir gegen das Knie. »Ein Problem weniger, um das wir uns kümmern müssen.«

Irgendwie freut es mich, dass Coleman bald wieder in seiner gewohnten Umgebung ist. Vielleicht hat er ja doch Glück und man liest schon bald in der Zeitung, dass der vermisste Millionär wieder aufgetaucht ist.

Ich gehe zurück zum Sofa, wo Fin völlig begeistert über einer Rückenlehne hängt und mich mit großen leuchtenden Augen ansieht.

»Das war besser als jede Telenovela!«, ruft sie begeistert aus.

Ich seufze.

Kapitel 15

Ich lasse mir den Truthahn mit Dörrobst-Füllung und Cranberry-Soße schmecken, während sich meine Mutter bereits seit einer gefühlten Ewigkeit darüber beschwert, dass die Gerichtsverhandlung zu Frank Millers Ermordung ungünstigerweise auf einen Freitag fällt und sie somit für besagten Tag eine Aushilfe im Café einstellen muss.

»Freu dich lieber, dass ich dann wieder die Stadt verlassen darf«, sage ich mit vollem Mund, während mir Soße über das Kinn läuft und ich mit dem Maisbrot liebäugele. »Dann kann ich euch endlich wieder in Atlanta besuchen kommen.«

»Genau«, mischt Puck sich ein. »Noch so ein Familientreffen in meinem Haus und ich wandere aus.«

Fast alle lachen, nur Mom schürzt missbilligend die Lippen und ich muss an das Schlachtfeld in der Küche denken. Vielleicht sollten wir lieber einfach alles verbrennen und neu …

»Kannst du mir bitte den Kürbiskuchen reichen?«, unterbreche ich meine Gedanken selbst, als ich das Kuchenblech in der Mitte unseres Esszimmertisches erblicke und dadurch völlig abgelenkt bin.

Seit meiner Zeit im Verlies esse ich bei jeder Mahlzeit wie ein Scheunendrescher. Man weiß ja nie, wann man erneut entführt und bei Wasser und Brot weggesperrt wird.

Danial reicht mir den Kuchen herüber und ich bedanke mich stumm nickend, während er selbst Süßkartoffeln mit Pekannüssen schaufelt.

Hm, auch nicht verkehrt …

»Ich meine ja nur«, holt meine Mutter mich ins Jetzt zurück. »Es ist eine Unart, dass die Mühlen des Gesetzes derart langsam mahlen. Schlimm genug, dass meine Becci diesen Mord mit ansehen musste. Mein armes Kind.«

Ich habe mir geschworen, dieses Thanksgiving nicht auszurasten, daher bleibe ich ganz ruhig, als sie mir auch noch den Kopf tätschelt, und zähle stumm bis dreihunderttausend.

»Sag doch auch mal was, Jasper«, wird nun auch noch Dad mit in die Sache hineingezogen und ich sehe verständnisvoll in seine Richtung.

»Jaja«, macht er nur und schlürft weiter seine Suppe, ohne seinen Blick auch nur ansatzweise zu heben, da er weiß, dass bei Mom Zustimmung die beste Strategie ist, um seine Ruhe zu haben.

Ich muss grinsen.

»Wo bleibt Otis eigentlich so lange? Jedes Jahr die gleiche Leier. Er verpasst immer meinen Nachtisch.«

»Er wird es vermutlich nicht schaffen«, erkläre ich. »Irgendein Fall erfordert seine Anwesenheit.«

»Tz«, macht Mom nur, sucht sich ein neues Opfer und beugt sich so weit wie möglich über den Tisch, um ein besseres Gespräch führen zu können. »Sagen Sie einmal, Danial, was machen Sie eigentlich beruflich?«

Oje …

Mir fällt augenblicklich die Kuchengabel aus der Hand und Puck verschluckt sich an seinem Pumpkin Spice Latte.

»Mrs. Tinobis«, sage ich laut und wende mich an Pucks Mutter, die neben mir sitzt. »Darf es noch ein bisschen Püree sein? Und wollen Sie uns nicht erzählen, was Puck als Kind immer für Gaunereien angestellt hat?«

Doch auf die Unterstützung von Pucks Mom kann ich gerade nicht setzen. Die alte Wichteldame ist irgendwann zwischen Vor- und Hauptspeise eingeschlafen und schlummert nun, mit dem Kinn auf der Brust, seelenruhig vor sich hin.

Was kann uns jetzt noch retten? Welche Lüge soll ich mir als Nächstes ausdenken?

»Ich arbeite für ein Technologieunternehmen«, erklärt Danial währenddessen in aller Ruhe.

Ich ziehe gedanklich meinen Hut, dass er so schnell geschaltet hat. Von Technologie hat Mom keinen blassen Schimmer.

»Aha«, sagt sie übertrieben interessiert und schiebt sich eine einzige Erbse in den Mund.

»Wir entwickeln und vertreiben Computer, Smartphones und Unterhaltungselektronik sowie Betriebssysteme und Anwendungssoftware.«

»Das ist ja toll«, meint Mom begeistert und klatscht sogar in die Hände, während ich mir gelangweilt ein Stück Maisbrot abreiße. »Da verdient man bestimmt eine gute Stange Geld.«

Puck und ich werfen uns Blicke zu, doch Danial scheint die Fragerei zu genießen, denn er lächelt meine Mutter charmant an, als er antwortet: »Es ist ausreichend.«

»Siehst du, Rebecca«, wendet Mom sich wieder mir zu und stößt mir dabei sogar ihren Ellbogen auffordernd in die Seite. »Hättest du lieber mal so etwas gemacht anstatt deines gefährlichen Kautionszeugs.«

»So gefährlich ist es gar nicht«, nuschele ich kleinlaut und schiebe meine noch nicht aufgegessenen Erbsen an den Tellerrand. »Nicht immer.«

»Lass gut sein, Gwendolyn«, sagt Dad ruhig und tätschelt ihre Hand. »Du weißt doch, sie machen immer alle, was sie wollen.«

Mom seufzt und fasst sich dabei sogar ans Herz. »Wenn doch deine Schwester noch bei uns wäre.«

Ich horche auf und sehe sie entgeistert an. »Wenn du das so sagst, klingt das, als würde sie nicht mehr unter uns weilen«, entgegne ich.

Dabei ist sie nur in Timbuktu und kämpft für den Weltfrieden. Oder ist sie doch gerade als Model in Bangkok unterwegs? Man verliert so schnell den Überblick. Ist ja auch alles irgendwie das Gleiche.

»Gott bewahre!«, empört sich Mom und muss sich auch gleich bekreuzigen, was mich dazu bringt, alarmiert zu Danial zu sehen.

Doch dieser schaut nur amüsiert in die Runde und macht es sich auf seinem Stuhl mit festlicher weißer Husse bequem.

Ein Klingeln an der Tür lässt uns alle aufhorchen, nur Pucks Mutter schläft weiterhin den Schlaf der Gerechten.

»Ich gehe schon«, rufe ich. Ich würde fast alles tun, um der Situation für ein paar Augenblicke zu entkommen. Sogar abwaschen.

Doch Puck kommt mir zuvor und ich lasse mich enttäuscht auf meinen Stuhl zurücksinken. Sind wahrscheinlich eh nur die Nachbarn, denen die Bratensoße oder das Kartoffelpüree ausgegangen ist, weil die Verwandten immer wie die Mastschweine über die Tafel herfallen.

»Vielleicht ist sie ja nächstes Jahr dabei«, versuche ich, das Thema abzuschließen und Mom ein gutes Gefühl dabei zu geben, dass eine ihrer Töchter ständig in der Weltgeschichte herumreist.

Ich sehe, dass Mom etwas erwidert, höre aber nicht hin, da ich versuche, zu verstehen, mit wem Puck an der Haustür spricht. Leider ohne Erfolg.

Lächelnd nicke ich Mom zu und hoffe, dass sie mir keine Frage gestellt hat, als Puck bereits wieder missgelaunt zu uns an den Tisch getrottet kommt. Ich sehe ihn fragend an und er schiebt sich wieder auf die mit Kissen höher gelegte Sitzfläche seines Stuhls.

»Ist für dich«, brummt er, sieht mich dabei aber vielsagend an und stochert lustlos in seinem Essen herum.

»Nein danke, ich möchte nichts mehr essen«, sagt Pucks Mom schlagartig, als sie genau in dem Moment wach wird.

Neugierig schiebe ich meinen Stuhl zurück und lege meine Serviette auf die Tischplatte. Mom geht gerade dazu über, Danials Familienstatus abzuklären, als ich vom Esszimmer in das Wohnzimmer gehe und die noch offen stehende Haustür anvisiere.

»Oh bitte«, rufe ich leidend aus, als ich erkenne, wer in der abendlichen Düsternis unserer Veranda steht. Aus dramaturgischen Gründen werfe ich beide Hände in die Höhe. »Warum ausgerechnet heute? Ich schwöre, ich war in den letzten Wochen nicht einmal gedanklich auch nur in der Nähe von White Kitchen. Willst du mich trotzdem erschießen? Gleich hier auf dem Fußabstreicher? Oder sollen wir lieber in den Garten gehen?«

Ted scheint nicht zum Scherzen aufgelegt zu sein. Irgendwie sieht er mitgenommen aus. Sein sonst so ordentlicher Anzug ist zerknittert, das helle Hemd blitzt aus dem Hosenbund hervor und ein dunkler Bartschatten liegt auf seinen Wangen.

»Schlecht geschlafen?«, frage ich weiter und lasse nun langsam die Hände sinken, nachdem ich mir sicher bin, dass er mir keine Gewalt antun wird. Zumindest noch nicht.

Auch auf diese Frage geht er nicht ein und mein Blick wird nun tatsächlich etwas besorgt, als er mich nur schwer atmend ansieht.

»Was ist denn los?«, frage ich leise, während Moms lautes Lachen an mein Ohr dringt. Langsam trete ich einen Schritt auf die Veranda und ziehe die Tür hinter mir so weit zu, bis sie nur noch einen Spalt offen steht.

»Wissenschaftler, Mediziner, Erfinder, Hexenzirkel, Schamanen, Zauberer, sogar äußerst illegale Untergrundorganisationen und Voodoo-Priester«, zählt Ted auf. Ich sehe ihn nur abwartend an, weil ich bereits weiß, was er mir damit sagen will. »Sie alle konnten Mr. Coleman bei seinem … Problem nicht weiterhelfen.«

Ich nicke und verschränke unbehaglich die Arme vor der Brust.

»Du musst ihm helfen, Carlisle, bitte.«

Sechs kleine Worte, die ich nie auch nur ansatzweise glaubte, je aus Ted Griffins Mund zu hören.

»Das kann ich nicht«, entgegne ich wahrheitsgemäß und sehe an ihm vorbei durch die verregnete Nacht. Eine Limousine parkt mit laufendem Motor auf der gegenüberliegenden Straßenseite.

»Ich würde dich nicht bitten, wenn es einen anderen Weg geben würde. Das musst du doch begreifen.«

Logisch tue ich das.

»Ich *kann* es wirklich nicht«, beharre ich auf meinem Standpunkt. »Aus sicherer Quelle weiß ich, dass wir dazu in die Unterwelt müssten, wie du ja ebenfalls weißt, Teddy.«

Ich sehe erneut fasziniert dabei zu, wie ein Nerv in seinem Gesicht zu zucken beginnt und er die Hände zu Fäusten ballt.

»Rebecca!«, höre ich Mom aus dem Esszimmer brüllen. »Isst du deinen Teller noch leer?«

Ich drehe meinen Kopf zur Seite. »Nein!«, brülle ich zurück. Mir ist jeglicher Appetit vergangen. Wieder an Ted gewandt, sage ich leiser: »Ich habe leider keinen blassen Schimmer, wie wir das anstellen können, ohne uns in einem satanischen Ritual gegenseitig zu opfern.«

Ted atmet tief durch und es vergehen ein paar Sekunden, bevor er spricht. »Und ich weiß aus verlässlicher Quelle, dass dieses Haus einen Dämon beherbergt, der sehr wohl weiß, wie man in die Unterwelt gelangt.«

Schön. Coleman hat gepetzt. Auf welche Art auch immer.

Ich schließe kurz die Augen. Die feuchte Luft lässt mich frösteln und außerdem fliegen so allerhand Viecher durch die leicht geöffnete Tür ins Wohnzimmer. Ich will, dass Ted geht, und zwar sofort.

»Darum kann ich Danial nicht bitten«, erwidere ich und öffne die Augen wieder, nur um in Teds dunkle Abgründe zu schauen.

»Wieso nicht?«

»Wieso nicht?! Kannst du dir nicht denken, dass er vielleicht seine Gründe hat, weshalb er hier ist und nicht da?«

Ted presst die Lippen zusammen. Ein Anzeichen dafür, dass er kurz davor ist, jemanden bis auf den letzten Tropfen auszusaugen. »Würdest du ihn *bitte* fragen?«

Ich kann mir nur vorstellen, was für Überwindung es ihn kosten muss, mich derart oft um etwas bitten zu müssen. Seine sonst so stolz gestrafften Schultern hängen nun irgendwie traurig herab, was mich vermutlich zu einem vagen Versprechen bewegt.

»Okay«, hauche ich also leise, sehe jedoch keinerlei Regung in Teds Gesicht. Sekundenlang mustern wir uns nur, bis ich begreife, was er verlangt. »Jetzt sofort?«

Der Personenschützer nickt blinzelnd und nun ist es an *mir*, tief durchzuatmen.

Nachdenklich sehe ich erneut zum Wagen gegenüber. Ist da eine Bewegung hinter der getönten Scheibe oder spielt mir die schwache Straßenbeleuchtung einen Streich?

»Also schön«, sage ich schlussendlich, ohne den Blick von dem Fahrzeug zu nehmen. »Warte hier.«

In schnellen Bewegungen lasse ich Ted vor der Tür stehen und laufe betrübt durch das Wohnzimmer. Am Durchbruch zum Esszimmer bleibe ich stehen und lehne mich gegen die Wand.

»Wo bleibst du denn so lange?«, fragt Mom sogleich und ihre hohe Lockenfrisur wippt bei der Drehung ihres Kopfes in meine Richtung bedrohlich hin und her.

Ich ignoriere sie und schaue zu Danial, der mich wie alle anderen neugierig ansieht. »Hast du kurz Zeit?«, frage ich widerstrebend und beiße mir sofort auf die Unterlippe.

»Natürlich«, antwortet Danial fröhlich und steht vom Tisch auf, der bereits weitestgehend abgeräumt ist. »Entschuldigt mich bitte.«

Ich vermeide es, jemanden anzusehen, als er neben mich tritt und ich ihn zurück zur Haustür führe.

»Wir bauen das Spiel schon mal auf«, ruft Mom uns hinterher. Die jährliche Runde Monopoly lässt sie sich einfach nicht nehmen.

Ted steht noch immer genau so an Ort und Stelle, wie ich ihn auf der Veranda zurückgelassen habe. Ein begossener Pudel wäre ein fröhlicherer Anblick gewesen.

»Oh, hallo«, begrüßt Danial den Halbvampir und mit einem Stich im Bauch erinnere ich mich daran, dass er auch *mich* das allererste Mal mit diesem Wortlaut begrüßt hat.

Ist das erst ein paar Wochen her? Es erscheint mir bereits wie ein halbes Leben.

»Hier ist er«, sage ich zu Ted, als dieser keine Anstalten macht, Danials Gruß zu erwidern. »Frag ihn.«

»Ich dachte, du hast ihn schon gefragt«, keift Ted mich böse an.

»Einen Teufel werde ich tun! Du willst doch was von ihm!«

»Mr. Coleman hat *dich* angeheuert, also wirst du auch …«

»Ich mach's«, unterbricht Danial unseren Streit und sieht dabei so fröhlich aus wie eh und je.

»Was?«, fragen Ted und ich gleichzeitig.

»Ich helfe Robert dabei, wieder ein Mensch zu werden.«

»Danial«, füge ich friedlich hinzu. »Du musst dich zu nichts verpflichtet fühlen. Du bist niemandem etwas schuldig.«

Ted sieht mit blankem Gesichtsausdruck zu mir und fragt sich offensichtlich, wie ich so hohl sein kann, Colemans Fahrkarte in die Unterwelt vielleicht wieder zunichtezumachen.

»Ich helfe gern«, gibt Danial diesem Bedenken allerdings keinerlei Zunder und tritt an uns vorbei, um es sich am Ende der Veranda auf dem Schaukelstuhl bequem zu machen. »Es wird einfach nie langweilig mit euch irdischen Wesen.«

Ich seufze ergeben.

»Danke«, haucht Ted förmlich und begibt sich zu Danial, um ihm fast ehrfürchtig die Hand zu schütteln. »Wir stehen tief in deiner Schuld.«

Ich runzle verwundert die Stirn. Ich dachte immer, der Tag, an dem Ted sich bei jemandem bedankt, ist auch der Tag, an dem die Hölle zufriert. Sachen gibt's.

»Also schön«, bringe ich mich ein. »Wann können wir starten?«

»Wir?«, fragt Danial und beide Männer sehen in meine Richtung. »*Wir* gehen nirgendwohin. Das Schwein und ich gehen allein.«

Auch Ted scheint über diese Vereinbarung nicht sonderlich glücklich zu sein und schaut missmutig zu dem Dämon im Schaukelstuhl. »Wo Mr. Coleman hingeht, gehe auch ich hin«, lässt er uns großspurig wissen und nur dieses eine Mal stehe ich voll und ganz auf seiner Seite.

»Eigentlich hat Coleman ja *mich* angeheuert«, bringe ich in Erinnerung und hebe kurz die Hand, um zu verdeutlichen, wer gemeint ist. »Also sollte ich die Sache auch gemeinsam mit ihm zu Ende bringen.«

Zum ersten Mal überhaupt sehe ich, wie Danial sich verzweifelt über die Augen reibt. Er weiß, dass er zwei Sturköpfe gegen sich hat, doch versucht erneut, uns davon abzubringen. »Die Hölle ist kein schöner Ort.«

Ach!

»Irdische Seelen sind wie Leuchtfeuer für die Dämonen der Unterwelt. Einige dieser Seelen strahlen so hell, sind so vollkommen, dass viele von uns Dämonen von ihnen aus Hunderten Meilen Entfernung wie die Motte zum Licht gezogen werden.«

Ich verstehe das Problem nicht. Ich denke, dass weder Ted noch ich besonders helle Seelen haben. Ich erinnere nur an meine angeblich dunkle Aura.

»Und?«, frage ich daher.

Danial lächelt fast traurig. »Du solltest wirklich nicht mitkommen.«

Erstaunt sehe ich ihn an, während Ted sich abwartend gegen das Geländer lehnt und als stummer Beobachter fungiert.

»Ich lasse euch das bestimmt nicht allein machen! Und außerdem … Du bist doch bei uns.«

Danial hört auf, zu schaukeln, und richtet sich neben uns auf. »Dein Vertrauen in mich ist hinreißend«, witzelt er und ich zucke nur mit den Schultern. »Aber bedenke: Nicht alle Dämonen sind wie ich.«

Die Tür hinter uns wird aufgerissen und Puck streckt seinen Wichtelkopf in die feuchte Nachtluft. »Wird das heute noch was?«, fragt er. »Gwendolyn hat schon das Spiel aufgebaut.«

»Augenblick noch«, zische ich über meine Schulter. »Danial muss nur noch zustimmen, uns alle in die Unterwelt zu bringen.«

»Ach so«, meint Puck trocken und ist kurz darauf bereits wieder verschwunden.

»Also?«, frage ich und wende mich zurück zu Danial.

»Von mir aus«, seufzt er nach einigen Sekunden zögernd und ich grinse breit.

Keine Ahnung, weshalb ich mich so freue.

»Wir sind sofort startklar«, spricht Ted, nachdem alles geklärt scheint.

»Allzeit bereit«, rufe auch ich und frage mich, ob wir uns bei unseren Gästen noch kurz abmelden sollten.

»Nicht sofort«, holt Danial uns auf den Boden der Tatsachen zurück, wo mein Tatendrang sofort wieder verfliegt. »Ich muss morgen arbeiten.«

»Du musst *was*?« Die ungläubige Stimme bin ich.

»Morgen ist Black Friday, der umsatzstärkste Tag des Jahres. Die Kunden werden uns den Laden einrennen.«

»Ich dachte, du machst Witze über deine angebliche Arbeitsstelle.«

Nun ist es Danial, der mit den Schultern zuckt. »Nein.«

Ted räuspert sich ungeduldig und schickt sich an, das Grundstück zu verlassen. »Könnten wir vielleicht einen Termin ausmachen?«, schlägt er vor.

Wir sehen uns alle fragend an.

»Mir wäre Sonntag recht«, werfe ich einfach mal zwischen uns und denke dabei an die Tatsache, dass Mom und Dad am Sonntag zurück nach Atlanta fliegen.

»Also Sonntag«, bestimmt Danial und Ted nickt.

»Wir werden hier sein«, sagt Ted, doch Danial sieht uns entschuldigend an.

»Das klingt jetzt vielleicht nach einem Klischee, aber der Lafayette-Friedhof wäre mir lieber.«

»Da hast du recht«, rufe ich aus. »Das klingt wirklich nach einem Klischee. Wieso ausgerechnet ein Friedhof?«

»Wir sind zu viert. Da ist ein bisschen zusätzliche Seelenenergie für den Transport nach unten recht hilfreich.«

»Seelenenergie? Von den Toten?«

»Die Seele verlässt den Körper nie vollständig. Das bisschen reicht schon aus. Wir können natürlich auch in einer Menschenmenge auf der Einkaufsstraße einfach so verschwinden und eine Massenpanik auslösen.«

»Nein, nein«, erwidere ich schnell. »Der Friedhof ist schon in Ordnung.«

»Um Mitternacht«, sagt Danial zu Ted, der daraufhin nickt und in den Regen tritt, um zum wartenden Auto zu schlendern.

Noch ehe er es erreicht hat, öffnet sich die Hintertür des Wagens und eine schlanke Schönheit mit Modelmaßen und wallendem blonden Haar tritt auf den Asphalt, um mit Ted zu sprechen. Es scheint sie nicht zu stören, dass der Regen ihre Frisur zerstört, während ich mich frage, wer sie ist.

Colemans Freundin?

Der Halbvampir und die Frau reden kurz miteinander, dann dreht sich ihr Kopf in unsere Richtung und sie nickt uns zu. Anschließend steigen beide wieder in den Wagen und die Limousine fährt davon.

Ich trete an das Geländer und lausche dem Regen. Wie es in der Hölle wohl sein wird? Heiß, schätze ich mal.

»Es wird doch nicht gefährlich?«, frage ich und wirbele herum, nur um Danial dabei zu erwischen, wie er traurig auf meinen Hinterkopf starrt.

Schnell erhellt sich seine Miene wieder, als er mir antwortet. »Mitnichten«, erwidert er geschwollen und ganz und gar nicht überzeugend.

Oje. Na da habe ich mir ja wieder einmal etwas eingebrockt. Aber kneifen gilt jetzt nicht.

»Gehen wir wieder rein, Puppe?«

Meine Augenbrauen schießen in die Höhe, als Danial mich so nennt. »Puppe?!«, frage ich, wie ich hoffe, angebracht empört genug.

Danial sieht fragend auf mich herab. »Puck meint, Frauen mögen, wenn man ihnen Kosenamen gibt.«

»Hör nicht auf das, was Puck dir über Frauen erzählt«, seufze ich und gehe zurück zur Haustür, um sie aufzustoßen.

»In Ordnung, Himbeerpfötchen.«

Ich boxe gegen Danials Oberarm und er lacht auf, als wir gemeinsam das Wohnzimmer betreten.

»Na endlich«, höre ich Moms Stimme. »Wir wollten schon eine Vermisstenanzeige aufgeben. Setzt euch, schnell. Die Spielfiguren hier sind noch übrig.«

»Ich nehme das Auto«, entscheide ich, als ich mich wieder an den Tisch im Esszimmer setze, und schiebe Danial die letzte

Spielfigur, einen Zylinder, über den Tisch. »Und ich will die Bank sein!«

Dad reicht mir bereitwillig das restliche Geld und vertraut mir die Verwaltung der noch nicht gekauften Grundstücke an, welche ich händereibend an mich nehme.

Während ein Würfel die Runde macht, um zu ermitteln, welcher Spieler beginnt, bekomme ich ernsthafte Zweifel.

Soll ich mich dem Unterfangen Höllentrip wirklich anschließen? Wird es Aussicht auf Erfolg haben? Was, wenn etwas passiert und wir nicht wiederkommen? Wäre wirklich ärgerlich, einfach so draufzugehen. Hätte ich vielleicht doch den Zylinder nehmen sollen?

Ich sehe heimlich zu Danial, der mich ebenfalls mustert und meine Gedanken zu erraten scheint. Er lächelt und zwinkert mir aufmunternd zu, dann ruft Mom: »Ich fange an!«

Kapitel 16

Es ist früh, *zu* früh. Der Zeitungsjunge hat soeben die *The Times Picayune* auf die Veranda geworfen, aber ich bin zu faul, vom Küchentresen aufzustehen und mein frisches Sandwich unbeaufsichtigt zurückzulassen. Ich bin nämlich immer noch der Annahme, dass Kobolde in unseren Gemäuern hausen.

Gähnend trinke ich einen Schluck Kaffee. Ich schlafe in letzter Zeit nicht sonderlich gut, und wenn mich dann doch irgendwann der Schlaf übermannt, nur für wenige Stunden. Warum, kann ich mir nicht erklären. Vielleicht fehlt mir ja auch einfach nur mein Teacup-Schweinchen.

»Guten Morgen«, höre ich Danials Stimme, als er in die Küche tritt.

»Guten Morgen«, erwidere ich, ohne von meinen Notizen aufzusehen und aufzuhören, mit dem Kugelschreiber zu spielen. »So zeitig schon wach?«

Danial geht zur Kaffeemaschine und gießt sich einen Kaffee in unsere neue rote Tasse mit der Aufschrift *Handsome Devil*, was Puck besonders witzig fand und sie sofort kaufen musste.

»Der Laden öffnet heute schon um fünf Uhr«, bemerkt Danial und lehnt sich gegen die Küchenzeile.

Ach ja, Black Friday und so. Der Tag, an dem alle Synapsen im Gehirn der Kaufwütigen durchbrennen und die Bevölkerung in die Schnäppchenschlacht zieht.

»Warum bist du schon wach?«

»Ich treffe Vorbereitungen«, erkläre ich und füge meiner Liste ein Wort hinzu.

Neugierig geworden, kommt Danial zu mir und schaut mir über die Schulter, während mir der Dampf seines frischen Kaffees in die Nase steigt.

»*Armbrust*«, liest er von meinem Zettel vor. »*Machete, Gewehr, Pucks Küchenmesser.* Was soll das sein?«

»Dinge, die ich für unseren kleinen Trip besorgen will«, antworte ich und drehe mich zu ihm um. »Nicht gut? Ich kann auch noch *Mistgabeln* und *Weihwasser* aufschreiben.«

»Wir brauchen keine Waffen«, erklärt er mir vorsichtig. »Und auch kein Weihwasser. Nichts davon verschafft uns irgendeinen Vorteil. Alles … Humbug.«

»Okay«, murmele ich und reiße meinen Zettel traurig in der Mitte durch.

Danial klaut noch schnell eine Olive von meinem Sandwich, stürzt seinen Kaffee hinunter und verschwindet in Richtung Wohnzimmer und Haustür.

Auf halbem Weg scheint er meiner Mom zu begegnen. Ich höre sie zusammen reden und lachen, dann öffnet und schließt sich die Haustür und nach ein paar Sekunden erscheint Mom hinter mir und legt die Tageszeitung auf den Küchentresen.

»Netter junger Mann«, schwärmt sie und fliegt sofort zur Spüle, um sich dem sich dort stapelnden Abwasch von gestern Abend zu widmen.

»Dir auch einen guten Morgen«, brumme ich, was sie nur mit einer Handbewegung abtut.

»Den solltest du dir warmhalten, jetzt, da das mit dir und Chris ja nicht …«

»Mama!«, rufe ich empört aus, jedoch geht die Intensität meines Einwurfs im Geschirrgeklapper komplett unter.

Pff, Chris. Schmort laut Danial in irgendeiner Zelle vor sich hin. Geschieht ihm recht. Mich wurmt nur, dass Gemma und Coral noch nicht gefasst wurden.

»Ich meine ja nur«, flötet Mom weiter und ich wechsele schnell das Thema.

»Kannst du nicht mehr schlafen?«, frage ich.

»Ich bin es gewohnt, so früh wach zu sein. Wegen dem Café, du weißt schon.«

»Hm.«

Mom backt jeden Morgen die komplette Auslage für das Café im Herzen von Atlanta selbst.

Ich sehe ihr eine Weile dabei zu, wie sie Geschirr einweicht, Essensreste dem Müllschlucker übergibt und zwischendurch auch noch die Katze füttert, während ich nur auf der faulen

Haut sitze, mir den Schlaf aus den Augen reibe und hin und wieder lustlos an meinem Sandwich nage.

Irgendwann erspähe ich Pucks Tablet und ziehe es zu mir. Ich öffne den Browser des Geräts und gebe aus einer Laune heraus ›Hölle‹ in die Suchzeile ein. Viele Millionen Einträge ploppen vor meinem Auge auf und erklären den Ort in einer traditionellen Vorstellung als den der Qualen und ewigen Verdammnis. Ja, so in etwa hatte ich mir das schon vorgestellt. Die Bildersuche spare ich mir an dieser Stelle einfach mal.

»Aber um noch einmal auf deinen neuen Mitbewohner zurückzukommen«, beginnt Mom und ich springe so ruckartig auf, dass der Kaffeebecher in meiner Hand überschwappt und der lauwarme Kaffee fast das Tablet trifft.

»Schon so spät? Ich … muss weg!«

»Ich dachte, du nimmst dir heute frei und wir unternehmen etwas.« Mom blickt mich überrascht an, während ich rückwärts die Küche verlasse.

»Bin bald wieder zurück«, verspreche ich. »Dann überlegen wir uns etwas.«

»Wieso ist hier eigentlich jeder schon so zeitig wach?«, fragt Pucks verschlafene Stimme vom Treppenabsatz, als ich mich zur Haustür stehle.

Ich werfe mir eine Jacke über und trete in die noch morgendliche Stille, als mir wieder einmal bewusst wird, dass Jimmy nicht mehr unter uns weilt. Also laufe ich meine Runden um den Block und kehre erst wieder heim, als die Sonne aufgeht und

Mom ihr Verlangen nach einem Mutter-Tochter-Gespräch überwunden hat.

Ehe ich mich versehe, schlendere ich mit Danial über die Coliseum Street, um die halbe Meile bis zum Friedhof zu Fuß zurückzulegen. Ich hänge meinen Gedanken nach und frage mich, ob ich meine Eltern und meine Freunde je wiedersehen werde. Die Verabschiedung von meinen Eltern heute am Flughafen lief keinesfalls tränenreich ab, aber ich hielt beide etwas länger im Arm als gewöhnlich.

»Alles klar?«, holt Danials Stimme mich ins Hier und Jetzt zurück.

»Ja«, lüge ich. »Ich fühle mich ohne Waffe nur irgendwie schutzlos. Ein Pflock wäre schon schön, oder wenigstens eine Gabel.«

Danial lacht, obwohl ich gar keinen Witz gemacht habe, und schon passieren wir die Washington Avenue, an der die Friedhofsmauer bereits beginnt.

Ich fühle mich wie beim Gang zum Schafott und frage mich, wie in den letzten Tagen sehr oft, warum zum Kuckuck ich hier unbedingt dabei sein wollte. Hätten die Jungs das Ding mal lieber allein durchgezogen. Aber hey, man lebt nur einmal.

Am Nebeneingang des Lafayette-Friedhofs No. 1 bleiben wir vor einem verwitterten gusseisernen Tor auf dem rissigen Bürgersteig stehen. Als ich die am Straßenrand parkenden Pkw betrachte, öffnet sich die Fahrertür eines Fahrzeugs, welches ich sofort wiedererkenne.

Ted steigt aus, umrundet den Wagen und öffnet die Beifahrertür. Sofort springt Coleman auf den Fußweg und kommt begrüßend grunzend zu uns gelaufen, während Ted das Fahrzeug verschließt. Als der Halbvampir in den Lichtschein der Straßenlaterne tritt, sieht er in Jeans und kurzärmeligem Shirt ungewohnt sportlich aus.

»Hallo«, grüße ich unbehaglich und versuche, tough zu klingen.

Ted nickt nur und steckt den Wagenschlüssel in seine Hosentasche.

»Und jetzt?«, frage ich und deute auf das schlichte Fahrradschloss, welches stümperhaft, aber effektiv um den Zaun gelegt ist. »Klettern wir über die Mauer?«

»Könnten wir machen«, sagt Danial und ich sehe uns schon mit Räuberleiter das Hindernis überwinden. »Müssen wir aber nicht.«

Er geht auf das Tor zu, packt das Schloss mit einer Hand und ein kurzer Lichtblitz flackert auf. Ich sehe zur Seite, um meine Augen zu schützen, aber trotzdem tanzen Lichtflecken davor umher und versauen mir für kurze Zeit meine Nachtsicht.

Ein Blick zurück zum Tor verrät mir, dass das Schloss hell glühend und entzweigesprengt am Boden liegt.

»So geht's auch«, meint Ted anerkennend und läuft heldenhaft durch das nun geöffnete Tor auf das Innengelände des Friedhofs.

Ich sehe mich vorsichtig um, hinüber zu dem pastellgrünen Haus mit dem alten Ford Mustang in der kurzen Einfahrt, versichere mich, dass uns niemand sieht, und folge den unerschrockenen Herrschaften hoffentlich nicht in unser Verderben.

Bereits nach wenigen Schritten haben wir den Lichtkegel der Straßenbeleuchtung hinter uns gelassen und können den Weg vor uns nur noch erahnen.

Mein Unbehagen macht sich nun immer deutlicher bemerkbar, je weiter wir zum Zentrum der Ruhestätte vordringen. Coleman trottet gemächlich neben mir her, während wir den beiden anderen Männern vor uns folgen und zusehen, dass wir den Anschluss nicht verlieren. Grablichter weisen uns den Weg, wie Glühwürmchen in der Dämmerung.

Immer wieder sehe ich mich um, erblicke zwischen Grabsteinen, Gedenktafeln und Mausoleen umherhuschende Schatten, die da eigentlich nicht hingehören. Ich erschrecke gehörig, als ein Nachtvogel in den Bäumen über uns krächzt, was mir einen ziemlich spöttischen Blick von Coleman einbringt, den ich sogar in der bewölkten Novembernacht erkennen kann.

Klar, der Kerl hat gut lachen, denn welcher Axtmörder würde sich schon zuerst auf ein Minischwein stürzen anstatt auf eine hilflos anmutende junge Frau?

Um mich von meiner Beklemmung abzulenken, gehe ich gedanklich all die Dinge durch, die ich irgendwann einmal über diesen Friedhof gehört habe.

Besteht seit 1830, oder war es 1831? Die rasterähnliche Anordnung spiegelt den Grundriss der Stadt wider, zwei Alleen kreuzen sich, einer der meist besuchten Friedhöfe der USA, Schauplatz für Romane und Filme, immer wieder Berichte von Touristen über schabende Geräusche aus den Gräbern und ein merkwürdiges Kältegefühl …

Okay … das ist jetzt auch nicht sonderlich hilfreich.

Danial und Ted halten genau an der Stelle, wo die beiden Alleen sich im Zentrum des Friedhofs kreuzen. Keine Baumkronen bedecken diesen Fleck Erde und somit könnte man von hier wunderbar in die Sterne blicken, wäre der Himmel heute nicht wolkenverhangen.

»Seid ihr bereit?«, fragt Danial und ich kann mich einfach nicht dazu bewegen, zu nicken.

Coleman quiekt vergnügt und das Geräusch hallt unnatürlich laut zwischen den Gruften wider.

»Tun wir's«, fordert Ted und sieht Danial abwartend an.

»Gut, aber die Handfeuerwaffe bleibt hier.«

Ted sieht ertappt zwischen uns hin und her.

»Teddy«, sage ich ermahnend.

Schmollend fasst er sich an den hinteren Hosenbund und lässt die Schusswaffe achtlos ins Gras fallen.

Danial spricht seinen Dank aus, aber ich fühle mich irgendwie nicht gut bei dem Gedanken, die Waffe hier liegen zu lassen.

»Kann irgendjemand vorher vielleicht noch einen netten Spruch sagen?«, frage ich, da ich es eh nicht mehr ändern kann, und denke dabei an so etwas wie ›*Yippie Ya Yeah, Schweinebacke*‹. »Damit würde ich mich wirklich besser fühlen.«

Ted sieht mich verständnislos an, während Danial ernsthaft zu überlegen scheint. Zu Coleman will ich lieber gar nicht erst hinabsehen.

»Die Tapferen leben vielleicht nicht ewig«, kommt Danial schließlich meiner Bitte nach. »Aber die Vorsichtigen leben überhaupt nicht.«

Ich nicke dankend, bis mir klar wird, dass diese Rede nicht das ist, was ich hören wollte. Doch dann wird mir noch etwas ganz anderes klar. »Hast du mit Puck Filme geschaut?«

»Wieso?«

»Weil das ein Zitat aus *Plötzlich Prinzessin* ist.«

Ich höre ein Geräusch, welches ich erst nicht einzuordnen weiß, doch dann begreife ich, dass Ted allen Ernstes kichert.

»Also los jetzt«, rufe ich lauter als beabsichtigt, um das ganze Unterfangen etwas zu beschleunigen. »Bringen wir es endlich hinter uns! Müssen wir uns irgendwie an den Händen fassen?«

»Nein«, sagt Danial und atmet kurz und tief durch.

Ob er genug Seelenenergie aus den umliegenden Gräbern für unsere kleine Reise aufsaugen kann?

»Es wird doch nicht wehtun, oder? Muss ich mich auf Schmerzen gefasst machen?«

»Nein.«

»Wirst du irgendetwas sagen oder machen?«

»Eigentlich nicht. Soll ich vielleicht mit den Fingern schnippen? Fühlst du dich dann besser?«

»Ich glaube schon, ja.«

»Gut, dann schnippe ich mit den Fingern.«

»Wann genau?«

»Bei drei?«

Ich überlege kurz. »Ja, okay. Drei ist gut.«

»Drei.« Danial schnippt tatsächlich mit den Fingern und ich kann nur erschrocken blinzeln, als wir uns völlig geräuschlos in Luft auflösen.

Kapitel 17

Ich warte auf sengende Hitze, die die Härchen auf meinen Armen verbrennt, schreiende Seelen, die auf ewig im Fegefeuer für ihre Sünden büßen, oder wenigstens grotesk entstellte Folterknechte, die mit rasselnden Ketten an uns vorbeiziehen. Doch nichts dergleichen erwartet uns. Es ist nicht einmal sonderlich heiß, eher angenehm kühl.

»Tada!«, sagt Danial genau in dem Moment, als ich die Augen öffne.

»Das ist die Hölle?«, fragt ein ebenfalls verwunderter Ted. »Die habe ich mir irgendwie anders vorgestellt.«

»Ja, das sagen alle, wenn sie den … Empfangsraum betreten.«

Ich lasse meinen Blick schweifen und kann nichts Ungewöhnliches feststellen. Eine gewöhnliche Höhle, hoch und weitreichend, an den Wänden lodern grüne Flammen in Feuerschalen. Ich blicke nach unten und sehe, dass wir uns in der Mitte eines

Pentagramms befinden, welches in den glatten Steinboden geritzt ist.

Keiner von uns rührt sich und wir warten geduldig auf Danials Anweisungen.

»Tut, was ich sage, wenn ich es euch sage«, erklärt dieser uns schließlich und ich nicke, was wenig bringt, denn der Dämon steht mit dem Rücken zu uns.

Ich spüre eine Bewegung an meinen Beinen und sehe erneut nach unten. Schnell bücke ich mich und hebe Coleman in meine Arme. Ich fühle mich nicht gut dabei, ihn hier frei herumlaufen zu lassen.

»Folgt mir«, weist Danial uns an und wir setzen uns schnellen Schrittes in Bewegung.

Wir durchqueren die Höhle, durch die ein eisiger Luftzug fegt, als wir einem Tunnelsystem näher kommen. Unsere Schritte hallen von den Wänden wider und wir wählen einen schmalen Gang, der uns in zahlreichen Biegungen und Kurven immer weiter führt.

In den Schatten zwischen den Feuerschalen erkenne ich kleine Wesen, die uns interessiert beobachten und teilweise ein Stück des Weges begleiten. Sie sehen irgendwie putzig aus, mit ihren dicken Leibern, den viel zu kurzen Armen und Beinen und dem faltigen Kopf.

Aber als sie laute, klackende Geräusche von sich geben, drücke ich Coleman fester an mich, bis er unbehaglich quiekt und ich mich entschuldige.

»Danial«, flüstere ich und deute auf die Wesen, die im Halbschatten lauern.

Auch Ted lässt sie nicht aus den Augen und sein Blick huscht zwischen den Wänden hin und her.

»Die tun euch nichts«, erklärt uns der Angesprochene und schaut ungewohnt belustigt zu uns zurück, während einer der kleinen Höllenbewohner mutig nach meinem Bein greift. »Meistens jedenfalls.«

Schnell ziehe ich mein Bein weg und im selben Moment ertönt ein Schmerzensschrei von Ted.

»Es hat mich gebissen«, ruft er aus.

Ich sehe schadenfroh in seine Richtung, während er neben mir her humpelt.

Der Tunnel führt uns noch wenige Meter weiter, bis wir vor einem imposanten Portal zum Stehen kommen. Merkwürdige Schriftzeichen zieren das Tor von oben bis unten, scheinen regelrecht von innen heraus zu glühen und wirken irgendwie bedrohlich.

»Bleibt dicht bei mir«, schärft Danial uns ein und legt beide Hände gegen das Tor, während der grüne Feuerschein Schatten auf sein Gesicht wirft. »Es muss jetzt sehr schnell gehen, sonst spüren sie eure Anwesenheit.«

Er sagt zwar ›eure‹, sieht dabei aber nur mich an, was mir irgendwie kein gutes Gefühl vermittelt.

Danial gibt dem Tor einen leichten Stoß und der Durchgang öffnet sich. Die anfängliche Stille wird nun erfüllt von … Höllenlärm.

Tosende Feuer und Winde, Schwefel, umherirrende Seelen, geflügelte Dämonen, die eine Seele nach der anderen zu verschlingen scheinen, und mittendrin … wir.

Heißer Wind zerrt an meinen Haaren und meiner Kleidung, während wir fassungslos auf das vor uns liegende endlose Gebiet aus Feuer, geschmolzenem Gestein und explodierenden Gasen starren.

»Ja …«, vernehme ich Teds Stimme neben mir, während ich höllisch – haha – zu schwitzen beginne. Ich höre seine Stimme nur gedämpft, wie unter einer riesigen Glocke. »Genau *so* habe ich mir die Hölle vorgestellt.«

Das kann ich nur nickend bestätigen.

Coleman quiekt.

»Los, weiter«, reißt Danial uns aus unserer fassungslosen Starre und setzt sich in Bewegung.

Ein Pfad führt direkt durch das Flammenmeer, welchen wir ansteuern. Ein gehörnter Dämon stößt unweit entfernt gerade einen weiteren Dämon ins Fegefeuer. Direkt daneben prangt ein lebloser Körper auf einem Speer aus dem brennenden Gestein. Ich kann meinen Blick gar nicht von der Grausamkeit abwenden, es ist wie ein Unfall.

Plötzlich packt mich eine Hand am Arm und zieht mich weiter. Ted.

»Komm schon«, spornt er mich an und wir schließen wieder zu Danial auf.

Je weiter wir laufen, desto mehr werde ich das Gefühl nicht los, dass Danial eine Art Schutzzauber auf uns gelegt hat. Egal, welche verstörende Szene oder welchen barbarischen Folterakt wir passieren, keiner der Dämonen, Höllenhunde und Folterknechte scheint auch nur ansatzweise Notiz von uns zu nehmen.

Mit tränenden Augen starre ich von jetzt an nur noch auf Danials Rücken. Hier zu sein ist einfach … die Hölle …

Nach einer schier endlosen Hatz durch die unwirtliche Landschaft der Unterwelt bleibt Danial plötzlich stehen und ich laufe beinahe in ihn hinein. Meine Seite sticht wie verrückt und ich versuche vorsichtig, wieder zu Atem zu kommen, als er sich zu uns umdreht.

»Wir sind da«, teilt er uns mit und streckt beide Hände nach mir aus. »Gib ihn mir.«

Ohne zu zögern, reiche ich Coleman an Danial weiter und sehe an ihm vorbei. Eine Art Quelle sprudelt aus dampfenden Gesteinsbrocken und läuft in ein schmales Auffangbecken, bevor es überläuft und auf dem Boden verdampft.

Eine Quelle? In der Hölle? Ich hinterfrage hier einfach mal gar nichts mehr.

»Was ist das?«, will Ted aber wissen und wir beobachten, wie Coleman direkt ins funkelnde Quellwasser gesetzt wird.

»Der Ursprung der Dämonenmagie«, erklärt Danial bereitwillig und tritt zwischen uns. Wir alle starren nun auf den zitternden Coleman. »Jeder Dämon atmet seit Anbeginn der Zeit die Dämpfe der Quelle ein und erhält so seine Magie, die irgendwann unwiderruflich mit ihm verbunden ist. Die Quelle selbst ist um einiges mächtiger, wie wir gleich sehen werden.«

Gebannt beäugen wir das Geschehen. Ich erwarte funkelnde Magie, ein Leuchten oder wenigstens irgendeinen zeremoniellen Ton, doch nichts dergleichen geschieht. Coleman ist immer noch ein Schwein, gähnt bezeichnend und legt sich gelangweilt in das Quellwasser.

»Dauert länger, als ich annahm«, gesteht Danial und sieht sich besorgt um.

Ich folge seinem Blick und sehe die ersten Dämonen, die aufhorchend die Köpfe heben und in unsere Richtung blicken, obwohl sie uns offensichtlich noch nicht sehen können.

»Vielleicht hilft es ja, wenn er ein bisschen davon trinkt«, schlage ich vor, denn der Gedanke, hier noch mehr Zeit mit immer aufmerksamer werdenden Dämonen zu verbringen, macht mich ganz kirre.

»Das würde ihn umbringen«, erklärt Danial schlicht und Coleman quiekt erschrocken, da er gerade den Rüssel zur Oberfläche der Quelle senken wollte.

»Da kommt was.« Ted deutet in die Feuersbrunst zu unserer Linken.

Wir folgen seinem Fingerzeig und trotz der unbeschreiblichen Hitze läuft es mir plötzlich eiskalt den Rücken hinunter.

»Verdammt«, murmelt Danial.

Jetzt gerate ich echt in Panik, denn ich habe ihn noch nie fluchen gehört. Noch nie!

Die geflügelte Gestalt kommt näher. Bei eingehender Betrachtung kann man sie durchaus als menschlich erachten. Nur die ledernen schwarzen Schwingen und die ebenfalls schwarzen Krallen verraten, dass es nicht so ist.

»Das muss reichen«, entscheidet Danial schnell und entreißt Coleman der magischen Quelle. »Ihr müsst gehen.«

»Aber er ist immer noch ein Schwein«, mischt Ted sich ein und bekommt Coleman in die Arme gedrückt.

»Gib ihm noch ein paar Minuten«, beschwichtigt Danial und schiebt uns direkt neben die Quelle, dahin, wo die Magie am stärksten wirkt.

Ich sehe zurück zu dem fliegenden Dämon, der mit unbewegten Schwingen langsam zu Boden gleitet. Sein Oberkörper ist nackt, tiefe Brandnarben sind in seine Haut geätzt und Hörner wachsen zwischen dunklem Haar aus seiner Stirn.

»Ihr müsst sofort verschwinden, oder ihr werdet alle sterben.«

Das halte ich für ein sehr gutes Argument. Ich will gerade etwas sagen, als eine dunkle Stimme ertönt.

»Cryladradanialitek, ich weiß, dass du hier bist. Und du hast jemanden mitgebracht. Jemand ganz Außergewöhnlichen. Zeig dich.«

Danial beißt sich auf die Unterlippe, verschwendet kein Wort mehr an uns und dreht sich zu dem Dämon um. Er geht ein paar Schritte, dann wabert die Luft, als würde er durch eine Barriere treten und sich so zu erkennen geben. Er streckt beide Arme einladend aus.

»Bruder«, höre ich ihn nur sagen, der Rest geht im Tosen des Höllensturms unter.

Ted und ich sehen uns an. Wir können nichts tun, außer zu warten.

Die beiden Dämonen unterhalten sich, die Bewegungen von Danials Bruder werden ungehalten und dann trifft mich schlagartig sein böser Blick. Leuchtende rote Augen fahren durch mich hindurch und sehen direkt in mein Innerstes.

Erschrocken fasse ich mir an die Brust, als Schmerz mich zu zerreißen droht. Ich gehe in die Knie und der Dämon setzt zum Sprung an. Danial wirbelt mit ausgestreckten Armen zu uns herum.

»Nein!«, ruft er, dann explodiert ein Lichtblitz in seiner Hand und das Nächste, was ich fühle, ist das feuchte Gras des Lafayette-Friedhofs unter meinen zitternden Händen. Teds Waffe liegt direkt neben mir.

Schwer atmend setze ich mich zurück auf meine Fersen, verberge das Gesicht in den Händen und zwinge mich dazu, tief durchzuatmen und ruhig zu bleiben. Die kühle Nachtluft flutet meine Lungen und mein wild klopfendes Herz beruhigt sich mit jeder Sekunde etwas mehr.

Als ich es wage, den Blick in den Himmel über New Orleans zu heben, sehe ich Sterne.

Ich erhebe mich vorsichtig und blicke mich langsam um. Kein Danial in unmittelbarer Umgebung, also rufe ich seinen Namen.

Nichts.

Ich erblicke Ted, der über einer Person im Gras kniet und aus einer Wunde an der Wade den Rasen voll blutet.

»Können Sie aufstehen?«

Ich beobachte den wieder menschlichen Coleman, der sich auf beide Beine kämpft und sich augenscheinlich erst wieder daran gewöhnen muss, dass er nicht mehr auf vier Pfoten durch die Weltgeschichte laufen muss. Ich wende peinlich berührt den Blick ab, als ich bemerke, dass er splitterfasernackt ist.

»Ms. Carlisle?«, fragt seine zurückgewonnene raue Stimme nach einer Weile, aber ich bemerke trotzdem den leicht quiekigen Unterton, kurz bevor er sich räuspert.

Ich drehe mich vorsichtig zu den beiden Männern um und stelle erstaunt fest, dass nun Ted mit freiem Oberkörper in der nächtlichen Düsternis steht, während Coleman mit dessen Shirt seine Blöße bedeckt.

»Danke für alles«, spricht Coleman. Sein perfekter Körper sticht wie eine Marmorstatue aus der Umgebung hervor.

Ich kann wieder einmal nur nicken, weil es mir irgendwie die Sprache verschlagen hat. Manchmal ist mir einfach alles zu viel.

»Ich werde mich demnächst für Ihre Hilfe erkenntlich zeigen«, ergänzt Coleman, dann wendet er sich ab und geht langsam zum Ausgang zurück, durch den wir uns gewaltsam Einlass verschafft hatten.

Ted sieht seinem Arbeitgeber hinterher, bevor er sich noch einmal zu mir dreht. Ich kann es mir auch einbilden, aber ich glaube, ein dankbares Lächeln auf seinen Lippen zu sehen. Er nickt mir kurz zu – die einzige anerkennende Geste, die ich je von ihm erhalten werde –, dann dreht er sich um und folgt Coleman.

Schon bald sind beide Gestalten in der Dunkelheit verschwunden und ich bin allein. Auf einem Friedhof.

Grusel.

»Das war doch lustig«, sagt eine Stimme hinter mir und ich drehe mich über alle Maße erschrocken um.

»Oh, hi«, rufe ich, um meine Schreckhaftigkeit zu überspielen, und sehe in Danials grinsendes Gesicht. »Ich dachte, du bleibst gleich … unten.«

Danial verzieht das Gesicht und ich sehe, dass er mit Teds vergessener Handfeuerwaffe herumspielt. »Nicht doch«, erwidert er. »Ich muss heute arbeiten. Und außerdem habe ich einen Mietvertrag unterschrieben, mit meinem eigenen Blut. So schnell werdet ihr mich nicht los. Das mit dem Blut war ein Witz«, fügt er schnell hinzu, als er meinen verstörten Blick bemerkt.

»Sonst alles klar?«, will ich wissen und beäuge ihn misstrauisch, kann jedoch keine Spuren eines Kampfes oder Ähnliches erkennen.

»Kann nicht klagen.«

»Netten Bruder hast du da.«

»Du kennst meine Schwestern noch nicht.«

Ich lache kurz auf und sehe ihn erleichtert an, dann ziehe ich die Nase hoch und gehe einen Schritt auf ihn zu, um ihn umarmen zu können, einfach weil ich es gerade will.

Kaum zu glauben, dass wir alle die Nacht überlebt haben, die erschreckend schnell vorüberging. Das will ich wirklich nie wieder wiederholen.

Danials Arme gleiten um mich und seine Hände legen sich vorsichtig auf meinen Rücken, als ein Irrlicht an uns vorbeifliegt und die Szenerie in feenhaftes Licht taucht.

Kapitel 18

Ich muss kurz weggenickt sein, denn als ich erwache, ist das Badewasser fast kalt und meine Haut an Händen und Füßen gleicht nun der einer Wasserleiche. Ich mache mich schnell salonfähig und renne quasi die Treppe hinunter ins Wohnzimmer.

»Ich bin da, ich bin da!«, rufe ich aus und rutsche auf dicken Strümpfen über den Wohnzimmerboden, während ich mein nasses Haar in einen hohen Dutt zwinge.

»Na endlich!«, ruft Puck und greift sogleich in die Chipstüte neben sich auf dem Wohnzimmertisch.

»Wir dachten schon, du wärst ertrunken«, lässt Fin mich wissen und nascht einen Schaumkuss, den sie sich gekonnt auf eine ausgefahrene Kralle steckt.

»Und würdest jetzt schon langsam vor dich hin stinken«, beendet Danial, der mit Kartenmischen beschäftigt ist und dies in Manier eines Zauberkünstlers tut, den Satz.

»Reizend«, sage ich gelassen und setze mich auf den freien Platz neben Fin. »Man könnte annehmen, dass Pucks Etikette einen schlechten Einfluss auf euch hat.«

»Niemals!«, erwidert Fin mit vollem Mund und spuckt dabei Schokokrümel quer über den Tisch.

Puck gluckst erheitert vor sich hin.

Ich sehe zum Fernseher, welcher ohne Ton einen Beitrag des lokalen Nachrichtensenders zeigt. In den letzten Tagen überschlugen sich die Medien fast, als der verschwundene Millionär einfach so wieder auftauchte.

»Können wir das ausmachen?«, frage ich, als Coleman gerade zum tausendsten Mal bei seiner einzigen Pressekonferenz gezeigt wird, in der er verkündet, Großteile seines Unternehmens zu verkaufen, um sich von nun an Projekten zu widmen, die friedlicherer Natur sind.

»Klar.« Puck drückt auf den Powerknopf der Fernbedienung.

Der Bildschirm wird schwarz und ich atme zufrieden durch, sehe lieber zu Danials Katana empor, welches jetzt hübsch drapiert über dem Fernseher hängt.

»Übrigens«, meint Puck dann, während Danial beginnt, Karten zu verteilen, die ich sogleich ordentlich sortiert in meine Hände aufnehme und schon jetzt sehe, dass diese Runde nicht meine Runde wird. »Während du drei Stunden schwimmen warst, war ein uns bekannter Millionär hier und hat etwas für dich abgegeben.«

Ich sehe erschrocken auf. »Coleman war hier?« Drei nickende Gesichter sehen mich an. Als Mensch? Bei Tageslicht? Das ist gut, denn es bedeutet, dass auch der erste Fluch verschwunden ist. »Wann denn?«

Überlegend sieht Puck in die Runde und Fin zuckt mit den schmalen Schultern.

»Vor achtundzwanzig Minuten.« Danial legt den übrig gebliebenen Kartenstapel in die Mitte des Tisches. »In der Küche liegt ein Umschlag für dich.«

Achtlos werfe ich meine Karten vor mir auf den Tisch und haste in die Küche. Ich pralle hart gegen den Türrahmen und reibe mir fluchend den Oberarm, als ich am Küchentresen stehe und auf den besagten gepolsterten Brief ohne Anschrift oder Absender hinabsehe.

»Was ist da drin?«, rufe ich ins Wohnzimmer, obwohl ich sehe, dass der Verschluss des Kuverts ungebrochen ist.

»Keine Ahnung«, brüllt Puck zurück. »Noch nie was von Briefgeheimnis gehört?«

»Als würde dich das abschrecken!«

Kurz ist es still und ich kann Fin leise kichern hören. Ich kann mir nur zu gut vorstellen, welche Grimassen Puck gerade zieht. Und dass er mir in die Karten sieht.

»Jetzt mach auf«, brüllt er weiter. »Wird schon keine Briefbombe sein!«

Mit keinem wirklich guten Gefühl nehme ich den Umschlag in die Hände und prüfe sein Gewicht. Irgendetwas Ovales zeichnet sich aus dem Inneren ab. Ich schließe die Augen, reiße die Lasche ruckartig auf und atme erleichtert aus, als die Küche nicht in Rauch und Flammen aufgeht. Den Inhalt des Kuverts kippe ich einfach auf den Tisch und staune nicht schlecht, als eine Fahrzeugzulassung und ein Autoschlüssel auf den Tresen kullern.

»Das darf doch nicht …«

Ich kralle mir den Schlüssel, mache auf dem Absatz kehrt und fege wie der Road Runner zur Eingangstür.

»Was ist los?«, fragt Fin.

Ich reiße erbost die Haustür auf, drücke gleich auf den Knopf für die Zentralverriegelung und könnte vor Wut explodieren, als ein gelber Sportwagen vor der Haustür darauf reagiert und mit blinkenden Scheinwerfern die Fahrzeugtüren entriegelt.

Plötzlich ist Puck neben mir und pfeift anerkennend in die vom Schnee geschwängerte Luft. »Das ist ein Chevrolet Camaro Ss«, raunt der Wichtel ehrfürchtig.

Ich verschließe das Fahrzeug wieder, knalle die Haustür zu und tigere wütend im Wohnzimmer auf und ab. »Was bildet der sich eigentlich ein? Hat er zu viel *Fifty Shades of Grey* gesehen?!«

»Oder *Transformers*«, wirft Puck ein, während er noch immer durch das Fenster nach draußen späht, um den Wagen anzuhimmeln. »Hast du das Nummernschild gesehen?«

Nein. Und ich will es auch überhaupt nicht sehen.

»Mir einfach einen Fünfzigtausend-Dollar-Sportwagen vor die Tür zu setzen!«

»Das ist eben seine Art, Danke zu sagen«, meint Fin.

Ich halte missgelaunt inne, um sie böse anzufunkeln. »Ein einfacher Händedruck hätte mir auch gereicht«, grummele ich.

»Ich verstehe dein Problem nicht«, sagt Puck und kommt zu uns geschlendert. »Der Mann hat Geld wie Heu, du brauchst einen Wagen, er hat ihn dir geschenkt, basta.«

»Du hast ihm ja schließlich auch geholfen, wieder ein Mensch zu werden«, erinnert Fin mich.

»Um genau zu sein, war das ja eigentlich Danial«, grübelt Puck und kratzt sich dabei am Kinn. »*Er* sollte den Wagen bekommen.«

Ohne zu zögern, werfe ich Danial den Schlüssel zu, der ihn problemlos mit einer Hand aus der Luft fängt. »Fahr ihn, verkauf ihn, mir egal!«

Hat er überhaupt einen Führerschein?

Immer noch erbost, lasse ich mich auf meinen Platz fallen und nehme die Karten wieder auf.

Fehlt hier nicht eine?

»Vergessen wir es einfach ganz schnell wieder«, brumme ich. »Es ist sowieso unwahrscheinlich, dass wir Coleman je wiedersehen.«

Zufrieden sehe ich, wie Puck zu seinen Lieblingskeksen mit der weißen Cremefüllung greift, und meine Rage über Colemans Person verfliegt sogleich.

Unauffällig beobachte ich ihn dabei, wie er einen Teil des Kekses abdreht und genüsslich die Creme von dem Gebäck schleckt.

»Bäh!«, ruft er fast sofort aus, während Danial, Fin und ich bereits laut grölen und uns beglückwünschend abschlagen. »Zahnpasta!«

Ich wische mir Lachtränen aus dem Augenwinkel, knalle meine erste ausgespielte Karte auf den Tisch und blicke abwechselnd in die Gesichter meiner Freunde.

Mein Leben kann endlich wieder in geregelten Bahnen laufen. Alles ist wieder wie früher. Dann bleibt mein Blick auf dem lachenden Danial hängen.

Na ja.

Fast.

Dank

Bämm!! Das war er, der erste Streich! Und wenn man mir vor einem Jahr gesagt hätte, dass ich mich einmal Autorin schimpfen würde, wäre ich sicherlich lachend von meinem Einhorn gekullert. Aber das zeigt einmal mehr, dass man alles erreichen kann, wenn man nur fest an Feen … äh … an sich … wenn man nur fest an sich glaubt.

Zuallererst möchte ich natürlich DIR danken, lieber Leser, der du so abenteuerlich warst und Tess auf ihrer Reise begleitet hast. Und das Dankeswort liest du auch noch, du verrücktes Stück, du! Dich schreckt ja überhaupt nichts ab! Hoffentlich bist du auch beim nächsten Teil wieder dabei.

Ein herzlicher Dank geht an das gesamte Team des wundervollen Sternensand Verlages, welches mich so lieb aufgenommen und dem Manuskript dazu verholfen hat, eine runde Sache zu werden. <3 Ein ganz großer Luftkuss geht in dem Sinne besonders an Corinne. Ohne dein Zutun hätte das Manuskript vermutlich nie den Weg zum Verlag gefunden … NIE! Also danke, dass du dich auf diese … Premiere eingelassen hast. ☺

Auch meinen lieben Testlesern sei gedankt. Sara, Tina, ihr rockt! Und Sara … Ohne dein tägliches ›Wie viele Seiten hast du geschrieben?‹ würde ich wahrscheinlich noch irgendwo bei Kapitel zwei rumdümpeln, also danke fürs Anlegen der Daumenschrauben. ;)

Zu guter Letzt komme ich nicht darum herum, auch meinem Onlinehändler des Vertrauens, meinem Postboten und meiner Fleischereifachverkäuferin zu danken, die mich stets mit gutem Stoff versorgten (das klingt jetzt komisch, aber es geht nicht um Drogen … wirklich nicht!) und somit sicherstellten, dass mir nie die Inspiration und die Nahrungsmittel ausgingen, während mich der Schreibprozess im Big Easy gefangen hielt.

Man liest sich im nächsten Band!

Alles Liebe

Eure Nicole

Über die Autorin

Nicole Schuhmacher, geboren im Mai 1987 in der wunderschönen Sächsischen Schweiz, lebt und arbeitet auch noch heute in einem kleinen Ort in Ostsachsen. Ihre Liebe zum Schreiben entdeckte sie im Teenageralter und frönte dieser Leidenschaft jahrelang als exzessive Verfasserin von Fanfictions. Nicole ist außerdem Cosplayerin, Disney-Verehrerin, Musical-Gängerin und Hunde-Mama. Sie bezeichnet sich selbst als Fangirl, Superhelden-Süchtling und Vampir-Lady. Die bekennende Tagträumerin mag außerdem: Meerjungfrauen, Comics, Zombies und völlig unnütze glitzernde Sachen (PINK! Sie müssen PINK sein!!!1!!11!!!). Sie liebt ihre Playstation, Mangas und Animes, Uniformen, Knoblauch, die Ich-Erzählperspektive, ausgefallene Haarfarben und natürlich Bücher!!! Übrigens ist sie als Baby einmal ganz unglücklich vom Wickeltisch gefallen und hält eigentlich überhaupt nichts von diesen übermäßig seriös wirkenden Autorenporträts … ;D ›Jägerseele‹ ist ihr Debütroman.

Kontakt:

Homepage: www.nicoleschuhmacher.de

Facebook: www.facebook.com/NicoleSchuhmacherAutorin

Instagram: www.instagram.com/nicole_in_bookland

Weitere humorvolle Urban Fantasy

Jasmin Romana Welsch
Absolution: Wie man eine Sünde überlebt
Februar 2016, Sternensand Verlag
224 Seiten, broschiert
€ 12,95 [D]
Urban Fantasy
Als Taschenbuch und E-Book

Mein Name ist Sixten. Ich denke, ich war ein durchschnittlicher Absteiger: unterbezahlt, launisch und auf das Leben und die ach so verkommene Welt schlecht zu sprechen. Da war mein kleines Drogenproblem, diese nervenaufreibenden Sitzungen bei Doktor Mattson und mein Kumpel Nils, der seit der Grundschule nicht gelernt hat, länger als zehn Stunden sauer auf mich zu sein. Summa summarum war mein Leben Mist, aber unkompliziert genug, um den Pessimismus in die tägliche Routine einfließen zu lassen.
Ich hätte genau so weitergemacht, wäre nicht alles plötzlich unwirklich geworden.
Auf einmal soll ich ein Todsünder sein und der Sklave eines Dämons werden – das behauptet zumindest die sprechende Katze, die will, dass ich sie Meisterin nenne.
Vielleicht habe ich auch einfach Wahnvorstellungen von der Kokserei bekommen. So oder so, mein Leben braucht eine Kehrtwende.
Dann muss ich mich eben damit abfinden, dass es Himmel und Hölle gibt, auch wenn ich bisher Atheist war. Ich war ja auch ein gefühlskaltes Arschloch und finde mich jetzt damit ab, dass ich die Dämonen-Katze, die meine Seele verschachern will, irgendwie mag. Einer von uns wird trotzdem verlieren.
Am Ende bin ich vielleicht tot, verrückt oder clean, aber das müsst ihr schon selbst herausfinden.

C. M. Spoerri
Leon: Glück trägt einen roten Pony
31. Januar 2018, Sternensand Verlag
252 Seiten, broschiert
€ 12,95 [D]
Urban Fantasy
Als Taschenbuch und E-Book

Ich bin Leon, dreiundzwanzig. Alles andere geht euch nichts an. Ihr wollt meine Geschichte lesen? Nun, wer einen Fantasyroman erwartet, den muss ich enttäuschen. Mein Leben ist definitiv kein Roman – auch mit noch so viel Fantasie nicht. Und selbst die Tatsache, dass eines Tages ein Geistermädchen auf meiner Türschwelle stand und mein Leben auf den Kopf stellen wollte, war alles andere als fantastisch. Okay, sie war ja nett anzusehen, mit ihrem roten Pony und den nussbraunen Augen. Aber ehrlich ... dieses ›Leon, Leon, du musst dein Leben ändern und dein Glück finden‹-Gerede braucht keiner.
Solltet ihr nun auf einen schnulzigen Liebesroman mit ›Und wenn sie nicht gestorben sind, dann knattern sie noch heute‹ hoffen, werdet ihr hier ebenfalls nicht fündig. Jetzt mal unter uns: Ihr wisst schon, dass das Leben kein rosaroter Ponyhof ist, oder?
Warum ihr das Buch dennoch lesen solltet? Keine Ahnung. Mir egal. Ich weiß nur, dass ich mir einen Türspion anschaffen werde, denn der hätte mir diese ganze Geschichte erspart.

Miriam Rademacher
Banshee Livie (Band 1):
Dämonenjagd für Anfänger
13. Oktober 2017, Sternensand Verlag
370 Seiten, broschiert
€ 12,95 [D]
Urban Fantasy
Als Taschenbuch und E-Book

Miriam Rademacher
Banshee Livie (Band 2):
Weltrettung für Fortgeschrittene
12. Januar 2018, Sternensand Verlag
370 Seiten, broschiert
€ 12,95 [D]
Urban Fantasy
Als Taschenbuch und E-Book

So hat sich Livie ihren Tod nicht vorgestellt. Sie bekommt einen Job, der aus Heulen und Scharade besteht, einen altklugen Kollegen mit sexy Stimme, aber ohne Gesicht, und eine staubige Dachkammer ohne Internetanschluss. Livie ist jetzt die Banshee von Schloss Harrowmore und hat in ihrer Rolle als Schutzgeist die Aufsichtspflicht über eine der tollpatschigsten Familien Englands. Als dann auch noch ein nachtragender Dämon auftaucht, um eine uralte Rechnung zu begleichen, ist Livies Tod endgültig aufregender, als es ihr Leben jemals war.

Weitere Titel aus unserem Urban-Fantasy-Programm

Jasmin Romana Welsch
Krieger des Lichts (Band 1): Nihil fit sine causa
20. Oktober 2017, Sternensand Verlag
616 Seiten, broschiert
€ 16,95 [D]

Urban Fantasy
Als Taschenbuch

Stefanie Scheurich
Streuner: Verflucht liebenswert
16. Februar 2018, Sternensand Verlag
Ca. 420 Seiten, broschiert
€ 12,95 [D]

Urban Fantasy
Als Taschenbuch und E-Book

Nadine Roth
Bloody Mary: Du darfst dich nicht verlieben
12. März 2017, Sternensand Verlag
560 Seiten, broschiert
€ 14,95 [D]

Paranormal Romance
Als Taschenbuch und E-Book

STERNENSAND VERLAG

Besucht uns im Netz:

www.sternensand-verlag.ch

www.facebook.com/sternensandverlag